古典文獻研究輯刊

二六編

曾永義 主編

第 8 冊

唐代文士與《周易》
——白居易對《周易》的接受研究(中)

譚 立 著

國家圖書館出版品預行編目資料

唐代文士與《周易》——白居易對《周易》的接受研究（中）
／譚立 著 -- 初版 -- 新北市：花木蘭文化事業有限公司，
2022〔民 111〕
目 4+154 面；19×26 公分
（古典文學研究輯刊 二六編；第 8 冊）
ISBN 978-986-518-998-3（精裝）
1.CST：（唐）白居易 2.CST：易經 3.CST：研究考訂
820.8 111009915

古典文學研究輯刊
二六編 第 八 冊　　　　　　ISBN：978-986-518-998-3

唐代文士與《周易》
——白居易對《周易》的接受研究（中）

作　　者　譚立
主　　編　曾永義
總 編 輯　杜潔祥
副總編輯　楊嘉樂
編輯主任　許郁翎
編　　輯　張雅淋、潘玟靜、劉子瑄　美術編輯　陳逸婷
出　　版　花木蘭文化事業有限公司
發 行 人　高小娟
聯絡地址　235 新北市中和區中安街七二號十三樓
　　　　　電話：02-2923-1455／傳真：02-2923-1452
網　　址　http://www.huamulan.tw 信箱 service@huamulans.com
印　　刷　普羅文化出版廣告事業
初　　版　2022 年 9 月
定　　價　二六編 23 冊（精裝）新台幣 62,000 元　　　版權所有・請勿翻印

唐代文士與《周易》
——白居易對《周易》的接受研究（中）

譚立　著

目

次

第4章　白居易與《周易》「時論」

　　白居易《叔孫通定朝儀賦》曰：「《易》尚隨時。」〔註1〕《為人上宰相書》曰：「為時之用大矣哉！」〔註2〕白居易認識到《周易》思想中「時」的觀念具有多重的意義。作為基本的物質層面，體現的是對「四時」的觀察、認識和理解，在此基礎之上順應天時，是人類生存和發展的基礎。在精神層面，要求隨著人類對天地萬物認識的深入，充分辨析和理解天道自然之理，隨著時間的推移，不斷完善人類的道德修養，提升人類的精神境界，以期最終達到「天人合一」的極高明境界。治國理政層面，馬王堆帛書《要》載孔子之言曰：「損益之道，足以觀天地之變，而君者之事已。」〔註3〕統治者因天地時勢之變，明損益盈虛之道，以此制定國策、撫育萬民。因時制宜、隨時而動，不失其時、不逾其時，是為政者自宏觀層面掌控大局的樞機，是國泰民安、天下大治的必要條件。個人成就方面，要求聖賢君子首先充分認識「時」無有止息變化的特質，深刻理解時機、時勢對於事業的重要意義，準確把握時機、時勢，應時、適時而動，不失時機地進德修業、施展才幹，此為基本要求。進一步而言，君子順應時勢、與時偕行，關注當下、志存高遠，理解「時運」並與之契合而不背離，充分認識「時」的變化往往非人力所能強求。故君

〔註1〕〔唐〕白居易著，謝思煒校注，《白居易文集校注》，第1版，北京：中華書局，2011年版，第2047頁。

〔註2〕〔唐〕白居易著，謝思煒校注，《白居易文集校注》，第1版，北京：中華書局，2011年版，第309頁，參見附錄1第91條。

〔註3〕于豪亮著，《馬王堆帛書〈周易〉釋文校注》，第1版，上海：上海古籍出版社，2013年版，第187頁。

子的作為宜「與時偕行」「順性命之理」，於適宜的時機，展現適合的才幹，從事適當的事業，以達到自身的和諧與安適，使生命始終處於最佳的狀態。

4.1 白居易對《周易》「隨時」觀念的理解

「時」是《周易》之中一個重要的概念，《周易・彖傳》中多處有「時義大矣」和「與時偕行」的論述。白居易相關「時」的思想觀念，受到《周易》的重要影響。經典理論思想之中，從來不乏與時俱進、因時制宜、因地制宜的觀念，且成為一種「不易」的理論，表述為「隨時」「從宜」。

4.1.1 白居易「為時之用大矣哉」思想

白居易《為人上宰相書》曰：「為時之用大矣哉！」〔註4〕白居易對《周易》「時」的觀念理解深入，認為具有良好的道德修養和聰明才智，固然通過不懈努力能夠達到一定的地位，但要真正成就一番事業，必須有時機相配合，即各方面的有利因素的疊加，是一展宏圖的重要條件，否則即便是才智超群，亦難於成就大業。白居易《策林・刑禮道》曰：

> 所以文易化成，道易馴致者，由得其時也。〔註5〕

《牛元翼可檢校左散騎常侍深州刺史御史大夫制》曰：

> 吾聞忠臣立節，烈士垂名。其要無他，得時而已。〔註6〕

《江州司馬廳記》曰：

> 官不官，繫乎時也。適不適，在乎人也。〔註7〕

白居易對於自身的進退出處，同樣也是因時而異、隨機應變。孟子論述關於智慧與時機的關係，曰：「雖有智慧，不如乘勢；雖有鎡基，不如待時。」〔註8〕孟子以農事作譬喻，認為空有才識智慧而不依託位勢、時勢，就如同空

〔註4〕〔唐〕白居易著，謝思煒校注，《白居易文集校注》，第1版，北京：中華書局，2011年版，第309頁，參見附錄1第91條。

〔註5〕〔唐〕白居易著，謝思煒校注，《白居易文集校注》，第1版，北京：中華書局，2011年版，第1545頁。

〔註6〕〔唐〕白居易著，謝思煒校注，《白居易文集校注》，第1版，北京：中華書局，2011年版，第851頁。

〔註7〕〔唐〕白居易著，謝思煒校注，《白居易文集校注》，第1版，北京：中華書局，2011年版，第249頁。

〔註8〕楊伯峻譯注，《孟子譯注》，第3版，北京：中華書局，2010年版，第52頁。

有耕作工具而不逢農時一樣難於收穫。

　　白居易對於「時」的認識，與《周易》「時」的思想觀念密切相關。《周易‧繫辭下》曰：

　　　　《易》之為書也，原始要終以為質也。六爻相雜，唯其時物也。
　　〔註9〕

　　「時」為《周易》核心思想觀念之一，通過「時」的變化過程，來探究事物發展的起源，展望事物發展的結果。任繼愈曰：

　　　　變化發展的觀念也是貫串在《易經》中的一個基本思想。《易
　　　　經》的作者認為世界上沒有東西不在變化，變化着的事物有它發展
　　　　的階段。《易經》對每卦的每一爻都作出一般原則性的說明。他們認
　　　　為事物剛開始時，變化的跡象還不顯著，繼續發展下去，變化就深
　　　　刻化，劇烈化，發展到最後階段，超過了它最適宜發展的階段，它
　　　　就帶來了相反的結果。〔註10〕

　　天地自然，乃至於萬事萬物，均處於變動不居的狀態之中，其核心即是「時」的變化引起一系列相應的改變。處於有利或不利局面，隨著時間的推移，則可產生與之相反的變化，逐漸進入不利或有利的局面。唯有順應「時」的變化而採取與之相適應的措施，方能夠始終處於有利位置而得其中正大和，避免帶來不利的結果。《易‧隨》曰：「隨：元亨，利貞，无咎。」〔註11〕《周易》「隨」卦即為順應時勢，切合時宜之謂。《易‧隨‧彖》曰：

　　　　隨，剛來而下柔，動而說。隨，大亨，貞无咎，而天下隨時。
　　隨時之義大矣哉。〔註12〕

　　「隨」為順從互補，物隨己適，己隨物與，彼此順適之意。「隨」可得依時順勢之機理，勢有隨遇以適之因緣，天下事物隨時變動而又可守其常，則生生之大道運乎隨時之間，萬事萬物不失其生理，或曰天道周行而不失其常道。《周易‧繫辭下》曰：

〔註9〕〔清〕阮元校刻，《十三經注疏‧周易正義》（清嘉慶刊本），第1版，北京：
　　　中華書局，2009年版，第187頁。
〔註10〕任繼愈主編，《中國哲學史》，第5版，北京：中華書局，1996年版，第20頁。
〔註11〕〔清〕阮元校刻，《十三經注疏‧周易正義》（清嘉慶刊本），第1版，北京：
　　　中華書局，2009年版，第69頁。
〔註12〕〔清〕阮元校刻，《十三經注疏‧周易正義》（清嘉慶刊本），第1版，北京：
　　　中華書局，2009年版，第69頁。

　　　　《易》之為書也，不可遠，為道也屢遷。變動不居，周流六虛，
　　上下無常，剛柔相易，不可為典要，唯變所適。〔註13〕

　　唯「易」「不易」之理實為「易簡」。《周易》「三易」的表述在於闡釋同一理論之不同特質，全面涵蓋《周易》的本質內容，詮釋其普遍適用的意義，極言其高度的概括性和無所不容的本源性，生動而非凝滯，謂之「唯變所適」。《周易·文言》曰：

　　　　是故居上位而不驕，在下位而不憂。故乾乾因其時而惕，雖危
　　无咎矣。〔註14〕

　　謂君子恭謙謹慎、朝乾夕惕，居於高位而不驕奢淫逸，居於下位而不憂怨憤懣，因應時機的變化而警惕戒懼，雖出於危殆之間卻能夠做到避免過失。馮友蘭曰：

　　　　易傳認為，事物變化和對立面轉化的過程，不是消極後退的過
　　程，而是不斷更新和前進的過程……易傳與《老子》皆認為如欲保
　　持一物，最好的辦法是不要使它發展到極點，經常預備接受其反面；
　　如此，則可不至於變為其反面。但是易傳所採取的是積極的態度，
　　其目的在於使自己在前進中不至於失敗，以保持已得的果實……事
　　物經常處在轉化的過程中，好事也有可能成為壞事，因此要時常警
　　惕考慮到壞的一方面，事先加以克服，這就可以保持勝利。」〔註15〕

　　《周易》思想所揭示的辯證發展的觀點，要求在變化中把握時機，同時在變化中隨時採取相應的措施，以保持事態的均衡，維持局面的圓滿與和諧。在此要求以發展變化的觀點看待問題，即使是一種思想觀念本身，亦隨著時間的推移，社會實踐的豐富，隨時進行充實和完善，此為《周易》思想的深邃與簡易相統一，為其歷久彌新、永無止境的天然秉性。

　　《周易·乾·文言》曰：

　　　　夫大人者，與天地合其德，與日月合其明，與四時合其序，與
　　鬼神合其吉凶。先天而天弗違，後天而奉天時。天且弗違，而況於

〔註13〕〔清〕阮元校刻，《十三經注疏·周易》（清嘉慶刊本），第1版，北京：中華
　　　　書局，2009年版，第186，187頁。
〔註14〕〔清〕阮元校刻，《十三經注疏·周易正義》（清嘉慶刊本），第1版，北京：
　　　　中華書局，2009年版，第27頁。
〔註15〕馮友蘭著，《中國哲學史新編》（上），第2版，北京：人民出版社，2007年
　　　　版，第522，523頁。

人乎？況於鬼神乎？〔註16〕

《周易・乾・文言》曰：

君子進德修業，欲及時也，故无咎。〔註17〕

「大人」「君子」之所以能夠避免過失開創事業，乃是由於一絲不苟傾力於涵養道德，善於把握時機、與時俱進，遵循天道、順應潮流從事相應的事業。乾卦之中所示「大人」「君子」承擔的責任和肩負的使命何其巨大，處於天地之間、為眾人矚目的關鍵的位置。由於位勢的不同，居上位為人傾羨和忌妒，處下位為人藐視與輕慢，總之實為一種凡人難於承受的艱難境遇與沉重負擔。君子之為君子，即是秉承天地之大道，承受天下難以忍受之困苦，無論身形與心靈，均須具備超凡的承受能力，堅忍不拔的精神支撐，故能頂天立地於人世間，以其卓絕超凡的精神力量與宏偉壯闊的現實作為，被芸芸眾生所傾服與擁戴，圓成其扶危濟困開創事業的使命。《周易》所闡述的「生生」此一天地之「大德」，實為君子所遵循的根本核心大道，也是君子安身立命的最終目標。

《周易・彖》反覆強調「時」的重要性，關於「時」的表述略不相同，有「時大矣哉」，如《周易・頤・彖》曰：「天地養萬物，聖人養賢以及萬民。頤之時大矣哉。」〔註18〕「時義大矣哉」，如《周易・豫・彖》曰：「聖人以順動，則刑罰清而民服。豫之時義大矣哉。」〔註19〕「時用大矣哉」，如《周易・坎・彖》曰：「天險不可升也，地險山川丘陵也，王公設險以守其國：險之時用大矣哉。」〔註20〕就《周易》的體系而言，六爻之變，均表現為事物在不同的時段所呈現的不同狀態，事物發展不同階段所展現的不同表現。「時」顯示出事物的發展規律，揭示了事物的過程和本質，是認識事物並採取相應措施的依據。

〔註16〕〔清〕阮元校刻，《十三經注疏・周易正義》（清嘉慶刊本），第 1 版，北京：中華書局，2009 年版，第 30 頁。

〔註17〕〔清〕阮元校刻，《十三經注疏・周易正義》（清嘉慶刊本），第 1 版，北京：中華書局，2009 年版，第 27 頁。

〔註18〕〔清〕阮元校刻，《十三經注疏・周易正義》（清嘉慶刊本），第 1 版，北京：中華書局，2009 年版，第 82 頁。

〔註19〕〔清〕阮元校刻，《十三經注疏・周易正義》（清嘉慶刊本），第 1 版，北京：中華書局，2009 年版，第 61 頁。

〔註20〕〔清〕阮元校刻，《十三經注疏・周易正義》（清嘉慶刊本），第 1 版，北京：中華書局，2009 年版，第 85 頁。

　　「時」既然如此之重要，認識、理解和運用「時」的根本即為《周易‧文言》所言君子「終日乾乾，與時偕行」，〔註21〕「坤道其順乎，承天而時行」，〔註22〕謂君子立身處世、建功立業乃至於安心得所，其根本大道即是「與時偕行」。因此說來，無論是處於剛健不息還是厚德柔順的位勢，隨時以動、因時而變都是關鍵的理論思想，無處不在、無所不容。白居易在《為人上宰相書》一文中間詳盡地闡述了這一亙古不易的理論思想，曰：

> 為時之用大矣哉！古者聖賢有其才，無其位，不能行其道也。有其才，有其位，無其時，亦不能行其道也。必待有其才，有其位，有其時，然後能行其道焉……今相公有其才，有其位，有其時，則行道由己而由道乎哉？某又聞，一往而不可追者時也，故聖賢甚惜焉。方今拭天下之目，以觀主上之作為也；側天下之耳，以聽相公之舉措也。如此，則相公出一言，不終日而必聞於朝野；主上發一令，不浹辰而必達於華夷。蓋主上輯百辟，和萬姓，服四夷之時，在於此時矣。相公充人望，代天工，報國之恩，正在於今日矣。〔註23〕

　　居於宰相之位，為帝王肱骨大臣，國家柱石，代帝王號令，必然是眾望所歸、一呼百應。相輔中樞，領受撫育百姓、平服四夷、合和萬邦的重任，為儒家士大夫夢寐以求的施展抱負、一展宏圖、開創豐功偉業的難得時機。白居易作《歎魯二首（其二）》曰：

> 展禽胡為者，直道竟三黜。顏子何如人，屢空聊過日。皆懷王佐道，不踐陪臣秩。自古無奈何，命為時所屈。有如草木分，天各與其一。荔枝非名花，牡丹無甘實。〔註24〕

　　白居易認為「命為時所屈」是賢哲不能一展才幹的重要原因。白居易認為柳下惠、顏回均為道德學識超群，有輔弼帝王開創事業的才德，卻為時所阻不得一伸志向，故此時機之重要，自古而然。展禽即柳下惠，孔子高度評價柳下惠的道德操守。《論語‧衛靈公篇》曰：「子曰：『臧文仲其竊位者與！

〔註21〕〔清〕阮元校刻，《十三經注疏‧周易正義》（清嘉慶刊本），第1版，北京：中華書局，2009年版，第29頁。

〔註22〕〔清〕阮元校刻，《十三經注疏‧周易正義》（清嘉慶刊本），第1版，北京：中華書局，2009年版，第33頁。

〔註23〕〔唐〕白居易著，謝思煒校注，《白居易文集校注》，第1版，北京：中華書局，2011年版，第309，310頁，參見附錄1第91條。

〔註24〕謝思煒撰，《白居易詩集校注》，第1版，北京：中華書局，2006年版，第258頁。

知柳下惠之賢而不與立也。』〔註25〕臧文仲即魯國大夫臧孫辰，歷仕魯莊公、閔公、僖公、文公四朝，明知柳下惠賢良道德而不用，故此孔子認為臧孫辰為怠惰不勤並無才識，卻占居要津無所作為之人。《論語・微子篇》曰：「柳下惠為士師，三黜。人曰：『子未可以去乎？』曰：『直道而事人，焉往而不三黜？枉道而事人，何必去父母之邦？』」〔註26〕柳下惠居官，屢為罷黜，人勸柳下惠離開魯國，柳下惠以直行端正當立則立，當黜則黜，迫於時勢而非關地利，對養育自己成長的邦國一往情深、不離不棄，此即柳下惠道德高尚為孔子稱道的原因之一。孔子認為顏回的道德學問臻於完美，卻常常窮困至極。《論語・先進篇》曰：「子曰：『回也其庶乎？屢空。』」〔註27〕孔子歎息顏回時運不濟，但高度讚美顏回的樂觀處世的深厚學養，《論語・雍也篇》曰：「賢哉，回也！一簞食，一瓢飲，在陋巷，人不堪其憂，回也不改其樂。賢哉，回也！」〔註28〕白居易以荔枝、牡丹作譬，有實而無華者，有華而不實者，為物也無奈其何。局部看來，人生的境遇遭逢，多由天造，非人力可以改變，故白居易有「為時之用大矣哉」的感慨。

　　永貞元年（805），白居易三十四歲，正當「永貞革新」前後，為秘書省校書郎。白居易雖進士登第，但尚未登「才識兼茂明於體用科」，並無實職以一展抱負。其才高，其秩卑，白居易偶感「不適意」，作《感時》曰：

　　　　朝見日上天，暮見日入地。不覺明鏡中，忽年三十四。勿言身未老，冉冉行將至。白髮雖未生，朱顏已先悴。人生詎幾何，在世猶如寄。雖有七十期，十人無一二。今我猶未悟，往往不適意。胡為方寸間，不貯浩然氣？貧賤非不惡，道在何足避。富貴非不愛，時來當自致。所以達人心，外物不能累。〔註29〕

　　白居易感歎人生短促，時不我待，濟世救民一展宏圖而不得，故此作為青年幹才，常有些淡淡的未遂心願之感。此間白居易冷靜分析，捫心自問、反求諸己：既然苦讀聖賢經典、研琢治國方略經年累月，應當沉穩從容涵養仁德，靜待時機徐圖進取，不因時機未得而懷怨，當有仁德在抱以常樂。古

〔註25〕楊伯峻譯注，《論語譯注》，第 3 版，北京：中華書局，2009 年版，第 163 頁。
〔註26〕楊伯峻譯注，《論語譯注》，第 3 版，北京：中華書局，2009 年版，第 190 頁。
〔註27〕楊伯峻譯注，《論語譯注》，第 3 版，北京：中華書局，2009 年版，第 114 頁。
〔註28〕楊伯峻譯注，《論語譯注》，第 3 版，北京：中華書局，2009 年版，第 58 頁。
〔註29〕謝思煒撰，《白居易詩集校注》，第 1 版，北京：中華書局，2006 年版，第 452，453 頁。

往今來才德高貴而默默無聞、泯滅於眾者不可勝數，既然明瞭「時機」來臨與否在天而不在人，故白居易心下坦然，並不以自身的成功與否而輾轉反側孜孜以求。白居易所理解的「達人」，即胸懷「浩然之氣」，堅守儒家理想信念之核心，漠視窮達顯隱之表徵，不為外物而稍有改其心志之人。憲宗元和十年（815），白居易作《與元九書》曰：

> 古人云：「窮則獨善其身，達則兼濟天下。」僕雖不肖，常師此語。大丈夫所守者道，所待者時。時之來也，為雲龍，為風鵬，勃然突然，陳力以出。時之不來也，為霧豹，為冥鴻，寂兮寥兮，奉身而退。〔註30〕

白居易認為，作為儒家飽學之士，其生命的根本目標在於遵循儒家法則，推行儒道以定國安邦、建功立業。但天下之大，並非人人可有此良機。往往機會可遇不可求，故此儒家君子安身立命之本在於守道安心，以提升學養、鍛造身心、完善自我。若遇良機，則奮發有為、一展宏圖；若機緣不合，則隱忍待時、韜光養晦、自我圓成。白居易進則勵精圖治以成功，退而博觀凝神以養望。「時」固然是施展政治抱負、建功立業的重要條件，「時機」的把握在人，但「機緣」的出現與否在天，並不以人的意志為轉移。條件的限制，諸多情形之下，貴為帝王、宰輔亦無可奈何。

白居易深刻理解《周易》「時」的觀念，認識到「為時之用大矣哉」，在其政治實踐與生活實踐中遵循此原則。認為無有「時機」的配合，即便才高八斗、位極人臣，依然難於開創一番局面、創造一番事業。白居易自身對「時機」的應對手法精準，「時機」的具備與否決定了其進退出處的狀態。其進可勸諫帝王、指斥時弊，引領一代風騷；退可以安閒自然、養精蓄銳，獲得生命全方位、多層次美感與意義。白居易根據經典原理，主動應對社會時勢的變化，所作所為有板有眼，非被動承受而是主動適應變局，所實踐的是一種極盡所能領略生命意義、實現人生價值的生活方式。

4.1.2　白居易的「《易》尚隨時」觀念

白居易《叔孫通定朝儀賦》曰：「《易》尚隨時，《禮》貴從宜。」〔註31〕

〔註30〕〔唐〕白居易著，謝思煒校注，《白居易文集校注》，第1版，北京：中華書局，2011年版，第326頁。

〔註31〕〔唐〕白居易著，謝思煒校注，《白居易文集校注》，第1版，北京：中華書

《周易》「隨時」思想觀念為白居易深刻領會，體現在其政治實踐與生活實踐之中，頗有獨特的理解和深入的闡發。梁豔認為「《易》尚隨時」對白居易的思想、創作產生了重要影響，形成了白居易「善應」的處事態度和理性的思想。〔註32〕「隨時」是《周易》思想體系的重要組成部分，是中國經典思想觀照、理解和闡釋宇宙萬物乃至於社會人事的核心理念之一。「隨時」之意，運用於社會實踐之中，表現為在不同的時段和狀況之下，採取不同的應對措施，隨著時間的變化而靈活機動，此一思想觀念為白居易所深刻理解，不但在從政方面運用得得心應手，關乎自身處世安身更是以此作為理論根據，表現出高度的智慧和長遠深刻的思考。白居易《君子不器賦》曰：

> 雖應物而不滯，終飾躬而有則。若止水之在器，因器方圓；如良工之用材，隨材曲直……時或用之，必開臧武之智；道不行也，則守寧子之愚。至乎哉！冥心無我，無可而無不可；應用不疲，無為而無不為。信大成而大受，非小惠而小知。故庶類曲從，則輪轅適用；若一隅偏執，則鑿枘難施。是以《易》尚隨時，《禮》貴從宜。盛矣哉！君子斯焉取斯。〔註33〕

白居易論為人處事，如水之適器，雖具備萬形而其質不易；若良匠因材型以製器，曲直各得其宜，可取簡易其事與物得其用雙重功效。天地博大寬廣、萬物紛繁蕪雜，居於其間，無論修身抑或治國，君子既要做到內心有規範準則，又可心隨境遷，而非物隨己欲。在宏觀掌握「道」的基礎之上，具備良好的順應時勢、適應環境的能力，庶幾可以達成殊途同歸，百慮一致之效。《論語・為政篇》曰：「子曰『君子不器。』」〔註34〕朱熹注曰：「器者，各適其用而不能相通。成德之士，體無不具，故用無不周，非特為一才一藝而已。」〔註35〕君子之職守在於宏觀整體地認識和理解「道」，以培養道德、制定禮樂、推行大道、治理邦國為根本要務，而非拘泥於一時、一事、一物的長短是非。

局，2011 年版，第 2047 頁。

〔註32〕 參見梁豔《「〈易〉尚隨時」觀對白居易思想和創作的影響》，《海南師範大學學報》（社會科學版），2015 年第 1 期。

〔註33〕 〔唐〕白居易著，謝思煒校注，《白居易文集校注》，第 1 版，北京：中華書局，2011 年版，第 68 頁，參見附錄 1 第 13 條。

〔註34〕 〔宋〕朱熹撰，《四書章句集注》，第 1 版，北京：中華書局，1983 年版，第 57 頁。

〔註35〕 〔宋〕朱熹撰，《四書章句集注》，第 1 版，北京：中華書局，1983 年版，第 57 頁。

唯有如此，方能具備形而上的思想境界，將紛繁萬物折衷於一。

白居易作《叔孫通定朝儀賦》，闡述「隨時」和「與時偕行」之理的運用得法，其辭曰：

> 稷嗣君上稽天命，下察人聽。以為作樂者存乎功成，制禮者本乎理定。故《易》尚隨時，《禮》貴從宜。於以致理，何莫由斯？允矣君子，休哉令規。採三代之帝典，起兩漢之朝儀……帝容式展，皇威克壯。莫不上恭己以臨下，下竭誠而奉上。觀其威儀允淑，容止具篤。天子負鳳宸以皇皇，正龍顏而穆穆。百辟欣戴，九賓悅服。拔劍者懲懼而慄慄，飲酒者敬慎而肅肅。故知君有威故能守其邦，臣有儀所以保其祿。帝謂叔孫，舊章斯存。可以發揮我洪德，啟迪我後昆。方將守而經國，豈止煥而盈門。不然，何以表一人之貴，知萬乘之尊？〔註36〕

漢高祖憑藉豪杰義氣、詐力任爭而奠定基業，立國之初，由混亂無序走向常軌，張揚禮樂而天下大定，此間《周易》「隨時」思想發揮了重要作用。白居易認為，稷嗣君叔孫通輔弼漢高祖劉邦制定禮樂規章，在博採三代經典之長的基礎上，根據當代社會現實需要，遵循《周易》思想所強調的「隨時」原則，因時制宜、因地制宜，推陳出新、興利除弊，為漢代四百年基業奠定了堅實的制度基礎。劉邦爭奪天下時節，禮賢下士、唯才是舉，與諸將朝夕相處、稱兄道弟，利益不分彼此，位秩少有尊卑。當此之時，天下豪傑多麇集於劉邦麾下，如為人稱道的「漢初三傑」等。劉邦在與項羽爭奪天下之時，當務之急的是戮力同心戰勝強敵，奪取天下。網羅幹才梟將猶顧之不及，無暇於尊卑貴賤的縝密思考。在天下一統之後，時勢為之劇變，共同面對的強敵的消亡，利益的劃分與尊卑的區別立時顯現。此刻與時偕行制定朝綱，重新樹立奮鬥目標，充分體現尊卑秩序實為緊迫，也是邦國興衰、事業成敗的關鍵之所在。漢高祖劉邦善於廣納良才，故有叔孫通深思熟慮提出具體方略。白居易高度認同《周易》「隨時」理論思想，認為「於以致理，何莫由斯？」引漢初史實為證，意謂「隨時」涵蓋古今，堪稱大道，是制定禮儀、達成天下大治的重要原則，古往今來概莫能外。

乾坤陰陽、日月星辰、四季時序之變，萬事萬物無不處於變動不居之中。

〔註36〕〔唐〕白居易著，謝思煒校注，《白居易文集校注》，第 1 版，北京：中華書局，2011 年版，第 2047，2048 頁，參見附錄 1 第 15 條。

比照天地大道制定社會規則，其核心理念之一即是《周易》的「隨時」思想。「隨時」之理揭示了事物發展的一般規律，同時也印證了社會歷史發展的自然進程。具體到微觀的社會現象，即是遵照「隨時」思想思考問題和制定規章。《禮記‧喪服四制》曰：

> 夫禮吉凶異道，不得相干，取之陰陽也。喪有四制，變而從宜，取之四時也。有恩有理，有節有權，取之人情也。恩者仁也，理者義也，節者禮也，權者知也。仁、義、禮、知，人道具矣。〔註37〕

孔穎達疏曰：

> 或有事故，不能備禮，則變而行權，是皆變而從宜，取人情也……量事權宜，非知不可，故云「權者知也」。〔註38〕

制定禮儀是為社會秩序得以保障的前提，遵循禮儀是社會穩定的基本要求，但禮儀的制定和實施須根據時代的要求，不可墨守成規、一成不變，故此有「從宜」「權變」之說。根據時代需要制定相應的規則，若能達到遵循天道、推行仁德、醇厚人心、和諧社會的目的，即為適時合勢的禮儀，即可順勢而為、制定成功。《漢書‧叔孫通傳》曰：

> 漢王拜通為博士，號稷嗣君。漢王已并天下，諸侯共尊為皇帝於定陶，通就其儀號。高帝悉去秦儀法，為簡易。羣臣飲爭功，醉或妄呼，拔劍擊柱，上患之。通知上益厭之，說上曰：「夫儒者難與進取，可與守成。臣願徵魯諸生，與臣弟子共起朝儀。」高帝曰：「得無難乎？」通曰：「五帝異樂，三王不同禮。禮者，因時世人情為之節文者也。故夏、殷、周禮所因損益可知者，謂不相復也。臣願頗採古禮與秦儀雜就之。」上曰：「可試為之，令易知，度吾所能行為之。」〔註39〕

叔孫通曾為秦二世封為博士，先隨楚懷王，後侍項羽，最終轉投劉邦漢軍，多舉薦勇武之士為漢效力，劉邦奪取天下叔孫通功不可沒。叔孫通非但諳熟三代古禮，對秦代禮法及其利弊得失具有親身體驗，確為博學鴻儒兼實

〔註37〕〔漢〕鄭玄注，〔唐〕孔穎達正義，呂友仁整理，《禮記正義》，第1版，上海：上海古籍出版社，2008年版，第2350，2351頁。

〔註38〕〔漢〕鄭玄注，〔唐〕孔穎達正義，呂友仁整理，《禮記正義》，第1版，上海：上海古籍出版社，2008年版，第2351頁。

〔註39〕〔漢〕班固撰，〔唐〕顏師古注，《漢書》，第1版，北京：中華書局，1962年版，第2125，2126頁。

幹良才。叔孫通制定禮儀，在充分吸收前代切實可行的制度之下，根據當時現實需要有所損益，謂之「頗採古禮與秦儀雜就之。」白居易所言「正位以經邦，體元而立制」，正是叔孫通制定朝儀的根本目的之所在，謂尊皇帝而明職守，達成君莊臣恭、萬國咸寧之政治秩序。秉承曆數天道，以天地之元氣為本，從天人之際的高度使得漢代立國名正言順，為叔孫通制定成功的意義之所在。白居易讚賞叔孫通因時權變、因勢利導制定朝儀的豐功偉業，以及在制度的確立上遵循「隨時」思想。白居易以此諷勸當代帝王，宜於在遵從古制的基礎之上有所創新，不拘泥於成法而開拓進取。此為科場新銳白居易奮發圖強、剛健有力的儒家思想的體現。白居易引《周易》《禮記》思想觀念以論證主題，引名垂青史的漢高祖劉邦慧眼識才、叔孫通不負厚望以為佐證，使得其思想觀點具有無可辯駁的權威和切實可行的現實意義。

相關「隨時」的思想，自古以來不乏深入論述，《老子》《文子》均對「時」的重要性進行過表述，其後《呂氏春秋·察今》更是具有詳盡的闡釋，曰：

> 上胡不法先王之法？非不賢也，為其不可得而法。先王之法，經乎上世而來者也，人或益之，人或損之，胡可得而法？雖人弗損益，猶若不可得而法……凡先王之法，有要於時也。時不與法俱至，法雖今而至，猶若不可法……故凡舉事必循法以動，變法者因時而化，若此論則無過務矣。夫不敢議法者，眾庶也；以死守法者，有司也；因時變法者，賢主也。是故有天下七十一聖，其法皆不同。非務相反也，時勢異也。〔註40〕

《呂氏春秋》專門就「變法」進行論述，立足點在於「與時偕行」。隨著時間的推移，社會變遷，時俗變易，所面對的社會現實狀態與前代迥乎不同，若依然拘泥於前代之法，必不能應對目前之需。故一朝一代根據社會現實的需要，損益增刪，以更為貼近實際的需要制定禮樂規章，使得不同的情況之下，具有與之相適應的制度，如此一來，方能形成穩定的行政運作體系，進而形成良好的社會秩序。

白居易應進士科，作有《禮部試策五道》，除試題本身引《周易》思想原理設問之外，白居易在答卷中多處援引《周易》思想論證觀點，對「隨時」思想領會深透，表述明晰，切中肯綮，其《禮部試策五道第二道》曰：

> 問：《書》曰：「眚災肆赦。」又曰：「宥過無大。」而《禮》云：

〔註40〕陸玖譯注，《呂氏春秋》，第1版，北京：中華書局，2011年，第513～517頁。

「執禁以齊眾，不赦過。」若然，豈為政以德，不足恥格；峻文必
罰，斯為禮乎？《詩》稱「既明且哲，以保其身。」《易》稱「利用
安身，以崇德也。」而《語》云：「無求生以害仁，有殺身以成仁。」
若然，則明哲者不成仁歟？殺身者非崇德歟？

　　對：聖王以刑禮為大憂，理亂繫焉；君子以仁德為大寶，死生
一焉。故邦有用禮而大理者，有用刑而小康者。古人有崇德而遠害
者，有蹈仁而守死者。其指歸之義，可得而知焉。在乎聖王乘時，
君子行道也……此聖王所以隨時以立制，順變而致理，非謂德政之
不若刑罰也。然則君子之為君子者，為能先其道，後其身。守其常，
則以道善乎身；懼其變，則不以身害乎道。故明哲保身亦道也，巢、
許得之；求仁殺身亦道也，夷、齊得之。雖殊時異致，同歸於一揆
矣。何以覈諸？觀乎古聖賢之用心也，苟守道而死，死且不朽，是
非死也；苟失道而生，生而不仁，是非生也。向使夷、齊生於唐、
虞之代，安知不明哲保身歟？巢、許生於殷、周之際，安知不求仁
殺身歟？蓋否與泰各繫於時也，生與死同歸於道也。由斯而觀，則
非謂崇德者不為成仁，殺身者不為明哲矣。嗚呼！聖王立教，同出
而異名，君子行道，百慮而一致。〔註41〕

　　此論題從《尚書》《禮記》《周易》《詩經》《論語》等經典入手，取前賢
於不同社會歷史條件下的論述為題，測試考生對看似相互矛盾的理論思想如
何協調一致。白居易旁徵博引，以「隨時」立論，論述聖王立教因時而異，
雖異名而同理，得出結論不脫聖賢元典而有所創新，《周易·繫辭下》曰：「子
曰：『天下何思何慮？天下同歸而殊塗，一致而百慮。』」〔註42〕白居易謂之
「聖王立教，同出而異名，君子行道，百慮而一致。」前代關於刑法的制定
和施行寬嚴有異，《尚書》認為「眚災肆赦」「宥過無大」，即主張赦罪寬刑、
仁德普施；《禮記·王制》主張嚴肅刑律、賞罰分明，即「不赦過」。《尚書》
《禮記》均為經典，其表述如此相對，後代為政者實際操作之間必須有所取
捨。關涉自身作為，《詩經》主張「明哲保身」，《周易》主張「安身」「崇德」，

〔註41〕〔唐〕白居易著，謝思煒校注，《白居易文集校注》，第 1 版，北京：中華書
　　　　局，2011 年版，第 428～430 頁，參見附錄 1 第 2 條。

〔註42〕〔清〕阮元校刻，《十三經注疏·周易正義》（清嘉慶刊本），第 1 版，北京：
　　　　中華書局，2009 年版，第 182 頁。

孔子則主張「殺身成仁」，上述看似相互牴牾的觀點，均為儒家君子必須深入研習，在治國行政的社會實踐之中貫徹施行的權威理論。白居易認為之所以經典表述有異，在於時勢環境的不同，謂之「聖王所以隨時以立制，順變而致理。」《周易》思想表述甚為明確簡易，即陰陽交流往復，日月盈虛起伏是為天道自然之理，推衍至於邦國社會，則表現為治亂興衰因時而異。白居易經由此理論觀點出發，認為刑法寬嚴的運用，必當依據時勢的變化、社會歷史條件的不同而有所損益。若王道坦坦，聖德昭彰，民心淳厚，則幾近仁德壽考的理想社會。《論語·雍也篇》曰：「知者動，仁者靜，知者樂，仁者壽。」〔註43〕芸芸眾生既智且仁，既樂且壽。當此之時，普天之下和睦寧靜，太平昌明，四境之內民眾多施仁為善。眾目睽睽之下，其不善和作惡者鮮少且孤立，苟有膽大妄為者必觸犯眾怒而無容身之所。此時弘揚從眾向善之心，以德服人，利用眾人好生惡殺之心，施以寬厚仁德之政，則「肆赦宥過」之說不但成立，而且是順應時勢民心的德政善舉，也是為人稱道的「美政」「治世」的現實表徵。白居易謂之「此聖王所以隨時以立制，順變而致理，非謂德政之不若刑罰也。」至於大道隱匿、聖德衰微，一己之私取代了天下之公，則非有禮儀刑法不足以安天下、服眾心。《禮記·禮運》曰：

> 今大道既隱，天下為家，各親其親，各子其子，貨力為己，大人世及以為禮，城郭溝池以為固，禮義以為紀，以正君臣，以篤父子，以睦兄弟，以和夫婦，以設制度，以立田裏，以賢勇、知，以功為己。故謀用是作，而兵由此起。禹、湯、文、武、成王、周公，由此其選也。此六君子者，未有不謹於禮者也，以著其義，以考其信，著有過，刑仁講讓，示民有常。如有不由此者，在執者去，眾以為殃。是謂小康。〔註44〕

《禮記》就前賢聖君治國的成例而言之，若天下為公的大道至德衰隱，以一己、一家、一族之利益為本，大同之心寡淡，自私之欲騰踴，則風俗澆漓而民心不古。當此之時，若行寬宥疲軟之政，必至勸善不足以成功，縱惡或當為有餘，故嚴明執法，用以懲惡勸善、因革敗俗、拯救頹世是為必須。由此可見，無論居於何種時代與政治制度之下，遵循《易》理「隨時」之義，因時

〔註43〕楊伯峻譯注，《論語譯注》，第3版，北京：中華書局，2009年版，第61頁。
〔註44〕〔漢〕鄭玄注，〔唐〕孔穎達正義，呂友仁整理，《禮記正義》，第1版，上海：上海古籍出版社，2008年版，第875，876頁。

制宜是關涉到邦國興亡、黎民生死的重大行政準則。切不可不問世俗時宜因循守舊、墨守成規、一概而論。

君子身形安危與道德涵養之間的關係，白居易依然以《周易》「隨時」立論，謂之「蓋否與泰，各繫於時也」。白居易認為，巢父、許由時代，保天下者有堯，繼之者有舜，堪稱聖賢。天道運行尊其常軌，道不離身，身不離道，此時明哲保身、高尚其志不為遠道，更不害道。伯夷、叔齊時代乃殷商末世，與巢父、許由時代社會政治狀態大為不同。商紂時代，前有道德淪喪、國祚衰微，人心離散、天下思變；後為分崩離析、邦國傾覆。會當此時，作為臣子，保身與守道不能兩全。《史記・伯夷列傳》引孔子之言曰：

> 武王已平殷亂，天下宗周，而伯夷、叔齊恥之，義不食周粟，隱於首陽山，采薇而食之。及餓且死，作歌。其辭曰：「登彼西山兮，採其薇矣。以暴易暴兮，不知其非矣。神農、虞、夏忽焉沒兮，我安適歸矣？於嗟徂兮，命之衰矣！」遂餓死於首陽山。〔註45〕

伯夷、叔齊臣事紂王，紂王失德，天下劇變。忠心事主，主辱臣死是為道；保守臣節，以身殉國是為德。位當重臣，君主罹難、國家且亡，苟且偷生是為無道。故此伯夷、叔齊不以求生而害道，此間倫理，德在邦國，與商紂之善惡無涉。千百年來伯夷、叔齊不食周粟為人稱頌因由如此。

在白居易的政治思想之中，《周易》「隨時」觀有著廣泛體現。《策林・辨水旱之災明存救之術》曰：

> 至若禳禱之術，凶荒之政，歷代之法，臣粗聞之。則有雩天地以牲牢，縈山川以圭璧，祈土龍於玄寺，舞羣巫於靈壇。徙市修城，貶食徹樂，緩刑省禮，務嗇勸分，殺哀多婚，弛力舍禁。此皆從人之望，隨時之宜。勤恤下之心，表恭天之罰。〔註46〕

白居易認為應對水旱等天災，施以適當的救亡策略，是治國行政、保民平安的重要內容，必須依據當時具體情形而定。歷朝歷代均有祭神消災祈福之法，應對凶年之策。祈禱上天與傾盡人力相結合，順應民心人願，遵循「隨時之宜」是為基本原則。

〔註45〕〔漢〕司馬遷撰、〔宋〕裴集解、〔唐〕司馬貞索隱、〔唐〕張守傑正義，《史記》，第 1 版，北京：中華書局，1955 年版，第 2123 頁。

〔註46〕〔唐〕白居易著，謝思煒校注，《白居易文集校注》，第 1 版，北京：中華書局，2011 年版，第 1409 頁，參見附錄 1 第 108 條。

　　考核刑法思想是選拔人才的重要內容，官吏輔國治民，審理訴訟是基本職能。白居易所擬題目，與社會現實生活緊密相關，同時又是自古及今為人關注的大政方針之一。白居易作《策林・議肉刑》，「隨時」為重要立論依據，其辭曰：

> 問：肉刑者其來尚矣，其廢久矣。前賢之論，是非紛然。今欲棄而不行，法或乖於稽古。若舉而復用，義恐失於隨時。取捨之間，何者為可？

> （答）臣伏以漢除肉刑，迄今千有餘祀。其間博聞達識之士，議其是非者多矣……臣又聞聖人之用刑也，輕重適時變，用舍順人情。不必乎反今之宜，復古之制也。況肉刑廢之久矣，人莫識焉。今一朝卒然用之，或絕筋，或折骨，或面傷，則見者必痛其心，聞者必駭其耳。又非聖人適時變、順人情之意也。徵之於實既如彼，酌之於情又如此。可否之驗，豈不明哉？《傳》曰：「君子為政，貴因循而重改作。」又曰：「利不百不變法。」臣以為復之有害而無利也，其可變而改作乎？〔註47〕

　　歷朝歷代均有「肉刑」存廢的議論，取捨之間，莫衷一是。若廢棄不行，則可能與古法相悖；若起而復用，又擔憂於與時代現實生活相衝突。取捨之間，的確頗費思量。「肉刑」自古產生，極為苛峻，在當時的歷史條件和文明發展程度看來，自有其存在的客觀理由。隨著社會的進步，儒家仁政思想的逐步深入人心，及至漢文帝時代，尊黃老無為之術，推行仁政，由是產生了「文景之治」的國泰民安、萬方和諧的大好局面，刑法之寬嚴在此種情形下亦有所變易。《漢書・刑法志》載漢文帝十三年詔曰：

> 蓋聞有虞氏之時，畫衣冠異章服以為戮，而民弗犯，何治之至也！今法有肉刑三，而奸不止，其咎安在？非乃朕德之薄，而教不明與！吾甚自愧。故夫訓道不純而愚民陷焉。《詩》曰：「愷弟君子，民之父母。」今人有過，教未施而刑已加焉，或欲改行為善，而道亡繇至，朕甚憐之。夫刑至斷支體，刻肌膚，終身不息，何其刑之痛而不德也！豈稱為民父母之意哉？其除肉刑，有以易之；及令罪

────────────

〔註47〕〔唐〕白居易著，謝思煒校注，《白居易文集校注》，第 1 版，北京：中華書局，2011 年版，第 1540，1541 頁，參見附錄 1 第 130 條。

人各以輕重，不亡逃，有年而免。〔註48〕

漢文帝因時制宜，即行廢止「肉刑」，實為順天應人的重要舉措。在此可見漢文帝恭謙自省、仁愛惻隱之心，時時刻刻以君主作民父母警戒自己，此亦為天下百姓安居樂業，開創一代盛世的重要原因。

隨時、隨機、隨才取士用人，不拘一格、唯才是舉是開創局面、成就功業的基本要求，古往今來，概莫能外。白居易從《周易》原理出發，闡述人才選拔理念，其《大巧若拙賦》曰：

> 巧之小者有為，可得而闚。巧之大者無跡，不可得而知。蓋取
> 之於《巽》，受之以《隨》。動而有度，舉必合規。故曰：「大巧若拙。」
> 其義在斯……則物不能以長短隱，材不能以曲直諉。是謂心之術也，
> 豈慮手之傷乎？且夫大盈若沖，大明若蒙。是以大巧，棄其末工。
> 則知巧在乎不違天真，非勞形於木人之內；巧在乎無枉物情，非役
> 神於棘刺之中。豈徒與班爾之輩騁技而校功哉。」〔註49〕

《周易・說卦傳》曰：「巽為木。」〔註50〕木可以輮為曲直，《周易・序卦傳》曰：「豫必有隨，故受之以隨。」〔註51〕「隨」為順勢而動，因時以化。白居易由自然之理，上升至哲學思辨，此謂《周易》簡易而行天地人事之大道的具體實踐，同時也是契合唐代帝王治國理政的主流政治思想。唐太宗李世民《帝範・審官》曰：

> 夫設官分職，所以闡化宣風。故明主之任人，如巧匠之制木，
> 直者以為轅，曲者以為輪，長者以為棟樑，短者以為栱桷，無曲直
> 長短，各有所施。明主之任人，亦由是也，智者取其謀，愚者取其
> 力，勇者取其威，怯者取其慎，無智（愚）勇怯，兼而用之。故良
> 匠無棄材，明主無棄士。不以一惡忘其善，勿以小瑕掩其功。〔註52〕

〔註48〕〔漢〕班固撰，〔唐〕顏師古注，《漢書》，第 1 版，北京：中華書局，1962 年版，第 1098 頁。

〔註49〕〔唐〕白居易著，謝思煒校注，《白居易文集校注》，第 1 版，北京：中華書局，2011 年版，第 41，42 頁，參見附錄 1 第 344 條。

〔註50〕〔清〕阮元校刻，《十三經注疏・周易正義》（清嘉慶刊本），第 1 版，北京：中華書局，2009 年版，第 198 頁。

〔註51〕〔清〕阮元校刻，《十三經注疏・周易正義》（清嘉慶刊本），第 1 版，北京：中華書局，2009 年版，第 200 頁。

〔註52〕〔唐〕李世民、武則天撰，王健、劉振江注譯，《帝範・臣軌》，第 1 版，鄭州：中州古籍出版社，1994 年版，第 15 頁。

　　唐太宗李世民的人才思想，與自古以來的經典論述高度契合，即量才錄用、各展其長，並非求全責備，以求完美。但凡有一技之長，均在選拔任用之列，力求做到人盡其才、物盡其用。《呂氏春秋・用眾》曰：

> 天下無粹白之狐，而有粹白之裘，取之眾白也。夫取於眾，此三皇五帝之所以大立功名也。凡君之所以立，出乎眾也。立已定而舍其眾，是得其末而失其本。得其末而失其本，不聞安居。〔註53〕

　　呂不韋用人之法，善於取眾人之能而成就合力之功，其效法三皇五帝成功之例，深得古來取才用眾之精髓。合力用眾的高明之處，並非以一時一事的成功與否為標準，而是取其得道多助、失道寡助的意義。亦為《周易》「守位」在於「聚人」思想具體運用於實踐的範例。白居易的人才選拔思想，與前賢頗為一致，顯示出其深厚的理論修養、豐富的實踐經驗和高度的政治智慧。

　　白居易對「隨時」「從宜」的論述繁夥，在充分理解和運用經典理論思想的基礎上，表現出高度關注現實和與時偕行的思想。《百道判・得乙上封請永不用赦》曰：「皆推濟國之誠，未達隨時之義。」〔註54〕《百道判・得景為宰》曰：「雖事乖魯史，而義合隨時。」〔註55〕《百道判・得郡舉乙清高》曰：「既名彰而見舉，誠合隨時。」〔註56〕《百道判・得洛水暴漲》曰：「修造從宜，亦相時之可否。」〔註57〕《百道判・得景有姊之喪》曰：「景愛深血屬，禮過時制……況儀貴適中，哀不在外。」〔註58〕《策林・辨水旱之災》曰：「此皆從人之望，隨時之宜。」〔註59〕《策林・議封建論郡縣》曰：「今若建侯開國，恐失隨時之宜。」〔註60〕《盧元輔可吏部郎中制》曰：

〔註53〕陸玖譯注，《呂氏春秋》，第1版，北京：中華書局，2011年，第123頁。

〔註54〕〔唐〕白居易著，謝思煒校注，《白居易文集校注》，第1版，北京：中華書局，2011年版，第1633頁。

〔註55〕〔唐〕白居易著，謝思煒校注，《白居易文集校注》，第1版，北京：中華書局，2011年版，第1660頁。

〔註56〕〔唐〕白居易著，謝思煒校注，《白居易文集校注》，第1版，北京：中華書局，2011年版，第1714頁。

〔註57〕〔唐〕白居易著，謝思煒校注，《白居易文集校注》，第1版，北京：中華書局，2011年版，第1737頁。

〔註58〕〔唐〕白居易著，謝思煒校注，《白居易文集校注》，第1版，北京：中華書局，2011年版，第1747頁。

〔註59〕〔唐〕白居易著，謝思煒校注，《白居易文集校注》，第1版，北京：中華書局，2011年版，第1409頁。

〔註60〕〔唐〕白居易著，謝思煒校注，《白居易文集校注》，第1版，北京：中華書

「六官之屬，升降隨時。」〔註61〕《禮部試策五道‧第一道》曰：「利用厚生，教之本也。從宜隨俗，政之要也。」〔註62〕《瀛莫州都虞候萬重皓可坊州司馬制》曰：「而藩隅未靖，遷轉從宜。言念前勞，宜加優秩。」〔註63〕《尚書工部侍郎集賢殿學士丁公著可檢校左散騎常侍越州刺史浙東觀察使制》曰：「刺史按部，從宜務簡。」〔註64〕《唐州刺史韋彪授王府長史楊歸厚授唐州刺史劉旻授雅州刺史制》曰：「習俗從宜，宜守嚴道。」〔註65〕白居易深入領會「隨時」「從宜」思想的意義，於策判、詔制、書表等文章中具有充分的論述，是為白居易政治思想的重要組成部分。可見唐代國家治理所秉持的開放進取和兼收並蓄的政治理念，對於經典原理高度尊崇、深刻認識和取用其精髓，於不斷變化的社會現實生活中，以新的視野詮釋與運用經典，使之更加適應社會現實的需要。

白居易「隨時」「從宜」等因時合勢、因地制宜觀念，與《周易》「與時偕行」「時義大矣」理論思想具有密切關係。白居易認為《周易》中「隨時」是一個廣泛運用不可稍有違背的思想觀念。「隨時」謂因應時序、時機、時勢的變化而採取不同的方略。《周易》的核心思想「三易」之一的「變易」，與「隨時」是為相輔相成的關係。白居易在策論、詔制中進行發揮性論述，自成一體，「《易》尚隨時」是其重要理論基礎和立論依據。《周易》「隨時」理論思想，其意義在於無論居於何種狀態之下，遵循與時變化的天理常道，採取「與時偕行」的因應措施，均可達成「中道」「大和」的嘉會狀態，即達到孔子所云「殊途同歸」「百慮一致」的境界。白居易諳熟經籍，理論修養深厚，無論是參加科考預擬的策、判，抑或步入仕途之後的書表、詔制，充分運用《周易》所強調的「隨時」「與時偕行」「時義大矣」的思想，將「隨時」作為參與

　　　　局，2011 年版，第 1530 頁。
〔註61〕〔唐〕白居易著，謝思煒校注，《白居易文集校注》，第 1 版，北京：中華書局，2011 年版，第 2054 頁。
〔註62〕〔唐〕白居易著，謝思煒校注，《白居易文集校注》，第 1 版，北京：中華書局，2011 年版，第 425 頁。
〔註63〕〔唐〕白居易著，謝思煒校注，《白居易文集校注》，第 1 版，北京：中華書局，2011 年版，第 859 頁。
〔註64〕〔唐〕白居易著，謝思煒校注，《白居易文集校注》，第 1 版，北京：中華書局，2011 年版，第 639 頁。
〔註65〕〔唐〕白居易著，謝思煒校注，《白居易文集校注》，第 1 版，北京：中華書局，2011 年版，第 651 頁。

時政和處世存身的重要理論依據。整體看來，白居易認為宏觀政治層面，治國在於「聖王乘時，君子行道」；在個人人生歷程之中，「隨時」「與時偕行」則表現為「安時順命」「樂天安命」。

4.2 白居易的「隨時」觀念的表現：安時順命

《周易》「隨時」為順應、順從時勢，切合時宜。在白居易人生歷程之中，「隨時」思想集中體現在順應時勢的變易，表現在具體語境之中，即是「安時順命」此一客觀形象的表達，〔註66〕即坦然接受命運的安排，從容面對命運的波折，以順其自然、隨緣就境的樂觀心態面對一切現實遭際。白居易「安時」即順應時勢變易而「心安」，「順命」即認識性命之理而「得理」，無論仕途通達抑或塞滯，均以順其自然、「安時順命」相應對。白居易所尋覓的安心之所，均由對人生「常道」的認識出發，充分理解人生之艱辛，常道之恒在。雖然諸多善良、誠懇和美好的主觀願望湮滅於嚴酷現實之中，白居易並不由此而牢騷滿腹、憤懣憂怨，表現出的是敦厚大雅、怨尤不露的「廣大教化主」儀態。〔註67〕

4.2.1 白居易對《周易》「順性命之理」的理解

馬王堆帛書《要》載孔子之言曰：「順於天地之心，此胃（謂）《易》道。」〔註68〕「順」是《周易》思想之中一個重要的概念。聖賢君子通過認識宇宙世界、天地自然，運用其中原理指導社會實踐，是《周易》作為大道之源的目的。秉持大和之心順遂道德，領會義理，窮究萬物之道而通曉本性，直到最終理解命運的天成。《周易·說卦傳》曰：

> 昔者聖人之作《易》也，幽贊於神明而生蓍，參天兩地而倚數，觀變於陰陽而立卦，發揮於剛柔而生爻，和順於道德而理於義，窮理盡性以至於命。昔者聖人之作《易》也，將以順性命之

〔註66〕〔唐〕白居易著，謝思煒校注，《白居易文集校注》，第1版，北京：中華書局，2011年版，第294頁。

〔註67〕參見《唐詩紀事·張為》：「為作詩人主客圖序曰：若主人門下處其客者，以法度一則也。以白居易為廣大教化主。」〔宋〕計有功撰，王仲鏞校箋，《唐詩紀事校箋》，第1版，北京：中華書局，2007年版，第2183頁。

〔註68〕于豪亮著，《馬王堆帛書〈周易〉釋文校注》，第1版，上海：上海古籍出版社，2013年版，第187頁。

理。是以立天之道曰陰與陽，立地之道曰柔與剛，立人之道曰仁
與義。〔註69〕

聖人作《易》，順應與承奉天地自然法則規範下的「性命」之理，以求理
順人之本性與命運的關係。《周易》參閱天地時序的變化，萬物循環之理，窮
究宇宙根本核心規則，探求人性本質歸屬，以此推衍人事社會之變遷。《周
易》所詮釋的宇宙萬物的根本運行規則在於生生不息、循環往復，掌握其千
變萬化的過程的規律性，則可辨識所面臨之一切感知與未知之事物的本質屬
性，深刻理解萬事萬物均為此天道常理所涵蓋而無有遺漏。天地周流如是，
社會變遷如是，人生際遇亦如是。參悟得此中道理，安身立命則可成竹在胸，
行止有板有眼，因而舒緩從容。苗潤田《論〈易傳〉的天人學說》曰：

按《易傳》的看法，效天、順天是人類生存與發展的前提，但
「樂天知命」「順天休命」「與時偕行」並不意味著人對天或天道消
極、被動地適應，而是基於對天或天道的認識而做出的理性選擇，
是人發揮自身認識和實踐能力、參天地之化育的體現。〔註70〕

人在主動自覺觀察宇宙世界和自然萬物變化的基礎上，理性總結社會歷
史變遷的經驗，多方面材料的相互印證，意識到天地宇宙和人類社會運行規
則具有驚人的相似之處，將其中規律性認識上升到普遍適用的經典高度，據
此展望預測未來即具備了邏輯性、合理性和科學性。此為人類對於神秘的未
來世界的主動自覺的探索與認識，為人類渴求知識與精神的拓展指明了理性
的路徑。孔子推崇順於天地之心，效法天地之大德，為「人道」作出了明確
的規範。依此路徑而生發出一系列人的行為規範，即《孟子》曰：「惻隱之
心，仁之端也；羞惡之心，義之端也；辭讓之心，禮之端也；是非之心，智
之端也。」〔註71〕當聖人所作《周易》成為經典理論之後，則為萬物之精要
的人規定了必須遵循的行為準則。天地宇宙間紛繁萬類之茂盛，萬物滋生之
自然，包容承載之圓融博大，世界之可長可久的運行法則，為聖人所感知、
領悟和總結。人類社會若如天地之剛健廣表，如日月四時之恒久綿遠，如自
然萬物之豐盈盛大，則將是最為理想的嘉美世界。「人道」融入自然而具備

〔註69〕〔清〕阮元校刻，《十三經注疏・周易正義》（清嘉慶刊本），第 1 版，北京：
中華書局，2009 年版，第 195，196 頁。
〔註70〕苗潤田撰，《論〈易傳〉的天人學說》，《周易研究》，2011 年第 6 期，第 17 頁。
〔註71〕楊伯峻譯注，《孟子譯注》，第 3 版，北京：中華書局，2010 年版，第 72，73
頁。

自然之品德，提升至於道德高度即為仁與義，於是生物性的人具備了高尚的道德屬性。《周易·豫·彖》曰：

> 豫，剛應而志行，順以動，豫。豫，順以動，故天地如之，而況建侯行師乎？天地以順動，故日月不過，而四時不忒；聖人以順動，則刑罰清而民服。豫之時義大矣哉。〔註72〕

天地陽剛與陰柔呼應，天地和洽始於順時以動，故天道得以推行。順時而動即為遵循日月周行、四時運轉之常軌。聖人以天地生生之道為準則，刑罰清朗而黎民百姓心悅誠服。以歡愉為核心的《豫卦》具有極強的與時偕行、順應天道的意義。

關於「性命」的概念，《周易》認為天地之道變化無窮，天地自然運轉之有序，稍無偏頗，永恆存在，歸根結蒂是適時安位，合乎「中正」之理。《周易·乾·彖》曰：「乾道變化，各正性命。」〔註73〕孔穎達曰：「性者，天生之質，若剛柔遲速之別；命者，人所稟受，若貴賤夭壽之屬也。」〔註74〕朱熹曰：「物所受為性，天所賦為命。」〔註75〕「性」為人的天資秉賦，各有差異，客觀存在，雖可辨識，但難於自知，故有「自知之明」之說。「命」作為個體和局部現象，則具有不可預測的偶然性質。天道自然所涵蓋的萬事萬物，均具有「性命」之理，天道的運轉與變化之中，萬事萬物各有存在的一般法則，故天道周而復始，無聲無臭之間維持永恆的常態。「常態」的維持，表達為一個「正」字，「中正」「大和」之意。白居易關於「性命」的觀念，其《百道判·得甲居蔡曰寶》曰：

> 則知禍福無門，通塞無數。焉有性命之理，存乎卜祝之間？若廢興之道適然，是善惡之徵一貫。人與僭而不入，因君子之明刑。
> 〔註76〕

〔註72〕〔清〕阮元校刻，《十三經注疏·周易正義》（清嘉慶刊本），第1版，北京：中華書局，2009年版，第61頁。

〔註73〕〔清〕阮元校刻，《十三經注疏·周易正義》（清嘉慶刊本），第1版，北京：中華書局，2009年版，第23頁。

〔註74〕〔清〕阮元校刻，《十三經注疏·周易正義》（清嘉慶刊本），第1版，北京：中華書局，2009年版，第24頁。

〔註75〕〔宋〕朱熹撰，廖名春點校，《周易本義》，第1版，北京：中華書局，2009年版，第33頁。

〔註76〕〔唐〕白居易著，謝思煒校注，《白居易文集校注》，第1版，北京：中華書局，2011年版，第2086頁。

　　白居易認為「性命」之理固然有其不為人所轉移的法則，但固執於己念，或推之於鬼神，凝固於一時一處的卜祝之辭，不能因時勢而動，於天地大道實為不合。《禮記‧樂記》曰：「中正無邪，禮之質也。」〔註77〕天地萬物運轉不息，「時」無有停留，「位」無有凝滯，在千變萬化之中達成「中正」此一理想狀態，則在於一個「順」字。「順」固為「順應」「承奉」之意，其本質乃是「順變以通」，即因「順」而「變」以至於「通」，故稱「順通」。「窮通」與否，繫於性命之理，非為人力可以強求，汲汲乎窮達，必然處於患得患失之間不得心神稍安。白居易《諭友》曰：

　　　　何人不歡樂，君獨心悠哉。白日頭上走，朱顏鏡中頹。平生青
　　雲心，銷化成死灰。我今贈一言，勝飲酒千杯。其言雖甚鄙，可破
　　悒悒懷。朱門有勳賢，陋巷有顏回。窮通各問命，不繫才不才。推
　　此自豁豁，不必待安排。」〔註78〕

　　《周易‧繫辭下》曰：「《易》窮則變，變則通，通則久。」韓康伯注曰：「通變則無窮，故可久也。」〔註79〕白居易之所以能夠做到自始至終心安理得、處處得所，在於參透《周易》原理，凡事通於窮極之間，得於若失之際，所遭逢的一切均為《周易》所揭示的「常道」所涵蓋。《周易》「順性命之理」為白居易充分把握並合理運用，一切居於預期之中而不違常道，心安得所、適意從容。

　　「順」在《易傳》中具有充分的論述，所揭示的是天地大道因「時」「位」變化的對應狀態。《周易‧繫辭上》曰：

　　　　《易》曰：「自天佑之，吉无不利。」子曰：「佑者，助也。天
　　之所助者，順也；人之所助者，信也。履信思乎順，又以尚賢也，
　　是以自天佑之，吉无不利也。」〔註80〕

　　孔子認為若要得到上天的護佑，在於順應天道常理。《論語‧陽貨篇》

〔註77〕〔漢〕鄭玄注，〔唐〕孔穎達正義，呂友仁整理，《禮記正義》，第 1 版，上海：上海古籍出版社，2008 年版，第 1478 頁。

〔註78〕謝思煒撰，《白居易詩集校注》，第 1 版，北京：中華書局，2006 年版，第 117 頁。

〔註79〕〔清〕阮元校刻，《十三經注疏‧周易正義》（清嘉慶刊本），第 1 版，北京：中華書局，2009 年版，第 180 頁。

〔註80〕〔清〕阮元校刻，《十三經注疏‧周易正義》（清嘉慶刊本），第 1 版，北京：中華書局，2009 年版，第 170 頁。

曰：「子曰：『天何言哉？四時行焉，百物生焉，天何言哉？』」〔註81〕上天無言而行化育萬物之大道，但凡有助於生息涵養之道，均得天助。「順天」即以上天之道施之於人道。天道無私、無邪、無欺，以中正大和為本，故人道在於誠信篤實。孔子強調與朋友交而誠信，是為順應天道在具體行為上的體現。得道多助，失道寡助，故曰「人之所助者，信也。」誠信篤實即是順應天道，故此能夠得到上天庇佑。孔穎達疏曰：

> 天之所助，唯在於順，此上九恒思於順；既有信思順，又能尊
> 尚賢人，是以從天已下，皆祐助之，而得其吉，無所不利也。〔註82〕

天地至大，無邊無際，何其廣闊、何其強健，何其深厚、何其柔順。遵循天理大道施之於人事，則至德具備，吉无不利。此中所闡述的「天德」，即「生生」之大德，天德「生生」而不「害生」，芸芸眾生趨利避害是其本能，祈求的無非是自然生息。聖賢君子順應天道，履行天德，黎民百姓翹首以盼，擁戴歸附，思之如仰北辰，趨之如水就下。

《易傳》之中多有「順」的論述，其根本核心乃是孔子所言「天之所助者，順也」，順應天道，合理對應「時」「位」之變，以發展變化的觀點認識世界、指導實踐。《周易・坤・彖》曰：「至哉坤元，萬物資生，乃順承天……柔順利貞。」〔註83〕《周易・文言》曰：「坤道其順乎，承天而時行。」〔註84〕《周易・繫辭下》曰：「夫坤，天下之至順也。」〔註85〕《周易・說卦》曰：「坤，順也。」〔註86〕《周易・泰・彖》曰：「內陽而外陰，內健而外順，內君子而外小人：君子道長，小人道消也。」〔註87〕《周易・豫・彖》曰：「豫，順以動，故天地如之，而況建侯行師乎？天地以順動，故日月不過，而四時

〔註81〕楊伯峻譯注，《論語譯注》，第 3 版，北京：中華書局，2009 年版，第 185 頁。
〔註82〕〔清〕阮元校刻，《十三經注疏・周易正義》（清嘉慶刊本），第 1 版，北京：中華書局，2009 年版，第 170 頁。
〔註83〕〔清〕阮元校刻，《十三經注疏・周易》（清嘉慶刊本），第 1 版，北京：中華書局，2009 年版，第 31 頁。
〔註84〕〔清〕阮元校刻，《十三經注疏・周易正義》（清嘉慶刊本），第 1 版，北京：中華書局，2009 年版，第 33 頁。
〔註85〕〔清〕阮元校刻，《十三經注疏・周易》（清嘉慶刊本），第 1 版，北京：中華書局，2009 年版，第 189 頁。
〔註86〕〔清〕阮元校刻，《十三經注疏・周易正義》（清嘉慶刊本），第 1 版，北京：中華書局，2009 年版，第 197 頁。
〔註87〕〔清〕阮元校刻，《十三經注疏・周易正義》（清嘉慶刊本），第 1 版，北京：中華書局，2009 年版，第 54 頁。

不忒；聖人以順動，則刑罰清而民服。」〔註88〕《周易‧觀‧彖》曰：「大觀在上，順而巽，中正以觀天下。」〔註89〕《周易‧剝‧彖》曰：「順而止之，觀象也。」〔註90〕《周易‧復‧彖》曰：「動而以順行，是以出入無疾，朋來无咎。」〔註91〕《周易‧明夷‧彖》曰：「內文明而外柔順，以蒙大難，文王以之。」〔註92〕《周易‧萃‧彖》曰：「順以說……利有攸往，順天命也。」〔註93〕《周易‧革‧彖》曰：「湯武革命，順乎天而應乎人。」〔註94〕《周易‧大有‧象》曰：「君子以遏惡揚善，順天休命。」〔註95〕《周易‧咸‧象》曰：「雖凶居吉，順不害也。」〔註96〕《周易‧頤‧象》曰：「居貞之吉，順以從上也。」〔註97〕《周易‧升‧象》曰：「君子以順德，積小以高大。」〔註98〕《周易‧革‧象》曰：「小人革面，順以從君也。」〔註99〕《周易‧漸‧象》曰：「利用禦寇，順相保也。」〔註100〕《周易》關於「順」的論述，所表達的核心含義即為順應天道常軌，以有序規範的狀態應對事物的變化，則可使得

〔註88〕〔清〕阮元校刻，《十三經注疏‧周易正義》（清嘉慶刊本），第 1 版，北京：中華書局，2009 年版，第 61 頁。

〔註89〕〔清〕阮元校刻，《十三經注疏‧周易正義》（清嘉慶刊本），第 1 版，北京：中華書局，2009 年版，第 72 頁。

〔註90〕〔清〕阮元校刻，《十三經注疏‧周易正義》（清嘉慶刊本），第 1 版，北京：中華書局，2009 年版，第 76 頁。

〔註91〕〔清〕阮元校刻，《十三經注疏‧周易正義》（清嘉慶刊本），第 1 版，北京：中華書局，2009 年版，第 77 頁。

〔註92〕〔清〕阮元校刻，《十三經注疏‧周易正義》（清嘉慶刊本），第 1 版，北京：中華書局，2009 年版，第 101 頁。

〔註93〕〔清〕阮元校刻，《十三經注疏‧周易正義》（清嘉慶刊本），第 1 版，北京：中華書局，2009 年版，第 119 頁。

〔註94〕〔清〕阮元校刻，《十三經注疏‧周易正義》（清嘉慶刊本），第 1 版，北京：中華書局，2009 年版，第 124 頁。

〔註95〕〔清〕阮元校刻，《十三經注疏‧周易正義》（清嘉慶刊本），第 1 版，北京：中華書局，2009 年版，第 59 頁。

〔註96〕〔清〕阮元校刻，《十三經注疏‧周易正義》（清嘉慶刊本），第 1 版，北京：中華書局，2009 年版，第 95 頁。

〔註97〕〔清〕阮元校刻，《十三經注疏‧周易正義》（清嘉慶刊本），第 1 版，北京：中華書局，2009 年版，第 83 頁。

〔註98〕〔清〕阮元校刻，《十三經注疏‧周易正義》（清嘉慶刊本），第 1 版，北京：中華書局，2009 年版，第 120 頁。

〔註99〕〔清〕阮元校刻，《十三經注疏‧周易正義》（清嘉慶刊本），第 1 版，北京：中華書局，2009 年版，第 125 頁。

〔註100〕〔清〕阮元校刻，《十三經注疏‧周易正義》（清嘉慶刊本），第 1 版，北京：中華書局，2009 年版，第 130 頁。

「原始反終」具有理論基礎與現實依據，是為《周易》從微觀層面體現其宏觀意義的重要思想觀念。

「順」作為詮釋《周易》應對「時」「位」變化的重要概念，具有極強的發揮空間。「順」所顯示的，是在「時」「位」變化過程中間的態度和行為。「性命」之理天造無私，「時」「位」變化客觀存在，不以人的意志為轉移，宏觀整體上雖遵循「常道」，對於具體時段的個體而言，又具有偶然性和不可測的特性。白居易能夠主動認識到自己所處環境的狀態，自身位置潛含的利害糾葛，能夠理性地分析遭逢時變的內在與外在因由，為自己內心世界的平復和現實作為的順遂尋找出令人信服的理由。白居易對《周易》所揭示的陰陽交互原理具備理性認識，對禍福、窮達的相互依存的辯證關係理解透徹，以「順」為本應對萬變。白居易視宦途波折、人生起伏為人世間難於繞行的「常道」之一，故此能明「順」之理，用「順」之道，心下坦然地面對一切艱難困苦。

在論述帝王之德、治國安邦層面，白居易運用《周易》「順天應人」思想闡述觀點。白居易《賀雨》曰：「順人人心悅，先天天意從。」〔註101〕白居易盛譽帝王順應民心，先行效天普世大德，天如人願，天意相從，甘霖普施。《周易・乾・文言》曰：「先天而天弗違，後天而奉天時。」〔註102〕「先天」「後天」均為《周易》「大人」之聖德，合於天道、四時，通於鬼神。聖賢君主之言行無論先後均遵循天德，恭奉天道不相違忤，故上天護佑。德宗貞元十九年（803），白居易三十二歲，作《漢高皇帝親斬白蛇賦》曰：

> 高皇帝將欲戡時難，撥禍亂，乃耀聖武，奮英斷，提神劍於手中，斬靈蛇於澤畔。何精誠之潛發，信天地之幽贊……天之啟，神之契，舉刃一揮，溘然而斃。不知我者謂我斬白蛇，知我者謂我斬白帝。於是灑雨血，摧霜鱗，塗野草，濺路塵。嗟乎！神化將窮，不能保其命；首尾雖在，不能衛其身。盛矣哉！聖人之草昧經綸，應乎天，順乎人。〔註103〕

白居易援引《周易》論漢高祖劉邦開創之功。漢高祖斬白蛇之典出自《史記・高祖本紀》，以證劉邦具備奉天承運、歷數在躬的天授君權。《周易・說

〔註101〕謝思煒撰，《白居易詩集校注》，第1版，北京：中華書局，2006年版，第1頁。

〔註102〕〔清〕阮元校刻，《十三經注疏・周易正義》（清嘉慶刊本），第1版，北京：中華書局，2009年版，第30頁。

〔註103〕〔唐〕白居易著，謝思煒校注，《白居易文集校注》，第1版，北京：中華書局，2011年版，第36，37頁，參見附錄1第83條。

卦傳》曰：「昔者聖人之作《易》也，幽贊於神明而生蓍。」〔註104〕謂劉邦以精誠之心得到神明的暗中贊助。《周易・屯・彖》曰：「雷雨之動滿盈，天造草昧，宜建侯而不寧。」〔註105〕《周易・屯・象》曰：「雲雷，屯。君子以經綸。」〔註106〕謂世界蒙昧未開化時節，開創邦國大業。《周易・震・象》曰：「洊雷，震。」〔註107〕《周易・說卦》曰：「帝出乎震。」〔註108〕《周易・革・彖》曰：「天地革而四時成，湯武革命，順乎天而應乎人，革之時大矣哉！」〔註109〕劉邦開創事業、立制建極前後的一系列政策方略，確實合乎時勢、順應民心。白居易引《周易》原理，以湯武典故相論證，可見在事業開創與邦國治理諸方面，對「順天應人」的深入思考和總結，對其政治理念與仕宦生涯產生了重要影響。

在修身養德、安身立命方面，白居易以《周易》「順性命之理」思想觀念指導生活實踐。白居易《君子不器賦》曰：

> 不器者，通理而黃中；有用者，致遠而任重。蓋由識包權變，理蘊通明；業非學致，器異琢成。審其時，有道舒而無道卷；慎其德，捨之藏而用之行。語其小，能立誠以修辭；論其大，能救物而濟時。以之理心，則一身獨善；以之從政，則庶績咸熙。既居家而必達，亦在邦而允釐。彼子貢雖賢，唯稱瑚璉之器；彥輔信美，空標水鏡之姿。是謂非求備者，有何足以多之？豈如我順乎通塞，含乎語默；何用不臧，何響不克？〔註110〕

儒家思想認為君子以求「道」為最高旨趣和理想。《周易・文言傳》曰：

〔註104〕〔清〕阮元校刻，《十三經注疏・周易正義》（清嘉慶刊本），第1版，北京：中華書局，2009年版，第195頁。

〔註105〕〔清〕阮元校刻，《十三經注疏・周易正義》（清嘉慶刊本），第1版，北京：中華書局，2009年版，第34頁。

〔註106〕〔清〕阮元校刻，《十三經注疏・周易正義》（清嘉慶刊本），第1版，北京：中華書局，2009年版，第35頁。

〔註107〕〔清〕阮元校刻，《十三經注疏・周易正義》（清嘉慶刊本），第1版，北京：中華書局，2009年版，第127頁。

〔註108〕〔清〕阮元校刻，《十三經注疏・周易正義》（清嘉慶刊本），第1版，北京：中華書局，2009年版，第196頁。

〔註109〕〔清〕阮元校刻，《十三經注疏・周易正義》（清嘉慶刊本），第1版，北京：中華書局，2009年版，第124頁。

〔註110〕〔唐〕白居易著，謝思煒校注，《白居易文集校注》，第1版，北京：中華書局，2011年版，第67，68頁，參見附錄1第13條。

「君子黃中通理，正位居體，美在其中，而暢於四支，發於事業：美之至也！」〔註111〕《周易·文言傳》曰：「修辭立其誠，所以居業也。」〔註112〕白居易謂君子曉暢天地大道，其通暢與滯塞、發聲或緘默，一動一靜交相呼應，合於君子之道，順性命之理，無論居於何種境遇、何種時位，無有不合本心大道的情形。《周易·節·象》曰：「不出戶庭，知通塞也。」〔註113〕孔穎達疏曰：「知通塞」者，識時通塞，所以不出也。〔註114〕辨識時勢之別、暢通阻滯之狀，當行則行，當止則止，是為《周易》所言君子之至德。《周易·繫辭上》曰：「子曰：『君子之道，或出或處，或默或語。』」〔註115〕《詩經·凱風·雄雉》曰：「不忮不求，何用不臧。」〔註116〕言君子之行不疾害，不求全責備，居和順屈伸動靜之間，心安理得於事，其一切行止光明磊落，無有不善。白居易對君子「出處」以時之道深入理解，其《動靜交相養賦》曰：「出處相濟，必有時而行。」〔註117〕謂之不可執迷於其一端，當若陰陽相對、剛柔相濟一般隨時轉換、應時以變，終歸以心安理得為原則。

元和十一年（816），白居易在江州，作《答戶部崔侍郎書》曰：

> 首垂問以鄙況，不足云。蓋默默兀兀，委順任化而已……此蓋君子久要之心，不為榮領合散增減耳。而不佞者，又何幸焉。然自到潯陽，忽已周歲。外物盡遣，中心甚虛。雖賦命之間則有厚薄，而忘懷之後亦無窮通。用此道推，頹然自足。又或杜門隱几，塊然自居。木形灰心，動逾旬月。當此之際，又不知居在何地，身是何人。雖鵬鳥集於前，枯柳生於肘，不能動其心也，而況進退榮辱之

〔註111〕〔清〕阮元校刻，《十三經注疏·周易正義》（清嘉慶刊本），第1版，北京：中華書局，2009年版，第34頁。

〔註112〕〔清〕阮元校刻，《十三經注疏·周易正義》（清嘉慶刊本），第1版，北京：中華書局，2009年版，第27頁。

〔註113〕〔清〕阮元校刻，《十三經注疏·周易正義》（清嘉慶刊本），第1版，北京：中華書局，2009年版，第34頁。

〔註114〕〔清〕阮元校刻，《十三經注疏·周易正義》（清嘉慶刊本），第1版，北京：中華書局，2009年版，第145頁。

〔註115〕〔清〕阮元校刻，《十三經注疏·周易正義》（清嘉慶刊本），第1版，北京：中華書局，2009年版，第164頁。

〔註116〕〔漢〕鄭玄箋，〔唐〕孔穎達疏，朱傑人、李慧玲整理，《毛詩注疏》，第1版，上海：上海古籍出版社，2013年版，第189頁。

〔註117〕〔唐〕白居易著，謝思煒校注，《白居易文集校注》，第1版，北京：中華書局，2011年版，第2頁。

累邪？又思頃者接穫論時，走嘗有言薦於執事云：心與跡多相戾，道與名不兩立。苟有志於道者，若不幸於外，是幸於內。猥蒙歡賞，猶憶之乎？今之身心，或近是矣。退思此語，撫省初心，求仁得仁，又何不足之有也？〔註118〕

白居易領會《周易》「順性命之理」思想，遵循天地常道，於命運起伏任其自然，順應時勢之變。若欲得到真正的內心平和，必須領會所遇境況之意義，深入剖析生命歷程中諸多不同境遇之下的利弊得失，總結權衡，得出令自己信服的結論。白居易認為「苟有志於道者，若不幸於外，是幸於內」，可視作白居易陰陽觀的理想詮釋，謂之無往不有所得，無時不有所幸。抱有此樂天安命的信念，則外物不能亂其心，迍窮不能改其志，外境萬變而其內心的中正大和不變。

元和十三年（818），在江州，白居易作《遣懷》曰：

義和走馭趁年光，不許人間日月長。遂使四時都似電，爭教兩鬢不成霜。榮銷枯去無非命，壯盡衰來亦是常。已共身心要約定，窮通生死不驚忙。〔註119〕

白居易感歎時光流逝如白駒過隙，世間榮枯在轉瞬之間，若患得患失於利祿榮貴，則生命的意義著實有限。淡看窮通生死，提升生命的價值和意義，是為白居易深入思考的問題。白居易《答四皓廟》曰：

天下有道見，無道卷懷之。此乃聖人語，吾聞諸仲尼。矯矯四先生，同稟希世資。隨時有顯晦，秉道無磷緇……豈如四先生，出處兩逶迤。何必長隱逸，何必長濟時？由來聖人道，無眹不可窺。卷之不盈握，舒之亘八陲。先生道甚明，夫子猶或非。願子辨其惑，為予吟此詩。〔註120〕

白居易理性調和人生目標和社會現實的矛盾，以歷史人物作為參照，獲取生存智慧與處世規章；對「商山四皓」隱顯「隨時」表達出仰慕之情，以之為聖賢之道。君子出處有序，收放自如，出則如鯤鵬展翅，成就功業；處則進

〔註118〕〔唐〕白居易著，謝思煒校注，《白居易文集校注》，第1版，北京：中華書局，2011年版，第345，346頁，參見附錄1第236條。
〔註119〕謝思煒撰，《白居易詩集校注》，第1版，北京：中華書局，2006年版，第1362頁，參見附錄2第138條。
〔註120〕謝思煒撰，《白居易詩集校注》，第1版，北京：中華書局，2006年版，第231，232頁，參見附錄2第59條。

德修業，遁世無悶，白居易對此反覆論說，在立身處世方面受益頗深。

「順性命之理」的先決條件，須正確看待客觀現實之中自身所處的位置，將世間禍福得失先行進行一番梳理，方能較為準確地把握當下預估未來，不至於遭逢時變而左支右絀、手足無措，如同《與楊虞卿書》所言：「故寵辱之來，不至驚怪。」〔註121〕白居易在翰林學士與左拾遺職位上，對所從事的事業的意義和其中的危害具有充分的認識，對積怨深厚而遭受攻訐，由此左遷閒職之得失具有合理的預期。借鑒經驗教訓，對歷史人物的人生歷程進行深入考察，分析其窮達禍福的來龍去脈，是白居易準確認識自我，合理調適身心的重要途徑。白居易詩文中多次論及孔子、顏淵、屈原、賈誼、司馬遷、嵇康、阮籍、陶淵明等歷史人物。上述人物的共同之處即是才智卓越、品德高尚，或生不逢時、懷才不遇；或橫遭災禍、命屈當代。白居易《讀史五首（其二）》曰：

> 禍患如棼絲，其來無端緒。馬遷下蠶室，嵇康就囹圄。抱冤志
> 氣屈，忍恥形神沮。當彼戮辱時，奮飛無翅羽。商山有黃綺，潁川
> 有巢許。何不從之遊，超然離網罟？山林少羈鞅，世路多艱阻。寄
> 謝伐檀人，慎勿嗟窮處。〔註122〕

從司馬遷、嵇康的遭遇中，白居易得出的結論依然是《周易》所揭示的禍福相倚、窮達相隨的道理，顯示出白居易對於禍患的警覺和對時變的預估。在此情形下，白居易自然表現出對遵從「順性命之理」思想觀念，出處「隨時」，善於守身遠禍、志行高潔的前賢，遠者若巢父和許由，近者「商山四皓」的夏黃公、綺里季等高潔之士的仰慕之情。珍視身後之名，為儒家君子通過活國濟民，力爭名垂青史的本分所在。太史公司馬遷有良史之才，其《史記》為後世高度讚譽。既便漢代，同為史家的班固亦稱頌不已，於《漢書·司馬遷傳》中贊曰：「然自劉向、楊雄博極群書，皆稱遷有良史之材，服其善序事理，辯而不華，質而不俚，其文直，其事核，不虛美，不隱惡，故謂之實錄。」〔註123〕就後世對司馬遷的評價看來，確實是不負其「究天人之

〔註121〕〔唐〕白居易著，謝思煒校注，《白居易文集校注》，第1版，北京：中華書局，2011年版，第293，294頁。

〔註122〕謝思煒撰，《白居易詩集校注》，第1版，北京：中華書局，2006年版，第203，204頁。

〔註123〕〔漢〕班固撰，〔唐〕顏師古注，《漢書》，第1版，北京：中華書局，1962年版，第2738頁。

際，通古今之變，成一家之言」的宏圖大志。〔註 124〕但高名大德，往往伴隨著無端之禍，司馬遷披肝瀝膽陳情忠諫，履行的是臣子本分，維護的是正直良知，卻因此罹不測之禍，白居易對此難以釋懷和深切同情。事實上司馬遷以史家眼光觀照往昔，對歷史人物所作總結更為周備，其中規律性結論對白居易之影響不可謂不深。司馬遷《報任安書》曰：

> 古者富貴而名摩滅，不可勝記，唯倜儻非常之人稱焉。蓋西伯拘而演《周易》；仲尼厄而作《春秋》；屈原放逐，乃賦《離騷》；左丘失明，厥有《國語》；孫子臏腳，《兵法》修列；不韋遷蜀，世傳《呂覽》；韓非囚秦，《說難》《孤憤》；《詩》三百篇，大氐聖賢發憤之所為作也。〔註 125〕

白居易所希求的，是如何既能有所作為，又不至於以身家性命為代價，實在是難於拿捏，其《雜感》曰：

> 君子防悔尤，賢人戒行藏。嫌疑遠瓜李，言動慎毫芒。立教固如此，撫事有非常。為君持所感，仰面問蒼蒼。犬齧桃樹根，李樹反見傷。老龜烹不爛，延禍及枯桑。城門自焚爇，池魚罹其殃。陽貨肆兇暴，仲尼畏於匡。魯酒薄如水，邯鄲開戰場。伯禽鞭見血，過失由成王。都尉身降虜，宮刑加子長。呂安兄不道，都市殺嵇康。斯人死已久，其事甚昭彰。是非不由己，禍患安可防？使我千載後，涕泗滿衣裳。〔註 126〕

白居易列舉眾多無端獲咎、意外罹殃人物，歎息世事無常、時命舛誤。嵇康為白居易反覆言及和深為歎惋的人物，作為「竹林七賢」的精神領袖，嵇康藐視時務，因「言論放蕩，非毀典謨」而遭殺身之禍，〔註 127〕歷來為士人所痛惜。嵇康飄逸神秀，清朗挺拔，為人高峻絕倫，居於亂世，遠離朝堂，返歸山野，立志成為《周易·蠱·象》所云「不事王侯，高尚其事」的君子。〔註

〔註 124〕〔漢〕班固撰，〔唐〕顏師古注，《漢書》，第 1 版，北京：中華書局，1962年版，第 2735 頁。

〔註 125〕〔漢〕班固撰，〔唐〕顏師古注，《漢書》，第 1 版，北京：中華書局，1962年版，第 2735 頁。

〔註 126〕謝思煒撰，《白居易詩集校注》，第 1 版，北京：中華書局，2006 年版，第263 頁，參見附錄 1 第 111 條。

〔註 127〕〔唐〕房玄齡等撰，《晉書》，第 1 版，北京：中華書局，1974 年版，第 1373 頁。

〔註 128〕〔清〕阮元校刻，《十三經注疏·周易正義》（清嘉慶刊本），第 1 版，北京：中華書局，2009 年版，第 71 頁。

128〕愈是高尚其事、品行端莊，愈是晶瑩剔透、純粹高潔，愈發為人稱頌、為人傚仿。事與願違在於，嵇康遭禍罹殃正是出於特立獨行、不由徑路的尊貴人格和超拔作為。恰恰是因為過於聰明深察，而為人忌諱，不去之如鯁在喉，才有廣陵散曲成為絕唱的遺憾。嵇康目光如炬，反覆論述時政繁劇、宦途兇險，顯貴與災禍之間緊密相連的關係，諸多詩作表達得淋漓盡致。《代秋胡歌詩七章·第一》曰：「富貴尊榮，憂患諒獨多。富貴尊榮，憂患諒獨多。古人所懼，豐屋蔀家。人害其上，獸惡網羅。惟有貧賤，可以無他。歌以言之，富貴憂患多。」〔註129〕《五言贈秀才詩》曰：「鳥盡良弓藏，謀極身必危。吉凶雖在己，世路多嶮巇。」〔註130〕《與阮德如詩》曰：「澤雉窮野草，靈龜樂泥蟠。榮名穢人身，高位多災患。未若捐外累，肆志養浩然。」〔註131〕《六言詩十章·第六》曰：「名行顯患滋。位高勢重禍基。」〔註132〕上述嵇康對於富貴尊榮與憂患災禍的理性思考，以及二者陰陽交替一般緊密相隨的現象，對後世的啟示良多。嵇康智慧超群，對世事洞若觀火，多有詩作論述仕途人生，對於富貴尊榮與高位重權所隱含的兇險災禍具有清醒的認識，於詩文中反覆吟詠，表現出的是對現實社會政治的深刻思考與批判。嵇康將與主流政治相牴牾的思想觀念，毫無保留地明確表達出來，其結局並無懸念。老子「聰明深察而近於死者，好議人者也。博辯廣大危其身者，發人之惡者也」的至理名言，〔註133〕可為嚴苛政治環境下聰慧絕倫而過於顯露者戒。

白居易通曉《周易》思想所揭示的人生一般規律，雖不能徹底把握自身的命運，但可以主動調理自己的身心，以適應時代和環境的變化，「隨時」而「順命」，在任何情形之下，均葆有樂觀曠達、美在其中、樂在其中的良好心態。宋儒程頤曰：

> 心即性也。在天為命，在人為性，論其所主為心，其實只是一

〔註129〕逯欽立輯校，《先秦漢魏晉南北朝詩》，第 1 版，北京：中華書局，1983 年版，第 479 頁。

〔註130〕逯欽立輯校，《先秦漢魏晉南北朝詩》，第 1 版，北京：中華書局，1983 年版，第 486 頁。

〔註131〕逯欽立輯校，《先秦漢魏晉南北朝詩》，第 1 版，北京：中華書局，1983 年版，第 487 頁。

〔註132〕逯欽立輯校，《先秦漢魏晉南北朝詩》，第 1 版，北京：中華書局，1983 年版，第 490 頁。

〔註133〕〔漢〕司馬遷撰、〔宋〕裴駰集解、〔唐〕司馬貞索隱、〔唐〕張守傑正義，《史記》，第 1 版，北京：中華書局，1955 年版，第 1909 頁。

個道。苟能通之以道，又豈有限量？天下更無性外之物。若云有限量，除是性外有物所得。〔註134〕

　　宋代理學則將「性命」之理掌握於一「心」，將外在事物對人生價值、生命意義的影響降低到最低程度，拓寬了自我完善的渠道。早程頤二百六十餘年的白居易，對「心」的理解已具有其獨到的認知，其《詠懷》曰：「窮通不由己，歡戚不由天」，〔註135〕歡愉與悲戚，全然在於自身一心的把握，此種狀態對白居易一生，尤其是中年以後的生活影響巨大。白居易領悟到「心」的意義和作用，一切外在環境的感受，均囊括於一「心」，解決精神世界與物質世界的矛盾，自我調適成為重要途經，白居易對此反覆吟詠。至於晚年，白居易對「心」又有更進一步的認識，曰：「身作醫王心是藥，不勞和扁到門前。」〔註136〕「不須憂老病，心是自醫王。」〔註137〕「命即無奈何，心可使泰然。」〔註138〕白居易充分認識到「心」的意義，自我意識的提升，是其留與後世的重要啟示。白居易具有政治理想遭受挫折的經歷，波折起伏的人生際遇，卻表現出隨緣順境、超然物外的狀態，情緒冷靜、心態平和，罕有輾轉反側、不得其所的情形。對於命運的未可把握，造化之無跡可尋，白居易彷彿成竹在胸，因而在一切變故與艱難降臨之時，表現的是從容不迫、處之晏然。此種內心世界之宏大與高遠，為後代士子留下了珍貴的人生經驗，廣闊的理性思考與再創造的空間。

　　白居易作為中晚唐人物，接受《周易》「順性命之理」思想觀念，強調「心」的作用與意義，有所創新和發展，與宋代理學關於「性命之理」的認識，頗有殊途同歸的意蘊。白居易無論是在朝堂之上，還是作為散官閒職，琢磨古道、披閱史籍不曾稍有間斷。白居易「順性命之理」思想所展現的一種獨特而平常的生活生存狀態，與其善於從經典論述、歷史經驗中總結規律

〔註134〕〔宋〕程顥、〔宋〕程頤著，《二程集》，第2版，北京：中華書局，2004年版，第204頁。
〔註135〕謝思煒撰，《白居易詩集校注》，第1版，北京：中華書局，2006年版，第645頁。
〔註136〕謝思煒撰，《白居易詩集校注》，第1版，北京：中華書局，2006年版，第2632頁。
〔註137〕謝思煒撰，《白居易詩集校注》，第1版，北京：中華書局，2006年版，第2821頁。
〔註138〕謝思煒撰，《白居易詩集校注》，第1版，北京：中華書局，2006年版，第645頁，參見附錄2第130條。

性認識密切相連。白居易鑒古證今、紓解胸臆、表達情感、啟迪自我、流澤將來，正因為如此，白居易具有宏觀的歷史視野和開闊豐富的精神世界，多有上乘制作流傳，為後世所借鑒並視為瑰寶。

4.2.2 白居易「安時順命」的現實緣由

自白居易的才識與秉性看來，既具備治國安邦的政治才能，也蘊含融會山水的靈根慧性；既具有疾惡如仇、儻言直聲的耿介品格，也擁有隨緣就勢、隨遇而安的曠達胸懷。白居易不同生存狀態的呈現，依據時勢、環境來決定。白居易將「《易》尚隨時」「順性命之理」觀念運用於自身，即是表現為「安時順命」的生活態度。隨時變通思想早年即植根於白居易內心世界，自其宦途之初即始，《百道判·得郡舉乙清高》曰：

> 退藏守道，自合銷聲；待用濟時，則難背俗。乙行藏未達，通介不常。若德至而無稱，固難滅跡；既名彰而見舉，誠合隨時。徒立身以清高，且於物而凝滯。無固無必，盍守宣尼之言；獨清獨醒，信貽漁父之誚。兼濟豈資於絕俗，全真未爽於同塵。宜從不當之科，俾慎無常之舉。〔註139〕

《周易·繫辭上》曰：「聖人以此洗心，退藏於密，吉凶與民同患。」〔註140〕《論語·子罕篇》曰：「子絕四——毋意、毋必、毋固、毋我。」〔註141〕白居易引孔子經典論述以證判詞，可見白居易處世之道的隨時合勢、順應自然的變通思想，早在其步入仕途之初即已有深厚的理論基礎。白居易在此平和淡雅的心緒之間，得以隨心所欲發揮思想情緒，將生命意識融入日常瑣屑平常方面，實踐了他的名號所賦予的「樂天」「居易」的內涵，在他生命的各個階段，有始有終地契合了《周易》思想所界定的生命的完整過程。青少年埋頭苦讀，積累智慧，提升學養；壯年仕進之後朝乾夕惕為國盡忠，為君父分憂，為黎民百姓奔走呼號；晚歲順適所遇，恬淡處事，融入自然揮灑文墨，翰采繽紛，文章炳煥。

〔註139〕〔唐〕白居易著，謝思煒校注，《白居易文集校注》，第1版，北京：中華書局，2011年版，第1714，1715頁，參見附錄1第53條。

〔註140〕〔清〕阮元校刻，《十三經注疏·周易正義》（清嘉慶刊本），第1版，北京：中華書局，2009年版，第169頁。

〔註141〕楊伯峻譯注，《論語譯注》，第3版，北京：中華書局，2009年版，第86頁。

元和十一年（816），白居易貶江州司馬一年左右，白居易作《與楊虞卿書》曰：

> 昔衛玠有言：「人之不逮，可以情恕。非意相加，可以理遣。」故至終身無喜慍色。僕雖不敏，常佩此言。斯皋：人生未死間，千變萬化。若不情恕於外，理遣於中，欲何為哉？僕之是行也，知之久矣。自度命數，亦其宜然……又常照鏡，或觀寫真，自相形骨，非富貴者必矣。以此自決，益不復疑。故寵辱之來，不至驚怪，亦足下素所知也。今且安時順命，用遣歲月，或免罷之後，得以自由。浩然江湖，從此長往。死則葬魚鱉之腹，生則同鳥獸之群，必不能與搯聲攫利者權量其分寸矣。足下輩無復見僕之光塵於人寰間也。多謝故人，勉樹令德。粗寫鄙志，兼以為別。〔註142〕

白居易詩文之中，常常論及「順命」「委順」，其「順」的內涵，即為「順性命之理」。《周易·臨·象》曰：「咸臨吉无不利，未順命也。」〔註143〕白居易順應「命數」具體表現在不怨天尤人，保有達觀恬淡的精神狀態，自覺「或免罷之後，得以自由」，故此能夠「浩然江湖，從此長往」，決然不與「搯聲攫利者」較短量長以損耗其道德人格。

一般說來，諸如白居易等秉性超拔、品質高潔、內心純淨之文人士子，多具有飄渺神思、曠放情懷，嚮往山水自然、傾慕餐瓊漱霞，彷彿唯有廣闊無垠的天地宇宙，方能任其胸臆舒展、思維馳騁。《文心雕龍·神思》曰：

> 夫神思方運，萬塗競萌，規矩虛位，刻鏤無形；登山則情滿於山，觀海則意溢於海，我才之多少，將與風雲而並驅矣。〔註144〕

擁有此等卓異根性的人物，既便具備從政治國的才乾和空間，依舊不能釋懷於成為一個具有仙風道骨的高士。歷經長久儒家文化薰陶的士君子，更加需要獨立思考與自由發揮的空間。循規蹈矩、足履繩墨的桎梏，著實讓多數才俊如籠中之鳥，難於自由翱翔而頗感鬱鬱不樂。孫邦金《論〈周易〉的隱逸思想》曰：

〔註142〕〔唐〕白居易著，謝思煒校注，《白居易文集校注》，第1版，北京：中華書局，2011年版，第293，294頁。

〔註143〕〔清〕阮元校刻，《十三經注疏·周易正義》（清嘉慶刊本），第1版，北京：中華書局，2009年版，第72頁。

〔註144〕〔南朝梁〕劉勰著，黃叔琳注，李詳補注，楊明照校注拾遺，《增訂文心雕龍校注》，第1版，北京：中華書局，2012年版，第372頁。

　　大多數士君子身處廟堂之上，在被世俗職務和政治牽纍之餘，仍不免心儀江湖之遠，希冀著悠閒自在之人生。所以，中國隱士文化並不只是隱士自己的文化，它不僅反映了士大夫階層對於自我與社會之關係的深沉思考，更在某種程度上摺射出整個中國傳統文化的理想和價值取向。〔註145〕

　　尤其在政治失意與功業受挫之時，白居易順應自然、釋放憂悶的願望倍加強烈。尚未登進士第，白居易作《與陳給事書》曰：「進退之心，交爭於胸中者有日矣。」〔註146〕謂進取退藏，決於陳給事之一言，心中早有應對各式局面的謀劃。元和五年（810），白居易在長安，五月，由左拾遺改官京兆府戶曹參軍，仍充翰林學士。曾上疏請罷王承宗兵，論元稹不當貶，皆不納。〔註147〕期間作有《自題寫真》曰：

　　　　我貌不自識，李放寫我真。靜觀神與骨，合是山中人。蒲柳質易朽，麋鹿心難馴。何事赤墀上，五年為侍臣？況多剛猖性，難與世同塵。不惟非貴相，但恐生禍因。宜當早罷去，收取雲泉身。〔註148〕

　　白居易三十二歲授祕書省校書郎，三十六歲充翰林學士，三十七歲除左拾遺，是年三十九歲。多年帝王近臣的耳濡目染，白居易閱歷漸深，從左拾遺改授參軍之職，有以寧靜心緒，對自己數年人生經歷、成敗得失作一總結，以進一步認識自我、理解當下、展望未來。白居易自認為神貌骨相應當是親近自然、會意山水的人物。性情仁義慈悲則疾惡如仇，心緒醇良端直則忠厚耿介，此二者雖為以黎民百姓福祉為己任、以維護朝廷制度為立身之本的言官所應有的優良品格，其無私無畏的作為卻難於融入任何一個利益集團，更難於應付喧囂塵世的爾虞我詐和相互傾軋。此時白居易感覺自身形象漸次清

〔註145〕孫邦金撰，《論〈周易〉的隱逸思想》，《周易研究》，2006年第2期，第60、61頁。

〔註146〕〔唐〕白居易著，謝思煒校注，《白居易文集校注》，第1版，北京：中華書局，2011年版，第302頁。

〔註147〕朱金城著，《白居易年譜》，第1版，上海：上海古籍出版社，1982年版，第48頁，參見《舊唐書・白居易傳》：「（元和）五年，當改官。上謂崔羣曰：『居易官卑俸薄，拘於資地，不能超等，其官可聽自便奏來。』居易奏曰：『臣聞姜公輔為內職，求為京府判司，為奉親也。臣有老母，家貧養薄，乞如公輔例。』於是，除京兆府戶曹參軍。」

〔註148〕謝思煒撰，《白居易詩集校注》，第1版，北京：中華書局，2006年版，第519頁。

晰，在理論與實踐的層面對自己的命運早作預設、未雨綢繆甚為緊要。「隨時」「順命」是白居易反覆吟哦的理念，其涵泳大道，深研經典，剖析前代人物，印證當代事實也非一日，故此白居易萌生「宜當早罷去，收取雲泉身」的思想，就具有了順理成章、無可辯駁的理由。

　　元和七年（812），白居易 41 歲，丁母憂，居下邽金氏村。暫時離開朝堂尊榮之所，也離開權謀是非之地。此間白居易有充分的時間進行思考，總結前半生生活、事業狀況，人生得失利害，客觀真實地展示內心世界。其《適意兩首》曰：

> 十年為旅客，常有飢寒愁。三年作諫官，復多尸素羞。有酒不暇飲，有山不得遊。豈無平生志，拘牽不自由。一朝歸渭上，泛如不繫舟。置心世事外，無喜亦無憂。終日一蔬食，終年一布裘。寒來彌懶放，數日一梳頭。朝睡足始起，夜酌醉即休。人心不過適，適外復何求？

> 早歲從旅遊，頗諳時俗意。中年忝班列，備見朝廷事。作客誠已難，為臣尤不易。況予方且介，舉動多忤累。直道速我尤，詭遇非吾志。胸中十年內，消盡浩然氣。自從返田畝，頓覺無憂愧。蟠木用難施，浮雲心易遂。悠悠身與世，從此兩相棄。〔註 149〕

　　此二首詩措辭不同，涵義相似，陳述的是早年生活艱辛，通過科舉仕進，作為帝王近臣，掌舉察進諫事，意欲奮發有為，也多有良策諫言，但往往事與願違、壯志難酬。作為朝臣，一方面承擔重大責任，一方面籠罩著巨大風險。對於嚴守職分糾察邪惡，往往力不從心；尸位素餐，聽之任之，又有違一以貫之的酬恩報國意願。總之為臣不易，感慨良多。自身性格使然，又兼才學高名，士林推重，多次作為考官一掌文衡，時人謂白居易選人公正。在為朝廷拔擢賢良、推舉才具之士諸方面意欲有所作為，必須以身作則，據理力爭，方能服眾。白居易之對策、書判之所以為士子引為「準的」，一方面是因為理有所本、言之有物、文辭高妙，另一方面是因為白居易言行一致，頗能不辱使命、主持正義、引領潮流。然而忠貞正直之道布滿荊棘，善良仁義願望往往觸犯得利階層，白居易時常感覺不測之禍即將降臨。進不能一伸志向，退有愧於帝王恩遇，久居於兩難之中，惴惴不安間必生消極倦怠之心，這就

〔註 149〕謝思煒撰，《白居易詩集校注》，第 1 版，北京：中華書局，2006 年版，第529，530 頁。

是白居易所謂「胸中十年內，消盡浩然氣」。此種思想觀念的產生和發展，儼然是白居易中年以後「安時順命」的前奏。

元和九年（814），白居易四十三歲，居下邽，因患眼疾，除母喪後並未授職，作《遊悟真寺詩一百三十韻》曰：

> 我本山中人，誤為時網牽。牽率使讀書，推挽令效官。既登文字科，又忝諫諍員。拙直不合時，無益同素餐。以此自慚惕，戚戚常寡歡。無成心力盡，未老形骸殘。」〔註150〕

白居易略述自身「性命」之理，秉性傾慕自然山水，然一個「誤」字，表達的是時命的身不由己，「牽率」「推挽」均為違背本心的勉強作為。白居易才高名顯，多年的抗言諍諫與歎息民病，雖博得朝野正直之士與下層百姓的欽佩和傳誦，由此也積怨甚深，稍有差池，則釀成禍端。隨著時代之變遷，社會政治情勢的變化，對民生疾苦念念不忘、直言指事喪失了條件。白居易在朝堂上奮發有為可謂之動，山水間涵泳性靈可謂之靜。動靜相間陰陽協調，則不失《周易》所謂陰陽須臾未可分離的「大和」之道。若執著於不合時宜的「拙直」行止，即便無性命之虞，也難免因處處受挫而耗盡心力，帶來未老先衰的結局。

形勢朝著白居易所預測的方向發展，白居易即將走入宦途的低谷，其內心深處的「安時順命」思想，無論是形勢的需要還是自身的真實意願，將具有充分的展示，並在白居易的後期生活中，顯示出重大的意義。《舊唐書·白居易傳》曰：

> （元和）六年四月，丁母陳夫人之喪，退居下邽。九年冬，入朝，授太子左贊善大夫。十年七月，盜殺宰相武元衡，居易首上疏論其冤，急請捕賊以雪國恥。宰相以宮官非諫職，不當先諫官言事。會有素惡居易者，掎摭居易，言浮華無行，其母因看花墮井而死，而居易作《賞花》及《新井》詩，甚傷名教，不宜置彼周行。執政方惡其言事，奏貶為江表刺史。詔出，中書舍人王涯上疏論之，言居易所犯狀跡，不宜治郡。追詔授江州司馬。〔註151〕

〔註150〕謝思煒撰，《白居易詩集校注》，第1版，北京：中華書局，2006年版，第561頁。

〔註151〕〔後晉〕劉昫等撰，《舊唐書》，第1版，北京：中華書局，1975年版，第4344，4345頁。

　　白居易被貶事出偶然，但其中具有強烈的必然因素。多年近臣經驗，白居易必然知曉諫言先後秩序，但宰相武元衡之死，事逢急切，不得不發，這也是多年形成的知無不言、言無不盡的習性使然。白居易固然懂得禍福相倚的道理，但世受君恩、忠心報國的強烈願望的驅使之下，寧可不顧個人安危，亦當忠實履行儒家君子的本分。元和十一年（816），白居易《與楊虞卿書》曰：

> 去年六月，盜殺右丞相於通衢中，迸血髓，磔髮肉，所不忍道。合朝震慄，不知所云。僕以為書籍以來，未有此事，國辱臣死，此其時耶？苟有所見，雖眈畝皂隸之臣不當默默，況在班列而能勝其痛憤耶。故武相之氣平明絕，僕之書奏日午入。兩日之內，滿城知之。其不與者，或誣以偽言，或構以非語。且浩浩者不酌時事大小與僕言當否，皆曰丞郎、給舍、諫官、御史尚未論請，而贊善大夫何反憂國之甚也……然僕始得罪於人也，竊自知矣。當其在近職時，自惟賤陋，非次寵擢，夙夜腼愧，思有以稱之。性又愚昧，不識時之忌諱。凡直奏密啟外，有合方便聞於上者，稍以歌詩導之，意者欲其易入而深誡也。不我同者得以為計，媒糵之辭一發，又安可君臣之道間自明其心乎？加以握兵於外者，以僕潔慎不受賂而憎；秉權於內者，以僕介獨不附己而忌。其餘附麗之者，惡僕獨異，又信狺狺吠聲，唯恐中傷之不獲。以此得罪，可不悲乎……但恐道日長而毀日至，位益顯而謗益多。此伯僚所以愬仲由，季孫所以毀夫子者也。」〔註152〕

　　白居易將盜殺丞相武元衡、朝野震動、情急之下「先諫官言事」的來龍去脈，自己被貶的深層次原因進行了詳述。白居易「出位」言事，本於忠直、無愧之心，對如此作為的後果頗有預感。白居易之被貶，乃是積怨的總爆發。「不識時之忌諱」為白居易的秉性，其《傷唐衢二首（其二）》亦曰：「但傷民病痛，不識時忌諱」，〔註153〕文章如此，詩歌亦如此。依白居易詩文中對歷史上耿介正直之士命運的反覆論述、吟詠來看，白居易對「時忌諱」非為「不識」，實乃「不屑」。明知危機四伏、動輒得咎，白居易可敬之處在於居廟堂之高，始終以匡扶正義、維護朝綱為己任。執政者因白居易先於言官言事，不

〔註152〕〔唐〕白居易著，謝思煒校注，《白居易文集校注》，第1版，北京：中華書局，2011年版，第291～294頁。

〔註153〕謝思煒撰，《白居易詩集校注》，第1版，北京：中華書局，2006年版，第86頁。

問表章本身的是非曲直，再兼白居易母親意外身故等事由，先貶白居易為江表刺史，旋即加貶為江州司馬。

元和十一年（816），白居易在江州，作《讀謝靈運詩》曰：

> 吾聞達士道，窮通順冥數。通乃朝廷來，窮即江湖去。謝公才廓落，與世不相遇。壯志鬱不用，須有所泄處。泄為山水詩，逸韻諧奇趣。大必籠天海，細不遺草樹。豈唯玩景物，亦欲攄心素。往往即事中，未能忘興論。因知康樂作，不獨在章句。〔註154〕

白居易讀謝靈運，惺惺相惜，於心有戚戚焉，感佩與傚仿的是「安時順命」。先行順從性命之理，再行心靈的安置與調適，而非怨聲載道、憂鬱充腸。然則士人君子，雖濟時之志不能伸，猶不能全然忘懷自身精神世界的儒家底色，故徜徉於山水田園之間，往往伴隨對「名宦」生涯的感懷，只是出語和緩委婉、濃淡相宜，與身份、環境融為一體。元和十一年（816），白居易作《歲暮》曰：

> 已任時命去，亦從歲月除。中心一調伏，外累盡空虛。名宦意已矣，林泉計何如？擬近東林寺，溪邊結一廬。」〔註155〕

元和十三年（818），白居易作《白雲期》曰：

> 三十氣太壯，胸中多是非。六十身太老，四體不支持。四十至五十，正是退閑時。年長識命分，心慵少營為。見酒與猶在，登山力未衰。吾年幸當此，且與白雲期。〔註156〕

元和十五年（820），在忠州，《遣懷》曰：

> 樂往必悲生，泰來由否極……自茲唯委命，名利心雙息。近日轉安閑，鄉園亦休憶。迴看世間苦，苦在求不得。我今無所求，庶離憂悲域。〔註157〕

「識命」「順命」「任命」「委命」，為白居易對《周易》「順性命之理」具

〔註154〕謝思煒撰，《白居易詩集校注》，第 1 版，北京：中華書局，2006 年版，第603 頁，參見附錄 2 第 107 條。

〔註155〕謝思煒撰，《白居易詩集校注》，第 1 版，北京：中華書局，2006 年版，第612 頁。

〔註156〕謝思煒撰，《白居易詩集校注》，第 1 版，北京：中華書局，2006 年版，第624 頁。

〔註157〕謝思煒撰，《白居易詩集校注》，第 1 版，北京：中華書局，2006 年版，第882 頁，參見附錄 2 第 154 條。

有層次性和邏輯性的詩意凝練表達。「命」既由上天所賦，非人力所能營為，於是白居易尊重客觀現實，始於「識」之，繼以「順」之，終於「任」和「委」之。古往今來，窮通困順實為普天下常存之理，順通意氣洋洋，迍窮淒淒慘慘，均為常見狀態，亦是凡人情緒的真實表現，不足稱奇。《莊子・養生主》曰：「適來，夫子時也；適去，夫子順也。安時而處順，哀樂不能入也，古者謂是帝之縣解。」〔註158〕老莊之徒，所以高妙，為能齊生死、一窮通、和哀樂。莊子借虛擬人物秦失之口，闡釋「安時處順」思想觀點，謂老聃之死，猶如老聃之生，概由天命。順適所遇，因時應變，是為順應天道而化解人事糾結之達道。人為心中淒苦而鬱悶不樂，並非純一物質利益不能滿足之後的飢寒交迫。物質窮苦較於精神之苦，易於緩解，相對而言仕宦階層物質條件普遍優於社會整體人群。唯有物質充分滿足之後，人生追求不可滿足，精神之苦悶，難於如意，則為極苦、至苦，無以復加之苦。更有生老病死之未可以人力相抗衡之苦，是謂無可奈何，千方百計亦不可解。《周易》所法者天地，故能和陰陽、化否泰；老莊以自然為最高準則，故能齊生死、順天命。若順應天命自然，則生不以為喜，死不以為悲。安於時變而順應之，則哀樂不能入乎中而恒處中正平實之位。處乎中正之位，則無有倒懸之苦。人生世間，哀樂猶如陰陽，循環互換；哀樂之相應，如影相隨。若抑制收斂名利顯達之心，則無有高位失落之苦，悲無以從來，合乎陰陽相對得其「中正」之理。此為白居易「安時順命」之後，內心中正和諧無有極端的體現。

　　白居易之所以「安時順命」，在於外部環境的險惡與內心世界對於山水自然的嚮往。有其被動不得已的因素，亦有主動順遂本性的因素。一方面，白居易諳熟史上真誠耿直與才學超拔前賢的命運，在詩文中反覆琢磨、感觸良多，必然檢討自身、引以為戒。初遇憲宗時，白居易頗能進取，史評議事頗稱意。然而居官愈久，惶惑愈甚。朝堂甚廣，人心猶深，諸多毫不相干的事，其實是緊密關聯的。現實生活與政治抱負南轅北轍，官場混濁與河清海晏的理想成為強烈的對比，中晚唐政治盤根錯節，蚍蜉實難以撼動大樹。白居易之所以有驚無險，只是由於當時雖為帝王近臣卻品秩低微，宰相正直謀國，憲宗確也開明寬厚。白居易雖屢為僥倖安身，若一如既往出言強鯁，諫言非但不為採納，極有可能進一步觸怒權貴招徠禍患，故此「安時順命」成為白居

〔註158〕〔晉〕郭象注，〔唐〕成玄英疏，《莊子注疏》，第 1 版，北京：中華書局，2011 年版，第 70 頁。

易面對現實的唯一正確選擇。另一方面，即便在朝堂帝王之側行走多年，與生俱來的秉性使然，白居易對於回歸本心的閒適安逸異常傾慕，對委身山野、順應自然至為嚮往，常常企望擺脫塵網走向身形與心靈的自由。隨著人生閱歷的增長，白居易對世俗庸常的社會現實愈來愈隔膜；深厚的理論素養和對歷史人物的充分解讀，使其對性命之理的認識上升到理性的高度；靈根慧性使之不可避免地傾向於純粹精一的哲思境界。由此說來，白居易以超脫的情緒對待人生的挫折，以「安時順命」的心態應對時勢之變即具有了充分的理論與實踐依據。

4.2.3　白居易「安時順命」的精神世界

　　由於具備深入的思考和長久的鋪墊，白居易對去留抱有超然物外的態度，江州之貶及其後的一系列波折，當屬意料之中，已然不能對白居易形成些微的衝擊，故此白居易無時無處不心下坦然，其精神世界平和而充實。較之歷來被貶者的失落憂怨表現，白居易如此氣定神閒、無動於衷，連自己也頗覺詫異。元和十年（815），自長安貶至江州途中，白居易作《讀莊子》曰：

　　　　去國辭家謫異方，中心自怪少憂傷。為尋莊子知歸處，認得無

　　何是本鄉。〔註159〕

　　一般說來，白居易當務之急是如何應對仕途受挫的打擊，如何適應遠離政治中心的江州相對偏遠貧瘠的新環境，其表現當是神色黯然、心懷憂怨、惶恐無措。事實卻並非如此，白居易於路途之中儼然先從古人處尋得了精神依託。《莊子·逍遙遊》曰：

　　　　今子有大樹，患其無用，何不樹之於無何有之鄉，廣莫之野，

　　　彷徨乎無為其側，逍遙乎寢臥其下。不夭斤斧，物無害者。無所可

　　　用，安所困苦哉！〔註160〕

　　白居易曾目睹朝廷爭奪的嚴酷，自身處境之艱危。當貶謫於無事之地，居於有閒之位，白居易「安時順命」觀念和作為獲得了豐厚的回報，即莊子的「無用之用」：讜言直聲之無用，變為描摹山水、涵養身心之大用；朝堂諍諫之無用，換來遠離禍源、全軀善終之大用。白居易貶江州次年作《北

〔註159〕謝思煒撰，《白居易詩集校注》，北京：中華書局，2006年版，第1228頁。
〔註160〕〔晉〕郭象注，〔唐〕成玄英疏，《莊子注疏》，第1版，北京：中華書局，2011年版，第21，22頁。

亭》曰：

> 廬宮山下州，溢浦沙邊宅。宅北倚高崗，迢迢數千尺。上有青
> 青竹，竹間多白石。茅亭居上頭，豁達門四闢。前楹捲簾箔，北牖
> 施牀席。江風萬里來，吹我涼淅淅。日高公府歸，巾笏隨手擲。脫
> 衣恣搔首，坐臥任所適。時傾一杯酒，曠望湖天夕。口詠獨酌謠，
> 目送歸飛翮。慚無出塵操，未免折腰役。偶獲此閑居，謬似高人跡。
> 〔註161〕

　　白居易頗為閒居、閒官而自得，似有呼應高人莊周「無何有之鄉」的逸
韻。元和十三年（818），白居易四十七歲，在貶江州四年之後，白居易作《江
州司馬廳記》，詳述司馬職位之利弊得失，心平氣和，娓娓道來，其辭曰：

> 自武德已來，庶官以便宜制事，大攝小，重侵輕。郡守之職，
> 總於諸侯帥；郡佐之職，移於部從事。故自五大都督府至於上、中、
> 下郡，司馬之事盡去，唯員與俸在。凡內外文武官左遷右移者，第
> 居之。凡執伎事上與給事於省寺軍府者，遷署之。凡仕久資高耄昏
> 軟弱不任事而時不忍棄者，實莅之。莅之者，進不課其能，退不殿
> 其不能，才不才一也。若有人畜器貯用，急於兼濟者居之，雖一日
> 不樂。若有人養志忘名，安於獨善者處之，雖終身無悶。官不官，
> 繫乎時也。適不適，在乎人也。〔註162〕

　　江州司馬純屬閒職，勞而無功，閒而無咎，既無其利，則無其弊，白居
易謂之「才不才一也」。孔子謂「不在其位，不謀其政」，白居易中意的即是此
一無位之安閒、無事則無咎的平靜生活。被褫奪諫言理政職權，對於一般立
志報國、成就一番事業的儒家士子而言，不可謂不是仕途重大挫折，人生重
大打擊，心靈重大創傷。白居易的獨特之處在於，首先對貶謫具有充分的心
理準備，這就是冷靜地總結自身的種種作為，對自己多年以言官身份直言其
事，由此忤逆權門可能產生的後果了然於心，因此對左遷並非意料之外。其
次是對朝廷政治逐漸感到失望，多年的從政經歷，使得白居易對朝廷爭奪具
有了切身體會，與初入仕途意欲奮發有為時節不同的是，此時的白居易，當
言者以一再表達無餘，建言並無進一步創造的空間。其三是自然山水對於白

〔註161〕謝思煒撰，《白居易詩集校注》，北京：中華書局，2006 年版，第 597 頁。
〔註162〕〔唐〕白居易著，謝思煒校注，《白居易文集校注》，第 1 版，北京：中華書
　　　　局，2011 年版，第 249 頁，參見附錄 1 第 242 條。

居易此類性靈飄逸、神韻揮灑者著實具有巨大的吸引力，朝堂兇險之地與山野美好自然之間形成的強烈對比，使得白居易並非一心一意專注於清貴之位，而是常常居於兩可之間。一旦機緣切合，既能保障衣食無憂，又能脫離險境步入無所羈縻的自在之境，不可謂不是白居易所祈求的理想生活方式。在此矛盾之處在於，流連自然山水，終日與清風明月相依隨，固然是白居易內心深處企慕的理想生活，畢竟與其初授拾遺時節所立下的宏願相背離，亦與建功立業、成就一代高名的儒家思想相左，若非對朝廷政治失望和嚴酷的現實催逼之甚，壯年的白居易也不會甘願外任，如同其後主動要求外放杭州刺史。胡遂《佛教禪宗與唐代詩風之發展演變》曰：

> 對於中晚唐時代官場中十分激烈的傾軋爭鬥，白居易從貶江州
> 之後基本上就採取一種盡可能迴避的態度。〔註163〕

長期居於兩可之間的白居易一旦為執政者所嫌忌，迫使其離開朝堂，放逐山野，白居易與生俱來的靈性使然，琢磨已久的「安時順命」思想的作用下，順理成章地將自己的情緒和精神調節至於和諧的狀態，這就是白居易所謂將「兼濟」之志，轉為「獨善」之心，隱匿「蓄器貯用」之志而轉向「養志忘名」狀態。

與白居易平和安逸的精神狀態形成強烈對比，韓愈和柳宗元在同等境遇下的表現可謂反應劇烈。唐憲宗元和十四年（819），韓愈上《諫佛骨表》，力諫勸阻憲宗迎佛骨，由刑部侍郎貶為潮州刺史。韓愈仕途蹉跎，年五十方擢升刑部侍郎，兩年即遭此厄運。韓愈《左遷至藍關示姪孫湘》曰：

> 一封朝奏九重天，夕貶潮州路八千。欲為聖朝除弊事，肯將衰
> 朽惜殘年！雲橫秦嶺家何在？雪擁藍關馬不前。知汝遠來應有意，
> 好收吾骨瘴江邊。〔註164〕

與白居易江州之貶的平和心態迥然不同的是，韓愈貶為潮州刺史，一時不能適應，情緒低沉悲摧，憤懑悽愴情緒溢於言表，頗有困死蠻荒、此生休矣之感。永貞元年（805），「永貞革新」失敗後，柳宗元被貶為邵州刺史，赴任途中，被加貶為永州司馬。均為司馬任上，與白居易《江州司馬廳記》精神

〔註163〕 胡遂著，《佛教禪宗與唐代詩風之發展演變》，第1版，北京：中華書局，2007年版，第191頁。

〔註164〕 〔唐〕韓愈著，錢仲聯集釋，《韓昌黎詩繫年集釋》，第1版，上海：上海古籍出版社，1984年版，第1097頁。

狀態、思想情緒截然不同，柳宗元的《同劉二十八院長述舊言懷感時》曰：

> 沉埋全死地，流落半生涯。入郡腰恒折，逢人手盡叉。敢辭
> 親恥汙，唯恐長疵瘕。善幻迷冰火，齊諧笑柏塗。東門牛屢飯，
> 中散蝨空爬。逸戲看猿鬥，殊音辨馬撾。渚行狐作孽，林宿鳥為
> 磋。同病憂能老，新聲屬似姱。豈知千仞墜，只為一毫差。守道
> 甘長絕，明心欲自剖。貯愁聽夜雨，隔淚數殘葩。梟族音常聒，
> 豺群喙競呀。岸蘆翻毒蜃，溪竹鬥狂麻。野鶩行看弋，江魚或共
> 叉。瘴氛恒積潤，訛火亟生煆。耳靜煩喧蟻，魂驚怯怒蛙。風枝
> 散陳葉，霜蔓綻寒瓜。霧密前山桂，冰枯曲沼蓲。思鄉比莊舃，
> 遁世遇睢夸。漁舍茨荒草，村橋臥古槎。禦寒衾用罽，挹水勺仍
> 椰。窗蠹惟潛蝎，籠涎競綴蝸。引泉開故竇，護藥插新笆。樹怪
> 花因槲，蟲憐目待蝦。驅歌喉易嗄，饒醉鼻成齇。曳捶牽羸馬，
> 垂蓑牧艾豭。已看能類鱉，猶訝雉為鷨。誰採中原菽，徒巾下澤
> 車。俚兒供苦筍，傖父饋酸樝。〔註 165〕

柳宗元詩基調沉悶悽悲，矚目了無生意。通篇淒風苦雨、殘花狂竹，心緒唯有寒荒怪誕，觸目盡是蠹蝎蟲虱，天地間最為驚人心魄之凶象敷陳盡述，頗可見此間柳宗元無以復加之內心苦楚。即使是在本應玲瓏剔透的絕世勝景，柳宗元的《永州八記》顯現出來的依然是清冷寒峻、孤寂寥落。貞元九年（793），柳宗元 21 歲，登進士第，實在是少年得志，意氣風發。然而貶謫之下，愁怨滿懷、意氣全銷，壽終四十七歲，英年早逝，實為遺憾。柳宗元貶謫後身體每況愈下，才堪大任而不永其年，長年淒悲慘惻，精神狀態的低迷與內心世界的失和，不可謂不是誘因之一。與韓愈、柳宗元形成巨大反差的是，即使白居易年將七十，在老病交加的狀態下，依然不脫其樂觀向上的精神，其《病中五絕》曰：

> 世間生老病相隨，此事心中久自知。
> 今日行年將七十，猶須慚愧病來遲。
>
> 方寸成灰鬢作絲，假如強健亦何為？
> 家無憂累身無事，正是安閒好病時。

〔註 165〕〔唐〕柳宗元著，《柳宗元集》，第 1 版，北京：中華書局，1979 年版，第
　　　　1116 頁。

李君墓上松應拱，元相池頭竹盡枯。

多幸樂天今始病，不知合要苦治無？

目昏思寢即安眠，足軟妨行便坐禪。

身作醫王心是藥，不勞和扁到門前。〔註166〕

　　白居易常常有意識地剖析既往，預估未來，對人生於世可能遭逢的諸多境遇具有理性認識。若認識到生老病死是天道之應有，人生之必須，則「病來遲」乃是自身的幸運，故此白居易感歎福慶有餘而慚愧自問。白居易認識到保持良好的心態，立身處世「安時順命」、心安理得是應對一切艱難困苦的良藥。由此可見，白居易與韓愈、柳宗元具有天壤之別，以至於相隔二百餘年之後，奇異神秀、千古卓絕的天才蘇軾，同聲相應，同氣相求，以白居易為楷模，反覆吟詠，惺惺相惜，仰慕異於常人。《容齋隨筆‧東坡慕樂天》曰：

　　蘇公責居黃州，始自稱東坡居士。詳考其意，蓋專慕白樂天而然。白公有東坡種花二詩云：「持錢買花樹，城東坡上栽。」又云：「東坡春向暮，樹木今何如？」又有步東坡詩云：「朝上東坡步，夕上東坡步。東坡何所愛？愛此新成樹。」又有別東坡花樹詩云：「何處殷勤重迴首？東坡桃李種新成。」皆為忠州刺史時所作也。蘇公在黃，正與白公忠州相似，因憶蘇詩，如贈寫真李道士云：「他時要指集賢人，知是香山老居士。」贈善相程傑云：「我似樂天君記取，華顛賞遍洛陽春。」送程懿叔云：「我甚似樂天，但無素與蠻。」入侍邇英云：「定似香山老居士，世緣終淺道根深。」而跋曰：「樂天自江州司馬除忠州刺史，旋以主客郎中知制誥，遂拜中書舍人。某雖不敢自比，然謫居黃州，起知文登，召為儀曹，遂忝侍從。出處老少，大略相似，庶幾復享晚節閑適之樂。」去杭州云：「出處依稀似樂天，敢將衰朽較前賢。」序曰：「平生自覺出處老少粗似樂天。」則公之所以景仰者，不止一再言之，非東坡之名偶爾暗合也。〔註167〕

　　白居易精神境界高妙絕倫，為後代曠世奇才蘇東坡所拜服。宋洪邁對蘇軾之傾慕傚法白居易有詳盡論述。或曰江州鍾靈毓秀，永州蠻瘴荒蕪，白居

〔註166〕謝思煒撰，《白居易詩集校注》，第 1 版，北京：中華書局，2006 年版，第 2631，2632 頁。

〔註167〕〔宋〕洪邁撰，孔凡禮點校，《容齋隨筆》，第 1 版，北京：中華書局，2005 年版，第 485 頁。

易江州司馬非柳宗元永州司馬可以比擬。較之蘇軾的嶺南之貶，柳宗元則可謂幸運。蘇軾效法白居易頗為入神，其《食荔支（枝）》曰：「羅浮山下四時春，盧橘楊梅次第新。日啖（啖）荔支（枝）三百顆，不辭長作嶺南人。」〔註168〕其意與白居易得草堂愜意、匡廬美勝如出一轍，總之是境由心生、物隨性轉。佛家禪宗曰：「何期自性，本自具足。」〔註169〕「只汝自心，更無別佛。」〔註170〕白居易與蘇軾可謂達到了類似的極高明、極高妙的人生境界。蘇東坡拜服白居易在於一個「實」字，實實在在，並非「高而不切」，蘇東坡《池上二首》云：「不作太白夢日邊，還同樂天賦池上。」〔註171〕可見蘇東坡心中，將前輩大家進行過一番較短量長，才得出的切合實際的結論。蘇軾何等聰慧絕倫之人，對白居易偏愛若此，見出白居易對後世影響之巨。

「進取」與「退守」二者在白居易精神世界並列存在，以何種狀態呈現的關鍵在於「機緣」。適當的時機，展現出適當的才幹與形象，是白居易「安時順命」思想的具體表現，其根本來源還是《周易》所揭示的「與時偕行」的理論思想。無論從「兼濟」走向「獨善」，還是從「獨善」走向「兼濟」，均為白居易「順命」思想的表現形態之一。元和三年（808），白居易三十七歲，在長安，作《松齋自題》（時為翰林學士）曰：

> 非老亦非少，年過三紀餘。非賤亦非貴，朝登一命初。才小分易足，心寬體長舒。充腸皆美食，容膝即安居。況此松齋下，一琴數帙書。書不求甚解，琴聊以自娛。夜直入君門，晚歸臥吾廬。形骸委順動，方寸付空虛。持此將過日，自然多晏如。昏昏復默默，非智亦非愚。〔註172〕

白居易是年四月為制策考官，二十八日授左拾遺。〔註173〕單署「時為翰

〔註168〕〔宋〕蘇軾著，〔清〕馮應榴輯注，黃任軻、朱懷春校點，《蘇軾詩集合注》，第 1 版，上海：上海古籍出版社，2001 年版，第 2065 頁。

〔註169〕賴永海主編，尚榮譯注，《壇經》，第 1 版，北京：中華書局，2010 年版，第 21 頁。

〔註170〕賴永海主編，尚榮譯注，《壇經》，第 1 版，北京：中華書局，2010 年版，第 110 頁。

〔註171〕〔宋〕蘇軾著，〔清〕馮應榴輯注，黃任軻、朱懷春校點，《蘇軾詩集合注》，第 1 版，上海：上海古籍出版社，2001 年版，第 2352 頁。

〔註172〕謝思煒撰，《白居易詩集校注》，第 1 版，北京：中華書局，2006 年版，第 468 頁，參見附錄 2 第 27 條。

〔註173〕朱金城著，《白居易年譜》，第 1 版，上海：上海古籍出版社，1982 年版，第

「林學士」，並無初授拾遺時節慷慨激越的情緒，可見作此詩時尚未授左拾遺。詩中白居易「安分」「知足」「委順」「晏如」等思想具有充分的表達，可見樂於隨遇而安、調養身心的生活情趣早已植根於白居易內心世界。白居易的「順命」，並非唯順其「靜」、順其「退守」，亦表現在順其「動」、順其「進取」，即表現在被帝王所青睞、授予左拾遺職位時，迅速擺脫寧靜空靈、安穩恬適的生活，轉向奮發有為、擔當進取的狀態，以才智勃發、奮起諫諍的青年才俊形象展示於世人面前。

元和七年（812），白居易作《歸田三首之一》曰：

> 三十為近臣，腰間鳴佩玉。四十為野夫，田中學鋤谷。何言十年內，變化如此速？此理固是常，窮通相倚伏。為魚有深水，為鳥有高木。何必守一方，窘然自牽束？化吾足為馬，吾因以行陸。化吾手為彈，吾因以求肉。形骸為異物，委順心猶足。幸得且歸農，安知不為福？況吾行欲老，瞥若風前燭。孰能俄頃間，將心繫榮辱？〔註174〕

作此詩時節，白居易四十一歲，在下邽丁母憂。白居易的「順命」思想進一步發揮，表現出超然物外的態度，視朝野遷移、窮達相隨為常道，當為而為，適時以動。馬王堆帛書《二三子問》曰：

> （孔子）曰：龍大矣，龍既能雲變，有（又）能蛇變，有（又）能魚變。鷰（飛）鳥正虫，唯所欲化，而不失本荊（形）。神能之至也。〔註175〕

萬物具有龍性，龍可化萬物之形，因時而化為白居易所充分領悟。白居易以入水為魚、在木為禽、陸行為馬、水行為舟為喻，從自然現象之中，領會人生規律。對於以何種形象出現，白居易並無執著於一途的凝固思維，而是依據時序、環境之變化而隨緣就勢、無所羈縻。白居易似有百變之形，是因為具有與時偕行、應時而化、隨時順命的思想理論基礎，謂之「此理固是常，窮通相倚伏」。

在下邽時，白居易有充分的閑暇梳理前期宦途得失，對人生進行一番理

---

41 頁。

〔註174〕謝思煒撰，《白居易詩集校注》，第 1 版，北京：中華書局，2006 年版，第539 頁。

〔註175〕于豪亮著，《馬王堆帛書〈周易〉釋文校注》，第 1 版，上海：上海古籍出版社，2013 年版，第 178 頁。

性思考，作《遣懷》曰：

> 寓心身體中，寓性方寸內。此身是外物，何足苦憂愛？況有假
> 飾者，華簪及高蓋。此又疏於身，復在外物外。操之多惴慄，失之
> 又悲悔。乃知名與器，得喪俱為害。頹然環堵客，蘿蕙為巾帶。自
> 得此道來，身窮心甚泰。〔註176〕

白居易剖析「心」與「性」，認為人的純粹之心與本源之性，雖寄寓於軀體之中，但並不依外物的窮通顯隱而自然存在。若心繫外物、情以利生，則外在的名利得失將對心、性的涵養造成滯障。唯有擺脫外物的阻滯，方能使得心靈與性情得到自由，擁有自我完善的能力。若拘泥於外在條件和名利得失，使得心緒性靈為身外之物所左右和限制，則往往墜入患得患失的迷茫與惶恐之中不能自主。諸多憂怨與失落的產生，概由於此。《論語·陽貨篇》曰：「子曰：『鄙夫可與事君也與哉？其未得之也，患得之。既得之，患失之。苟患失之，無所不至矣。』」〔註177〕更有甚者，利慾薰心驅使下，攀附豪門、攻訐詆毀；巧取豪奪、構釁屠戮。為爭奪一時的富貴顯赫，強佔非分的高名大位，鋌而走險，無所不用其極。攀附者失其尊嚴，攻訐者失其忠信，巧取者失其仁德，屠戮者失其天良。白居易飽讀聖賢稔熟經史，往鑒歷歷在目。多年的朝堂閱歷和古往今來的史實相印證，白居易對於「名」與「器」，逐漸具有了較為深刻的認識，若孜孜以求名位，則難免陷入「患得患失」的無奈境地。自細處著眼，名利對於身心的自由，對於性靈的舒展，具有嚴重的阻礙；從大處認識，關涉到身家性命與宗族榮辱。覺悟到「乃知名與器，得喪俱為害」，白居易豁然開朗，認為棲居之所雖為逼窄狹小，與藤蘿蘭蕙相交融，得以擺脫專注名利的「惴慄」與「悲悔」；融入自然可使性靈超脫，純真逸韻由此生發。若此身無牽掛，雖居於閒散境地，依然心安理得，愜意從容。「安時順命」的意義，是從理解天道、認識自我，達到心緒平和、精神愉悅的狀態。由於白居易多年於朝野之間徘徊，其「安時順命」思想清晰，雖一如既往關注國事，但對於「權重持難久，位高勢易窮」的參悟和理解已然相當深透，往往於詩文中信手拈來。白居易之所以反覆

〔註176〕謝思煒撰，《白居易詩集校注》，第 1 版，北京：中華書局，2006 年版，第521 頁，參見附錄 2 第 74 條。

〔註177〕楊伯峻譯注，《論語譯注》，第 3 版，北京：中華書局，2009 年版，第 184頁。

琢磨此中奧秘，乃是因為其本身就處於帝王近臣此一風口浪尖之上，無論從歷史還是現實之中，作出的結論均指向難於逆料的情形可能呈現。白居易早有閒散歸田之心，其出仕的理由既出於報國之心，更含有稻粱之謀。當復職一年之後貶謫江州，其內心感受較之同類士人平和舒緩許多。朝堂名位的失落與山野心安的獲取，二者相較終歸大和狀態，此為白居易所述「身窮心甚泰」的落實。

白居易作有多首論及「委順」的詩作，從其表達的思想觀念看來，謂之「委性」「順命」較為貼切。「委性」即任由自身所具備的天然本性而不加壓抑，「順命」即「順性命之理」，與莊子的「委順」具有明顯差異。《莊子·知北遊》曰：「丞曰：『生非汝有，是天地之委和也；性命非汝有，是天地之委順也。』」〔註178〕《莊子》中「委順」之意，乃是指「性命」為天地和順之氣凝積而成，指天道自然本來造化，非由人類自身可以調節。白居易之「委順」，乃是在認識天道性命之理的條件下的主動自覺行為，順應天地自然大道，遵循天地之所賦予而不加違背。白居易在元和十年（815）秋至元和十四年（819）之間，江州任上對「委順」思想的論述較為集中，對其以江州之貶為轉折點，後期的全軀獨善的行止，提供了充分的理論與現實依據。元和十二年（817），白居易在江州，作《詠懷》曰：

> 自從委順任浮沈，漸覺年多功用深。面上減除憂喜色，胸中消盡是非心。妻兒不問唯耽酒，冠蓋皆慵只抱琴。長笑靈均不知命，江蘺叢畔苦悲吟。〔註179〕

白居易既識時命之不可違，亦知悲喜在己而不在天，故適時以動，「安時」「順命」。江州天地自然之嘉美，令白居易目不暇接，故感覺事事愜意，賞心悅目、自得其樂。白居易順應命運的安排，將精神的充實與滿足從朝堂轉向山野，儼然一個全新世界展現於眼前，生命的意義由此得到進一步拓展。《周易》「生生」之大德，首先界定萬事萬物具備生命與靈性，具備其存在的合理性與意義。生命、靈性意義既有，則其變化有規律可循，其美感的存在全然在於主動的發掘與體味，而非被動的承受與對抗，此為良好情緒產生的根源。

〔註178〕〔晉〕郭象注，〔唐〕成玄英疏，《莊子注疏》，第1版，北京：中華書局，2011年版，第394頁。

〔註179〕謝思煒撰，《白居易詩集校注》，第1版，北京：中華書局，2006年版，第1308頁，參見附錄2第120條。

白居易敏銳意識到此中奧區，收斂與時勢環境不相契合的激越之心，發揮與
自然山水融為一體的天賦異秉，將主觀意願與外在條件完美結合，獲得了心
靈的安適與精神的滿足。

　　以史為鑒，白居易重溫故實，愈加珍惜目前的平和環境與愜意心緒。元
和十三年（818），白居易四十七歲，貶江州司馬已四年，白居易《詠懷》曰：

　　　　冉求與顏淵，卞和與馬遷。或罹天六極，或被人刑殘。顧我
　　信為幸，百骸且完全。五十不為夭，吾今欠數年。知分心自足，
　　委順身常安。故雖窮退日，而無戚戚顏。昔有榮先生，從事於其
　　間。今我不量力，舉心欲攀援。窮通不由己，歡戚不由天。命即
　　無奈何，心可使泰然。且務由己者，省躬諒非難。勿問由天者，
　　天高難與言。〔註180〕

　　古來賢哲運命多舛之鏡鑒歷歷在目，白居易對目前的狀態頗感滿足。人
生如寄，滄海一粟；大道無欺，自知者明。若知天道周行往復，明達性命之理
恒久大和的本質，則安之若素、處變不驚。元和十五年（820），在忠州，《委
順》曰：「宜懷齊遠近，委順隨南北。歸去誠可憐，天涯住亦得。」〔註181〕
《遣懷》曰：「自茲唯委命，名利心雙息。」〔註182〕《長慶二年七月自中書舍
人出守杭州路次藍溪作》曰：「置懷齊寵辱，委順隨行止。我自得此心，於茲
十年矣。」〔註183〕白居易理解與認同天道性命之理，以柔順不違的方式應對
時勢之變，隨緣取捨，精神世界主動合理適調，遂進入隨遇而安的境界。

　　開成元年（836），白居易六十五歲，遷太子少傅分司東都，作《老來生
計》曰：

　　　　老來生計君看取，白日遊行夜醉吟。陶令有田唯種黍，鄧家無
　　子不留金。人間榮耀因緣淺，林下幽閒氣味深。煩慮漸消虛白長，
　　一年心勝一年心。〔註184〕

〔註180〕謝思煒撰，《白居易詩集校注》，第 1 版，北京：中華書局，2006 年版，第
　　　　645 頁，參見附錄 2 第 130 條。
〔註181〕謝思煒撰，《白居易詩集校注》，第 1 版，北京：中華書局，2006 年版，第
　　　　885 頁。
〔註182〕謝思煒撰，《白居易詩集校注》，第 1 版，北京：中華書局，2006 年版，第
　　　　882 頁。
〔註183〕謝思煒撰，《白居易詩集校注》，第 1 版，北京：中華書局，2006 年版，第
　　　　653 頁。
〔註184〕謝思煒撰，《白居易詩集校注》，第 1 版，北京：中華書局，2006 年版，第

　　白居易多次吟詠陶淵明、鄧攸故實，相對而言，「太子少傅」的清望與尊榮，白居易頗感知足與幸運，因而徐徐達到了紛擾盡銷、心如止水的境界。開成二年（837），白居易六十六歲，《小歲日喜談氏外孫女孩滿月》曰：

> 今旦夫妻喜，他人豈得知。自嗟生女晚，敢訝見孫遲？物以稀為貴，情因老更慈。新年逢吉日，滿月乞名時。桂燎熏花果，蘭湯洗玉肌。懷中有可抱，何必是男兒。〔註185〕

　　白居易得外孫女，歡喜之情溢於言表，心緒和美，唯有自知。白居易漸漸老去，識得人間滄桑，有人力可造可為者，更有人力所無可奈何者，不復青壯時節志高氣昂，目空一切。晚年白居易心境更趨平和，轉而關心身邊瑣屑細故。作為淺近平易詩人，此為順勢而為、隨遇而安的本心使然。《周易·繫辭上》曰：「方以類聚，物以群分。」〔註186〕韓康伯注曰：

> 方有類，物有群，則有同有異，有聚有分也。順其所同，則吉；乖其所趣，則凶，故吉凶生矣。〔註187〕

　　所謂「順其所同」，在人為志同道合、意氣相投之謂。在物則為順應環境、群物之變化，採取與外在物質條件相匹合的心理應對措施，以「順性命之理」作為調適內心、指導行動的根本。物質世界、外在條件與內心感受、精神世界相契合，隨時隨地表現出自得滿足之感，可謂之「大和」。白居易「安時順命」的最終結果，即物質世界與精神世界達成「大和」狀態。無論居於何種「時」「位」，順應外在條件的變易，展示出適時合勢的才能和心態，均可產生「大和」之效。居廟堂之高，握兵符之重，文恬武嬉、逸豫放誕，是為失和，為敗亡之象；處江湖之遠，對清風明月，神思玄邈、翰采繽紛，亦可謂之「大和」。

　　白居易晚年傾心佛學，同樣也是「順性命之理」的具體表現。依據時勢、環境、年歲、心理的變化，從個人的實際需要出發，採取合理調適，是白居易長保內心平順、情緒和緩的重要原因。鄒婷《白居易的詩歌創作與中國佛

　　　　2498 頁。

〔註185〕 謝思煒撰，《白居易詩集校注》，第 1 版，北京：中華書局，2006 年版，第2573 頁。

〔註186〕 〔清〕阮元校刻，《十三經注疏·周易正義》（清嘉慶刊本），第 1 版，北京：中華書局，2009 年版，第 156 頁。

〔註187〕 〔清〕阮元校刻，《十三經注疏·周易正義》（清嘉慶刊本），第 1 版，北京：中華書局，2009 年版，第 156 頁。

學》曰：

> 正是這種從個人人生實踐的需要出發、在協調世俗生活與精神
> 解脫中形成的宗教信仰使白居易的思想和行為表現出適性自得、善
> 於融會、應用無礙且具有較強的主體性意識的特點。〔註188〕

　　白居易晚年理佛，既具有外在環境的因素，更是其與生俱來的玄妙空靈
內心世界的充分表達。在適當的機緣的作用之下，白居易潛藏於思想深處的
靈性頓時展現無餘。張汝金《解經與弘道──〈易傳〉之形上學研究》曰：

> 順天應人，與時偕行的落腳點是，追求「中和」，行「時中」，
> 是順革適變，「崇德廣業」，追求人與自然的和諧、人與社會的和諧、
> 人及萬物自身的和諧。歸根到底是要追求人之存在的合理價值。《易
> 傳》「時中」觀，由自然之時空位置的「中正」「適時」，指向的是人
> 事的吉凶和生命的價值關懷。〔註189〕

　　白居易具有深邃寬廣的精神世界和全方位的審美感悟，表現在隨緣就勢，
遂性順命，無論是內心世界，還是思維指導下的具體行動，均與外在物質環
境相契合而略無違忤。此亦白居易對《周易》所闡述的「時中」觀領悟深透的
必然結果。若偏執一途，與環境、時位格格不入、二三其思，內心世界與外在
條件相牴牾，則難免怨天尤人，心緒的一刻寧靜亦不可得。

　　白居易以「安時順命」的現實作為，實踐的《周易》「順性命之理」思想
觀念。「安時順命」具有彌合不同遭際下產生的心理裂痕，平復挫折造成的心
理創傷，和諧內心世界，穩定社會的效用，其意義在於一個綜合完整的價值
體系的構建。孔子有鄙夫「患得患失」之說，若未能充分理解得失之相反相
成的關係，割裂得失為陰陽合體的內在聯繫，則人生必然由得失產生出諸多
憂怨並貫穿始終，為之輾轉反側，無有些許的安心與適意。人居於世間，其
「位」均為相對而言，成功幸福與否，皆在於個人自我感受與自我價值的實
現與否。就此看來，個人對於自身生命意義的認識與期望，則成為人生幸福
與痛苦的根本分野之所在。個人的修養與學識，對人生、社會的觀點，成為
左右生命意識與生命意義的基礎。白居易不以自我為之心，而是以天道循環

〔註188〕鄒婷撰，《白居易的詩歌創作與中國佛學》，蘇州大學博士論文，蘇州：蘇州
　　　　　大學，2008年，第147頁。
〔註189〕張汝金撰，《解經與弘道──〈易傳〉之形上學研究》，山東大學博士論文，
　　　　　濟南：山東大學，2007年，第190頁。

往復，陰陽交流作為理解生命意義與人生價值的理論基礎，充分實踐了「安時順命」、隨遇而安的靈活多變的生存方式。白居易此一適應時勢變化，隨時隨地全方位、多渠道獲得美感的能力，實現人生價值的生活方式和生命體驗，為當時與後世提供了一種可供借鑒和並非難於模擬的生命範式。

第 5 章　白居易與《周易》「位論」

　　《周易》的卦象，突出重要的是位勢、時勢的狀態，是為行動的樞紐。《周易・繫辭上》曰：「是故列貴賤者存乎位。」〔註1〕天地萬物之所以恒久永存，因其時位的和諧，各守其時、動靜得宜，各安其位、尊卑有序，和諧共生而不相互攪擾，故此有天道周行萬物繁茂之嘉會。聖賢觀察天地萬物變化，仰慕其生生不息恒久永存的狀態，推衍出其演變的奧秘，用以作為人類社會運行的準則，以期與天地之德、四時之序、尊卑之位相吻合，最終達成人類社會天長地久之狀態。

5.1　白居易對《周易》「位」觀念的認識

　　《周易》思想認為，人是「三才」之一，唯有人聚天地之靈氣，能夠理解和總結天地的運行規律，闡釋宇宙世界之根本道理，明晰天地之大道常軌，並以天地萬物運行法則規範人的行為，形成萬物之間合理有序的狀態。就社會人事或為政而言，「位」固然是開創局面、成就事業必不可少的因素，而「時」更是未可或缺的條件。故此，歷代為政者對「時」「位」「才」尤為重視，對於具有才能的人必加高度關注，力爭做到「野無遺賢」，置於與之相適應的位置，此之謂「才適其位」。

〔註1〕〔清〕阮元校刻，《十三經注疏・周易正義》（清嘉慶刊本），第 1 版，北京：中華書局，2009 年版，第 159 頁。

5.1.1　白居易「才適其位」「正位經邦」思想

　　從《周易·繫辭下》中孔子關於「德」「智」「力」對於事業成敗禍福的關係看來，上述三者是「人才」的共性，人才才是為「三才」之一的「人」中間的精粹，故本節所論述的「才」，為「德」「智」「力」三者兼具的人物。「位」是《周易》的一個重要概念，「位」的變化與「時」密切相關。賢德君子觀察「時」「位」的變化，因機緣而施展其「才」，可進入中正大和的嘉美狀態。白居易對《周易》所蘊含的「時」「位」「才」思想觀念進行綜合整體思考和論述，具有獨到的認識和實踐。就建功立業、開創局面而言，才德是成就事業基本的要素，但須「時」「位」的配合才具有施展才幹的機遇和空間。「時」「位」「才」三者相諧方能不負天、不屈才，成就功業。就社會整體運行法則而言，理想狀態是無論處於何種時段，居於何種位置，均能盡其應分之能，獲其應分之得，守位安時是社會秩序穩定的基礎。

　　《周易·繫辭上》曰：

　　　　子曰：「《易》其至矣乎！夫《易》，聖人所以崇德而廣業也。知崇禮卑，崇效天，卑法地。天地設位，而《易》行乎其中矣。成性存存，道義之門。」〔註2〕

　　白居易對於《周易》「位」的辨析，並與孔子一派關於「名」「位」的觀點相印證，於文章、施政等方面具體運用其理。其《策林·審官》曰：

　　　　臣聞夫官既備而事未舉，才既用而政未成者，由官與才不相得也。〔註3〕

　　《大巧若拙賦》曰：

　　　　亦猶善從政者，物得其宜；能官人者，才適其位。〔註4〕

　　白居易對於「位」的認識來源於《周易》，以儒家思想理論加以闡釋，證以歷史故實和現實經驗，故具備其獨特的理解。白居易認為從政必得有「位」，有其名正言順施展政治抱負的條件。「位」之高下，則須與才幹德望相匹合，即善於治政的人物，可使所理之事各得其宜并然有序；善於為官者，

〔註2〕〔清〕阮元校刻，《十三經注疏·周易正義》（清嘉慶刊本），第1版，北京：中華書局，2009年版，第163頁。

〔註3〕〔唐〕白居易著，謝思煒校注，《白居易文集校注》，第1版，北京：中華書局，2011年版，第1459頁。

〔註4〕〔唐〕白居易著，謝思煒校注，《白居易文集校注》，第1版，北京：中華書局，2011年版，第41，42頁。

其具備的素質與職守須卯榫應對如合符契。《周易・繫辭下》曰：

> 天地之大德曰生，聖人之大寶曰位。何以守位？曰仁。何以聚
> 人？曰財。理財正辭、禁民為非曰義。〔註5〕

　　白居易以帝王之位為「大寶」，其《答馮伉請上尊號表》曰：「朕統承大寶，時屬小康，伐謀而吳、蜀克清，示信而華夷有截。」〔註6〕《周易》思想觀念認為，聖人具備天德，合於天地、日月、四時、鬼神之道，此為「聖人」具有治理天下的才智與能力。「位」則是聖人代行天德、作民父母所立之所，是為君主之「大寶」，無有此「位」則無以正言辭以為禮法，出號令以統御天下。故此「位」乃聖君之「大寶」，持此「大寶」，遵循天道而保守之，則萬民咸服、天下和洽。「守位」必須謹遵天道恭行仁義，創制立法凝聚人心，公正賞罰懲惡揚善，若此則國政昭明天下安泰。「位」乃國家名器，不可輕授於人，需德才兼備方能勝任其事，若違背天理倒行逆施，即便帝王子嗣亦為天下蒼生詛咒，為上天所厭棄而不得善終。

　　元和二年（807），白居易擬《答百寮謝許追遊集宴表》曰：

> 在昔哲王，居于人上。推其憂樂，與眾共之。頃屬三凶薦興，
> 二載連獲。凡百有位，咸一其心。誠念嘉謀，共致昭泰。今四表無
> 事，三農有年。思與羣情，同其具慶。是宜削苛察之前弊，煦寬裕
> 之新恩。仁及下而啟迪歡心，澤先春而導迎和氣。昨逢多故，主憂
> 且使臣勞；今致小康，上安則宜下樂。〔註7〕

　　「位」非為帝王所獨有，治理天下之官員，均有其「位」。「凡百有位」泛指居官謀國者，代行天道治理邦國之士人君子。此一「位」字，所蘊涵的意義重大，無論位置之高下，均需承擔上天所賦予的職責，同時擁有「位」所帶來的利益。代天撫育萬民之帝王，以及秉承帝王意旨直接治理郡縣的官僚是為「父母官」，首先承擔的是父母之責任，仁愛寬恕之心是為根本，「生生」「存存」為其大德。

　　白居易《叔孫通定朝儀賦》曰：

〔註5〕〔清〕阮元校刻，《十三經注疏・周易正義》（清嘉慶刊本），第 1 版，北京：中華書局，2009 年版，第 179 頁。

〔註6〕〔唐〕白居易著，謝思煒校注，《白居易文集校注》，第 1 版，北京：中華書局，2011 年版，第 1111 頁。

〔註7〕〔唐〕白居易著，謝思煒校注，《白居易文集校注》，第 1 版，北京：中華書局，2011 年版，第 1125 頁。

將欲創洪業，尊皇帝，馴致王道，丕革季世。莫先乎正位以經
邦，體元而立制者也。夫其將用於國，先習於野。辨度數於聲明文
物，審等威於君臣上下。儒生肅以濟濟，物有其容；國典煥其煌煌，
禮無違者。然後闢雙闕，會百僚。動必嚴恪，進無誼囂。長幼之序
不忒，貴賤之儀孔昭。鏘鏘兮若萬國赴塗山而會，秩秩兮如百神仰
太一而朝。〔註8〕

《周易·坤·象》曰：「履霜堅冰，陰始凝也；馴致其道，至堅冰也。」
〔註9〕「馴致」為逐漸達成之意。《周易·文言》曰：「君子黃中通理，正位居
體」〔註10〕《周易·鼎·象》曰：「君子以正位凝命。」〔註11〕《周易·渙·
象》曰：「王居无咎，正位也。」〔註12〕「正位」為居中得正之意，可創制垂
法、開創大業。白居易認為逐漸達成聖王治理天下之道，首當其衝在於「正
位以經邦」，尊禮守法，各安其位，各施其能，則可以避免相爭奪而亂世界。
禮樂制定中正和諧，勻稱均衡是為上上之選，唯有如此，才能和合萬方，達
成生生、存存的大道。苟有其時，則為「盛世」「治世」；苟失其意，則為「頹
世」「亂世」。白居易認為儒家士子的根本目標是匡扶正義、輔國濟民、致君
堯舜，此為儒家大道，圓成自我的根本途徑。生命為天所賦予，至高無上，自
由自在的生活作為人的基本權利，應得到充分的尊重。生命之意義，在於區
別於禽獸，有善惡、榮辱、羞恥、惻隱之心。居於上位，有濟世救民思想作
為；居於下位，有淳樸民俗和諧社會之思想作為。生命有限，有必至之常期，
而思想流傳無有盡日，此所謂君子無求永生，但求「三不朽」，對國家社稷、
黎民百姓有所貢獻。

白居易《為人上宰相書》中，「正位經邦」體現在成就事業必須有權有位
的觀點，曰：

〔註8〕　〔唐〕白居易著，謝思煒校注，《白居易文集校注》，第1版，北京：中華書
　　　　局，2011年版，第2048頁，參見附錄1第15條。
〔註9〕　〔清〕阮元校刻，《十三經注疏·周易正義》（清嘉慶刊本），第1版，北京：
　　　　中華書局，2009年版，第32頁。
〔註10〕　〔清〕阮元校刻，《十三經注疏·周易正義》（清嘉慶刊本），第1版，北京：
　　　　中華書局，2009年版，第34頁。
〔註11〕　〔清〕阮元校刻，《十三經注疏·周易正義》（清嘉慶刊本），第1版，北京：
　　　　中華書局，2009年版，第126頁。
〔註12〕　〔清〕阮元校刻，《十三經注疏·周易正義》（清嘉慶刊本），第1版，北京：
　　　　中華書局，2009年版，第145頁。

　　濟時者道也，行道者權也，扶權者寵也。故得其位不可一日無
其權，得其權不可一日無其寵。然則取權有術也，求寵有方也。蓋
竭其力以舉職，而權必自歸；忘其身以徇公，而寵必自至。權歸寵
至，然後能行其道焉。〔註13〕

　　白居易認為欲大有作為、成就一番事業，必須有權有位，為上位者所賞
識和重用，方能具備一展宏圖的條件。得「權」「寵」「位」之根本在於稱職和
適位，盡心竭力用事，公而忘私謀國，則必然名至實歸，得其權位恩遇，藉此
位勢時機而成就其豐功偉業。

　　白居易認為「正位經邦」體現在君臣之間必須遵循法則，各司其職，有
條不紊，才可能既不專權亦非亂政。白居易《策林・君不行臣事》曰：

　　臣聞建官施令者，君所執也；率職知事者，臣所奉也。臣行
君道則政專，君行臣道則事亂。專與亂，其弊一也……臣又聞，
坐而論道，三公之任也；作而行之，卿大夫之職也。故陳平不肯
知錢穀，邴吉不問死傷者。此有司之職也，非宰相之任也。夫以
宰相尚不可侵有司之職，況人君可侵宰相之任乎？可侵百執事之
事乎？〔註14〕

　　白居易認為，君主有其位，責任在於總覽全局、發號施令，而不必事必
躬親，須得有宰相輔弼之、拾遺補缺完善之；宰相雖為百官之首，亦不必能
明察秋毫，須有群僚各司其職襄贊之。職位的設置，均有其法度，職守之界
定，亦有其章程。良好的社會政治秩序在於忠於職守，不出其位。故明君不
侵臣位，宰相不侵屬下之職權，各自在職責範圍之內既有明確的責任限定，
又有充分的施展才幹的空間。如此則諸方運轉井然有序，並無怠政與輕慢，
亦無急疾與陵替，是為政治和洽、社會穩定之象。《孟子・萬章章句下》曰：
「位卑而言高，罪也；立乎人之本朝，而道不行，恥也。」〔註15〕傳統士大
夫汲取史籍中治亂存亡歷史經驗，遵循經典理論無可辯駁的權威論述，使其
具備堅實的治國平天下的思想基礎、責任感和使命感。儒家學說的深入骨髓，
內心世界的高度自信，是士大夫承擔社會道義責任、敢於仗義執言、置個人

〔註13〕〔唐〕白居易著，謝思煒校注，《白居易文集校注》，第 1 版，北京：中華書
　　　　局，2011 年版，第 311 頁，參見附錄 1 第 91 條。
〔註14〕〔唐〕白居易著，謝思煒校注，《白居易文集校注》，第 1 版，北京：中華書
　　　　局，2011 年版，第 1490 頁。
〔註15〕楊伯峻譯注，《孟子譯注》，第 3 版，北京：中華書局，2010 年版，第 225 頁。

窮達生死於度外的力量源泉。儒家學說固然認為「不在其位，不謀其政」，同時更加強調的是在其位而必須謀其政，且有孔子所云為政「無倦」之說。作為士君子讀書人，其重要使命，即治國安邦，扶危濟困，為履行使命而鞠躬盡瘁，死而後已。

《周易》關於「位」的思想觀念對白居易產生了直接影響。「才適其位」「正位經邦」是白居易對「位」的理性思考與深刻理解。白居易認為「位」與「才」之契合，是為穩定社會，造福邦國，維護君臣百姓根本利益的最佳選擇，也是中國古代社會帝王臣僚、儒家君子與黎民百姓的共同訴求和願望。然則環境之不同，君子的才幹與作為也有所差異，就是白居易所說的君臣、上下異位，不唯指君臣，同樣適用於上下大小官吏。白居易認為，君主總攬全局，則宜於簡略宏觀，總持綱領而執其要害，未可事無鉅細，事必躬親。此乃君道，同樣也是居於上位者的統下之道。世事紛繁，百壑千流，須有各司其職、各安其位之大小僚屬相輔弼，軍國大政方能夠按部就班、井然有序。

5.1.2　白居易對「不得其位」的論述

《周易》思想觀念認為，大人、聖賢與「位」是相輔相成的關係，即大人、聖賢具備天德，周知天道，感通天地，故能建章立制、統御天下。依循此理，「聖人」所擁有的精神層面的意義即是法天通神，在物質層面的意義即是「正位」「立教」「經邦」。因此說來，「位」對於君主及其臣僚，具有重大的意義，是其推行儒家學說，弘揚仁義道德以治理天下的重要條件。白居易對朝廷名器的授予尤為重視，多次擔任科考主試以選拔人才，為朝野公認為取才持重中正。白居易對於以勢專權與巧取弄權者毫不留情進行指斥，以期達到「才適其位」之效；對於德才兼備而「時」「位」不諧者的迍窮，表現出惋惜與同情，體現出儒家士子深厚的理論素養和實心謀國的仁德品性。

貞元元年（805），白居易三十四歲，為秘書省校書郎，作《唐揚州倉曹參軍王府君墓誌銘（并序）》曰：

> 嗚呼！夫懋言行，蓄事業，俾道積于躬者，在人也。踐大官，贊元化，俾功加于民者，由命也。有其人，無其命，雖聖與賢，無可奈何。〔註16〕

〔註16〕〔唐〕白居易著，謝思煒校注，《白居易文集校注》，第1版，北京：中華書局，2011年版，第236頁，參見附錄1第90條。

天道性命之理，對於「位」的賦予，並非始終處於中正大和狀態。陰陽交流往復的作用下，雖以中正大和為本質，卻往往以偏頗枉屈為表象。具體體現於社會現實生活之中，即局部時段的「不得其位」和「生不逢時」。即便美善至德如孔子，「不得其位」的情形之下，為推行儒道周遊列國，當時也難有作為，白居易對此有著理性認識。大和元年（827），白居易五十六歲，作《三教論衡・僧問》對曰：

> 昔者仲尼有聖人之德，無聖人之位。棲棲應聘，七十餘國。與時竟不偶，知道終不行。感鳳泣麟，慨然有吾已矣夫之歎。〔註17〕

白居易認為孔子至德，但並無與其弘揚仁德相匹合的「位」，只能疲於奔走列國之間，淒淒惶惶，哀歎悲泣禮崩樂壞、世道衰窮。即便如此，孔子依然終生行道，雖當世不遇，後世延綿之久遠，未可限量。孔子本身高度強調正名，即行政者德才兼備之外，必有正名「得位」的意義。《論語・子路篇》曰：

> 子路曰：「衛君待子而為政，子將奚先？」子曰：「必也正名乎！」子路曰：「有是哉，子之迂也！奚其正？」子曰：「野哉，由也！君子於其所不知，蓋闕如也。名不正，則言不順；言不順，則事不成；事不成，則禮樂不興；禮樂不興，則刑罰不中；刑罰不中，則民無所錯手足。故君子名之必可言也，言之必可行也。君子於其言，無所苟而已矣。」〔註18〕

是謂正名則民心所向，名不正，雖有其德，亦莫衷一是。天下之大，人群之眾，各持其理、各有其道，須君主一人執其樞紐，層層委授相應職位，如此則民眾有所傍依而信服，達成天下歸一、整齊嚴肅的完整行政體系。《中庸》曰：「下焉者雖善不尊，不尊不信，不信民弗從。」〔註19〕所謂「下焉者」即不得「位」之人。「位」的本身即為上天賦予尊貴權威的意義，代天行事一言九鼎，故有「信」。「不尊」者非為無德、無才、無信，是因為其「德」「才」「信」的表達不備權威意義，故此萬民雖渴求德、才、信之人，卻無以跟隨遵從。「位」本身具有「賞罰」之權，是為「賞罰必信」，王教使然。

〔註17〕〔唐〕白居易著，謝思煒校注，《白居易文集校注》，第1版，北京：中華書局，2011年版，第1852頁。

〔註18〕楊伯峻譯注，《論語譯注》，第3版，北京：中華書局，2009年版，第131，132頁。

〔註19〕〔宋〕朱熹撰，《四書章句集注》，第1版，北京：中華書局，1983年版，第37頁。

民眾樂賞懼罰，對於手無所執，並無賞罰之權者，雖認同其「善」，卻難於遵從。孟子對「才」「位」相諧亦有論述，《孟子‧離婁章句上》曰：「孟子曰：『居下位而不獲於上，民不可得而治也。』」〔註20〕同於《中庸》所載孔子之言。〔註21〕可見即便具有通天才智，不得帝王青睞，即便不蜷縮一隅，而是終日奔走呼號，一人之功，由於其勢單力薄，何以與天授君權相較短量長。由此說來，學成文武藝，不能貨與帝王家也屬枉然，止於修身、齊家而已。若欲更進一步治國、平天下，必得借助當世君主，方能夠達成登高而招、順風而呼之效。

孔子之德，本身即包含強烈的禮樂思想、克己復禮觀念，其德之首，即是尊王、安位。《論語‧子貢篇》曰：

> 子貢曰：「有美玉於斯，韞匵而藏諸？求善賈而沽諸？」子曰：「沽之哉！沽之哉！我待賈者也。」〔註22〕

君子具有美玉一般的優良品質，孔子即是如此君子。孔子推行政治理想的意願強烈，只是當時普天之下並無長久認可孔子的君王。《中庸》對於「德」與「位」的關係亦有論述，認為「德」與「位」的契合是為創制垂法的必要條件。《中庸》曰：

> 雖有其位，苟無其德，不敢作禮樂焉；雖有其德，苟無其位，亦不敢作禮樂焉。〔註23〕

儒家高度強調程序的合法性與制度的合理性，「德」與「位」的匹合默契，則可以創立制度、治國牧民。孔子一派固然極力主張出仕、得位，但對「位」的界定和論述又具有其規則與法度，其本質涵義依然是各得其宜、各安其位，所追求的依然是社會秩序的穩定和諧。《論語‧憲問篇》曰：「子曰：『不在其位，不謀其政。』曾子曰：『君子思不出其位。』」〔註24〕故此儒者

〔註20〕楊伯峻譯注，《孟子譯注》，第 3 版，北京：中華書局，2010 年版，第 158 頁。

〔註21〕〔宋〕朱熹撰，《四書章句集注》，第 1 版，北京：中華書局，1983 年版，第 31 頁。

〔註22〕楊伯峻譯注，《論語譯注》，第 3 版，北京：中華書局，2009 年版，第 90 頁。

〔註23〕〔宋〕朱熹撰，《四書章句集注》，第 1 版，北京：中華書局，1983 年版，第 36 頁。

〔註24〕楊伯峻譯注，《論語譯注》，第 3 版，北京：中華書局，2009 年版，第 152 頁。

學成之後，道德文章之高明，也必須依託或成為有位者方可大有為。《論語·述而篇》曰：「子曰：『述而不作，信而好古，竊比於我老彭。』」〔註25〕孔子所謂「述而不作」，即憂其無「位」而「作」並不能為人群所接受。孔子述古賢德的思想理論，使之發揚光大，乃是借助古代聖賢之「位」，推行自己所認同與遵從的「道」，避免無「位」而為人譏為標新立異、自創規則。孔子曰：「君子有三畏：畏天命，畏大人，畏聖人之言。」〔註26〕大人、聖人有其「位」，則可正辭以教化萬民，推行其仁德。故孔子終生在奔波中尋找時機，以期得到適當的位置，推行其政治理念。孔子的觀念，非為因循守舊、食古不化，而是遵守經典理論，即君子德才兼備之外，須依「正名」「得位」此一途徑，方能充分實現其人生理想。《論語·微子篇》曰：

> 子路曰：「不仕無義。長幼之節，不可廢也；君臣之義，如之何
> 其廢之？欲潔其身，而亂大倫。君子之仕也，行其義也。道之不行，
> 已知之矣。」〔註27〕

孔子對於得「位」的迫切願望，與其遵循儒家道德理想，欲以克己復禮、推行自己的政治主張的願望緊密聯繫。謹遵孔子教誨的弟子子路對積極出仕得「位」，以推行「道」的表達十分明確。子路認為君臣之「義」，即是臣子盡其所能輔弼君王治理天下，此乃君子士大夫的職責所在，不能由於潔身自好而忽略君臣大義。若任其禮崩樂壞、大廈將傾而不盡忠竭力加以扶持，則有損於君子的名號而不成其為君子。

社會現實生活中，「生不逢時」多數情形下表現為「時不予位」，白居易《寓意詩五首·其一》曰：

> 養材三十年，方成棟梁姿。一朝為灰爐，柯葉無子遺。地雖生
> 爾材，天不與爾時。不如糞上英，猶有人掇之。已矣勿重陳，重陳
> 令人悲。不悲焚燒苦，但悲采用遲。〔註28〕

天然棟樑之才，若無人得識，終歸錯過時機，不得施展才幹的空間。才高八斗而時不偶者自古良多，政治和學術此起彼伏，好似陰陽相對一般恒久

〔註25〕楊伯峻譯注，《論語譯注》，第 3 版，北京：中華書局，2009 年版，第 65 頁。
〔註26〕楊伯峻譯注，《論語譯注》，第 3 版，北京：中華書局，2009 年版，第 174，
　　　　175 頁。
〔註27〕楊伯峻譯注，《論語譯注》，第 3 版，北京：中華書局，2009 年版，第 194 頁。
〔註28〕謝思煒撰，《白居易詩集校注》，第 1 版，北京：中華書局，2006 年版，第 194
　　　　頁。

不易。賈誼可謂由於「生不逢時」而「不得其位」的悲劇人物典型，白居易
《讀史五首（其一）》曰：

> 楚懷放靈均，國政亦荒淫。彷徨未忍決，遠澤行悲吟。漢文疑賈
> 生，謫置湘之陰。是時刑方措，此去難為心。士生一代間，誰不有浮
> 沉？良時真可惜，亂世何足欽。乃知汨羅恨，未抵長沙深。〔註29〕

賈誼高才，又得漢文帝倚重，其《過秦論》《治安策》鴻篇巨製文質兼
備。然其所奏國政雖切中時弊，卻不合時宜。文帝雖暗自稱賞卻顧忌權貴，
只能權衡再三之後將賈誼貶謫至「卑濕」之所長沙。滿腹經綸、文章炳煥的
賈誼有「才」有「位」，雖言得其要卻語不逢時，非但諫言不為所用，還因
此失去近臣之位，幾成漢代屈原。即使成就了《弔屈原賦》等光輝篇章，但
在當時主流社會看來，僅只為雕蟲小技，遠遠未能施展抱負以定國安邦。

白居易善於從歷史經驗中汲取營養、完善自我，更樂於自我剖析、理解
現實，詩文中反覆陳述前賢時命不偶者，與自身遭際相對照。其《與元九書》
列數杜甫、陳子昂等迍剝窮悴，於時命實為無可奈何，曰：

> 況詩人多蹇，如陳子昂、杜甫，各授一拾遺，而迍剝至死。李
> 白、孟浩然輩不及一命，窮悴終身。近日孟郊六十，終試協律。張
> 籍五十，未離一太祝。彼何人哉？彼何人哉！況僕之才又不逮彼。
> 〔註30〕

陳子昂是何其出類拔萃的人物，惜其明時不得其位，流落江湖，性命不
永。王勃為「初唐四傑」之一，其《秋日登洪府滕王閣餞別序》曰：

> 嗟乎！時運不齊，命途多舛，馮唐易老，李廣難封。屈賈誼於
> 長沙，非無聖主；竄梁鴻於海曲，豈乏明時？所賴君子安貧，達人
> 知命。〔註31〕

史上由於時命不濟而「不得其位」、潦倒窮困者不可勝數，若執著於一
己之念，則難免憂怨憤懣滿懷，輾轉反側不得稍許舒展，以至於形銷骨立、
瘁極夭壽，確為神與形的雙重不幸。如何從容應對命運的多舛，前人論述已

〔註29〕謝思煒撰，《白居易詩集校注》，第1版，北京：中華書局，2006年版，第202
頁。
〔註30〕〔唐〕白居易著，謝思煒校注，《白居易文集校注》，第1版，北京：中華書
局，2011年版，第326頁，參見附錄1第234條。
〔註31〕〔清〕董浩等撰，《全唐文》，第1版，北京：中華書局，1982年版，第1846
頁。

多，先賢對於安身養命之理反覆鑽研，闡述尤為精到完備。《論語・憲問篇》曰：「子曰：『邦有道，危言危行；邦無道，危行言孫。』」〔註32〕人之不同，在於知之者未必是行之者，行之者未必能全其始終。白居易知之甚深行之愈切，偶得機緣，超凡脫俗之心表露無餘。從其後期識破官場玄機之後，自請外任，真實地表現出白居易對於「性命之理」認識的深透，經典理論修養的深厚。白居易從本質上認識到命雖由天，禍福終歸由己所造，此即白居易高度自信曰「命無奈我何」的由來，也是白居易對「不得其位」的應對之法。由此說來，白居易堪為王勃所言「安貧」「知命」的「君子」「達人」。

白居易為摯友元稹作墓誌銘，亦悲其才高而「時」「位」不相偕，其《序》曰：

> 予嘗悲公始以直躬律人，勤而行之，則坎壈而不偶，謫瘴鄉凡十年，發班白而歸來。次以權道濟世，變而通之，又齟齬而不安，居相位僅三月，席不煖而罷去。通介進退，卒不獲心。是以法理之用，止於舉一職，不布於庶官；仁義之澤，止於惠一方，不周於四海。故公之心不足也。逢時與不逢時同，得位與不得位同，富貴與浮雲同。何者？時行而道未行，身遇而心不遇也。〔註33〕

元稹聰慧過人，政治理念、表章策論與白居易相頡頏，居相位三月旋即去職，元稹一腔報國熱情和滿腹行政策略不得其用，抱憾以終。長慶元年（821），白居易擬《元稹除中書舍人翰林學士賜紫金魚袋制》曰：

> 敕：仲尼曰：「志有之：言以足志，文以足言。言之無文，行而不遠。」故吾精求雄文達識之士，掌密命，立內廷。其難其人，爾中吾選。尚書祠部郎中、知制誥、賜緋魚袋元稹，去年夏拔自祠曹員外，試知制誥。而能芟繁詞，劃弊句，使吾文章言語與三代同風。引之而成綸綍，垂之而為典訓。凡秉筆者，莫敢與汝爭能。是用命爾為中書舍人，以司詔令。嘗因暇日，前席與語。語及時政，甚開朕心。是用命爾為翰林學士，以備訪問。仍以章綬，寵榮其身。一日之中，三加新命。爾宜率素履，思永圖，敬終如初，足以報我。

〔註32〕楊伯峻譯注，《論語譯注》，第 3 版，北京：中華書局，2009 年版，第 144 頁。

〔註33〕〔唐〕白居易著，謝思煒校注，《白居易文集校注》，第 1 版，北京：中華書局，2011 年版，第 1929，1930 頁，參見附錄 1 第 364 條。

可中書舍人、翰林學士、賜紫金魚袋。〔註34〕

詔制高度讚賞元稹文章才識，以為「凡秉筆者，莫敢與汝爭能。」「綸綍」語本《禮記・緇衣》：「子曰：『王言如絲，其出如綸。王言如綸，其出如綍。故大人不倡遊言。可言也不可行，君子弗言也。可行也不可言，君子弗行也。則民言不危行，而行不危言矣。』」〔註35〕「典訓」為《尚書》中《堯典》《伊訓》合稱，可見對元稹文章極言讚譽。白居易、元稹文壇齊名，是年白居易五十歲，為尚書主客郎中、知制誥，其對元稹的評價，陳述元稹之所以擢為「知制誥」的理由，對其辭章才識卓爾不凡極盡褒揚。白居易作為「知制誥」，可謂是同聲相應、惺惺相惜，可見白居易為元稹所作墓誌銘，歎惋悲切之情的緣由所在。

劉禹錫亦屬白居易友人中「生不逢時」者，白居易晚年與其交遊甚密。早年劉禹錫因「永貞革新」牽連，作為「八司馬」之一初貶為刺史，旋即加貶朗州司馬，並嚴旨不得「量移」。寶曆二年（826 年）十月白居易罷蘇州刺史，劉禹錫離任和州，二人相遇於揚州，把酒賦詩，白居易有《醉贈劉二十八使君》曰：

　　為我引杯添酒飲，與君把筋擊盤歌。詩稱國手徒為爾，命壓人頭不奈何。舉眼風光長寂寞，滿朝官職獨蹉跎。亦知合被才名折，二十三年折太多。〔註36〕

劉禹錫早於白居易於中樞參與朝政，曾激賞白居易詩鬼斧神工、造化天然，有神仙境界，非凡人可攀援而得其真趣。其後白居易為杭州和蘇州刺史，劉禹錫為和州刺史，二人詩文往返，傳為佳話。白居易讚美劉禹錫做詩堪為「國手」，對其貶謫遭際深為歎惋，謂之「二十三年折太多」。劉禹錫即迴贈白居易《酬樂天揚州初逢席上見贈》詩，「沈舟側畔千帆過，病樹前頭萬木春」此一千古名句由此生成。〔註37〕白居易對由於「生不逢時」而「不得其位」

〔註34〕〔唐〕白居易著，謝思煒校注，《白居易文集校注》，第 1 版，北京：中華書局，2011 年版，第 620 頁。

〔註35〕〔漢〕鄭玄注，〔唐〕孔穎達正義，呂友仁整理，《禮記正義》，第 1 版，上海：上海古籍出版社，2008 年版，第 2107 頁。

〔註36〕謝思煒撰，《白居易詩集校注》，第 1 版，北京：中華書局，2006 年版，第 1957，1958 頁。

〔註37〕〔唐〕劉禹錫著，瞿蛻園箋證，《劉禹錫集箋證》，第 1 版，上海：上海古籍出版社，1989 年版，第 1047 頁。

者深表同情，同時也常常以此詮釋自身遭際，頗有自我寬慰、自我解脫的功效。

　　白居易認為具有才德和得體的言行舉止，同時勤勉於事業，並非獲取相應位置的充要條件。獲取能夠充分施展才幹的職位，為天地造化盡其才德以報國濟民，並非由自身可以把握。才德即便無可挑剔，但「時」「位」的不諧，在其有生之年，唯有凋零漂泊的遺憾。由此可見，才生於人，「勢」生以「位」，「時」生由天，才能、位勢、機緣的契合，是成就大事業的根本要求，缺一不可，這是《周易》思想的精微玄妙所在，也是白居易治國安邦的政治思想來源。

5.1.3　白居易對「德薄位尊」的論述

　　白居易領悟《周易》關於「位」的思想觀念，認為「得位」是施展才幹的重要保障，於文章、施政等方面具體運用其理。白居易作為言官，在政治實踐中，充分意識「位」是為國家「名器」，牽涉到邦國安危，不可以輕易授人。《周易‧繫辭下》曰：

　　　　子曰：「德薄而位尊，知小而謀大，力小而任重，鮮不及矣！」
〔註38〕

　　此言足為位尊權重者戒，更足為秉陟罰臧否之權者法。孔子認為仁德菲薄雄居高位、智謀低下而謀劃大政、力量弱小而擔當重任，鮮有不招致禍殃者，須為謀國者所高度警惕。《周易》的「三才」之一是為「人」，人之中具有「德」「智」「力」者是為一部分。具備「德」「智」「力」方能居尊位、謀大業、擔重任，是為「人才」。因此說來，孔子所闡述的「人才」，是具有道德、智慧和能力的人，是綜合具備諸方面素質之人。白居易所論述的「時」「位」「才」之中的「才」，即是指《周易》「三才」之一的「人」中間，具備「德」「智」「力」三方面特質的精英。

　　《春秋左傳》載成公二年孔子言曰：

　　　　唯器與名，不可以假人，君之所司也。名以出信，信以守器，
　　器以藏禮，禮以行義，義以生利，利以平民，政之大節也。若以假
　　人，與人政也。政亡，則國家從之，弗可止也已。〔註39〕

〔註38〕〔清〕阮元校刻，《十三經注疏‧周易正義》（清嘉慶刊本），第 1 版，北京：中華書局，2009 年版，第 183 頁。

〔註39〕楊伯峻編著，《春秋左傳注》，第 2 版，北京：中華書局，1990 年版，第 788，789 頁。

名器於國家之重，自古為通識，《後漢書‧來歙傳》載王遵言曰：

> 愚聞為國者慎器與名，為家者畏怨重禍。俱慎名器，則下服其
> 命；輕用怨禍，則家受其殃。〔註40〕

國家最高權力在於帝王，推行國政、管理百姓權力在於群僚，國家治理的成敗，具體體現在治理效果之優劣，其根源在於官僚自身素質即才德的高下。《周易‧師‧象》曰：「大君有命，以正功也；小人勿用，必亂邦也。」孔穎達疏曰：「若用小人，必亂邦國，故不得用小人也。〔註41〕如此關乎國計民生與邦國安危之大事，不可不慎。《貞觀政要‧擇官》曰：

> 貞觀六年，太宗謂魏徵曰：「古人云，王者須為官擇人，不可
> 造次即用。朕今行一事，則為天下所觀；出一言，則為天下所聽。
> 用得正人，為善者皆勸；誤用惡人，不善者競進。賞當其勞，無功
> 者自退；罰當其罪，為惡者戒懼。故知賞罰不可輕行，用人彌須慎
> 擇。」徵對曰：「知人之事，自古為難，故考績黜陟，察其善惡。
> 今欲求人，必須審訪其行。若知其善，然後用之。設令此人不能濟
> 事，只是才力不及，不為大害。誤用惡人，假令強幹，為患極多。
> 但亂世惟求其才，不顧其行。太平之時，必須才行俱兼，始可任
> 用。」〔註42〕

在選擇官員、授予職位的過程中，賢良君主總是慎之又慎，勤於職守的相關主官總是審之又審。白居易作為言官，對此重大國政，具有義不容辭的諫言責任。白居易身為翰林、拾遺，主持科考，有為國甄選舉薦良才的職分，頗有為官從政的心得。白居易對「德薄而位尊」深為戒懼，不以個人得失為意，抗言諍諫。元和三年（808），白居易三十七歲，為翰林學士，初授左拾遺，即作《論王鍔狀》曰：

> 右，臣竊有所聞，云王鍔見欲除同平章事，未知何故，有此商
> 量？臣伏以宰相者，人臣極位，天下具瞻。非有清望大功，不合輕
> 授。王鍔既非清望，又無大功，若加此官，深為不可……臣又聞王

〔註40〕〔宋〕范曄撰、〔唐〕李賢等注，《後漢書》，第 1 版，北京：中華書局，1965
年版，第 586 頁。
〔註41〕〔清〕阮元校刻，《十三經注疏‧周易正義》（清嘉慶刊本），第 1 版，北京：
中華書局，2009 年版，第 49 頁。
〔註42〕駢宇騫譯注，《貞觀政要》，第 1 版，北京：中華書局，2011 年版，第 189
頁。

鍔在鎮日，不卹凋殘，唯務差稅。淮南百姓，日夜無憀。五年誅求，百計侵削。錢物既足，部領入朝。號為羨餘，親自進奉。凡有耳者，無不知之。今若授同平章事，臣恐四方聞之，皆謂陛下得王鍔進奉而與之宰相也。臣又恐諸道節度使，今日已後，皆割剝生人，營求宰相。私相謂曰：「誰不如王鍔邪？」故臣以為深不可也。〔註43〕

「同平章事」行宰相職權。〔註44〕白居易對欲任王鍔為「同平章事」持異議，就此進諫，陳述理由。白居易認為宰相在治理國家行政事務方面，居一人之下、萬人之上，為國家柱石、帝王肱骨大臣，具有引領百官之職，為普天之下所共見，亦為普天之下官吏視為典範，非有極高品望與為國建立大功者不可輕易授受。德宗時，王鍔遷廣州刺史、御史大夫、嶺南節度使，斂財殖貨，巧取攀附。就王鍔的道德品行看來，不可謂不「德薄」；「同平章事」行宰相之職，不可謂不「位尊」。以德薄之王鍔居宰相之尊位，果如《周易》所言孔子深為戒懼的「德薄而位尊」。白居易認為，王鍔劣跡斑斑，再行拔擢，其營私舞弊惡劣行徑，投機取巧獲得成功的行事原則，必將為天下不肖官吏所競相傚仿。故此，白居易認為王鍔為「同平章事」「深為不可」。王鍔之德薄劣行陳於國史，並非白居易「風聞奏事」，而是具有確鑿的事實依據。《舊唐書·王鍔傳》曰：

西南大海中諸國舶至，則盡沒其利，由是鍔家財富於公藏。日發十餘艇，重以犀象珠貝，稱商貨而出諸境。周以歲時，循環不絕，凡八年，京師權門多富鍔之財……鍔附太原王翃為從子，以婚閥自炫，翃子弟多附鍔以致名宦。又嘗讀《春秋左氏傳》，自稱儒者，人皆笑之。〔註45〕

王鍔為官前期固有政績，後期劣跡更多，經營私利、巧取鯨吞，以至於「家財富於公藏」；賄通權臣、攀緣貴胄，以至於「權門多富鍔之財」。可見白居易《論王鍔狀》列舉王鍔不能稱職的理由充分。

〔註43〕〔唐〕白居易著，謝思煒校注，《白居易文集校注》，第 1 版，北京：中華書局，2011 年版，第 1222，1223 頁。

〔註44〕參見《唐六典》（卷第九）：「自天後已後，兩省長官及同中書門下三品並平章事為宰相。」〔唐〕李林甫等撰，《唐六典》，第 1 版，北京：中華書局，1992 年版，第 275 頁。

〔註45〕〔後晉〕劉昫等撰，《舊唐書》，第 1 版，北京：中華書局，1975 年版，第 4060，4061 頁。

　　白居易藐視權貴、仗義執言，行事堅持原則，無論何人，無論何事，若與朝廷典章、禮樂制度相違忤，白居易必毫不忌諱、奮筆疾書、直達宸聽。同為元和三年（808）白居易任翰林學士、左拾遺前後，上《論于頔裴均狀》曰：

> 臣又竊聞時議云：近日諸道節使，或以進奉希旨，或以貨賄藩身。謂恩澤可圖，謂權位可取。以入覲為請，以戀闕為名。須來即來，須住即住。要重位則得重位，要大權即得大權。進退周施，無求不獲。天下節使，盡萌此心。不審聖聰，聞此議否？今于頔等以入覲為請，若又許之，豈非須來即來乎？既來，必以戀闕為名。若又許之，豈非須住即住乎？則重位自然合加，況必求之乎？大權不得不與，況必圖之乎？重位大權，人誰不愛？于頔既得，則茂昭求之。臣聞茂昭又欲入朝，已謀行計。茂昭亦宰相也，亦國親也。若引于頔為例，獨不與可乎？若盡與之，則陛下重位大權是以人情假人也，授之可乎？若獨與彼不與此，則忿爭怨望之端自此而作。今倖門已開矣，宜速杜之。又令于頔等開之，臣必恐聖心有時而悔矣。〔註46〕

　　白居易認為「重位」「大權」為國家名器，關乎社稷安危，居位掌權者尤須謹言慎行、遵章守法。節度使于頔位高權重，其子又為駙馬，若有所請，帝王尚且網開一面、有所顧忌。于頔無故自請入朝，白居易聽聞憲宗似已允許，即上此狀，言于頔入朝有三不可。白居易認為，君臣之間，作為帝王勿以小仁而害大義，作為臣子當戒懼而重名節，庶幾可以達成君臣知遇長久，國家安定遠禍的良好願望。節度使為朝廷封疆大吏，朝廷賜旌節因以得名，當駐守州郡、穩定一方，不可行徑輕率，簡慢於一方重臣名位，損害朝廷體制。于頔坐擁節符、任兼宰相、家通國親，在外握兵鎮守是其本分，若輕易入朝，戀闕不去，則權傾內外，故此當令其安心守土，不宜允許其入朝。當時于頔等正處得勢之時，白居易此狀不可謂不尖銳，直指其名、直言其事亦不可謂不兇險，可見白居易對「重位大權」「德薄位遵」者關涉國家治亂之效應的深刻認識，因此甘冒生死之虞抗言諍諫。《舊唐書·于頔傳》載右補闕高鍇上疏曰：

> 頔頃鎮襄、漢，殺戮不辜，恣行兇暴。移軍襄、鄧，迫脅朝廷，

〔註46〕〔唐〕白居易著，謝思煒校注，《白居易文集校注》，第1版，北京：中華書局，2011年版，第1199頁，參見附錄1第192條。

擅留逐臣，徼遮天使。當先朝嗣位之始，貴安反側，以靖四方。幸
免鈇鉞之誅，得全腰領而斃，誠宜諡之「繆厲」，以沮凶邪；豈可曲
加美名，以惠奸宄。〔註47〕

　　于頔卒後，高鉞上疏嚴厲指斥其濫殺無辜、脅迫朝廷、藐視法令、違背
制度等種種行徑，議擬諡其「繆厲」，以示懲處，並使天下位高權重而不知收
斂、得勢一時而驕橫跋扈者戒。太常博士王彥威亦上疏曰：「頔頃擁節旄，肆
行暴虐，人神共憤，法令不容。」〔註48〕果然如白居易所言，于頔權傾朝野
時節，不能自警自節，恣意妄為，是為典型的「德薄位尊」者，果如孔子所
言，其禍「鮮不及矣」，可見白居易的先見之明和謀國之誠。

　　白居易秉性耿直，以君國安危、蒼生福祉為念，並不孜孜以求於進身，
更無有附離卑劣行止，頗有氣度，故《新唐書・白居易傳》有「完節自高」的
評價，〔註49〕盛譽其德行。白居易獲此崇高評價，與其對「德」的理解密切
相關。白居易注重修身蓄德，除卻從經典理論汲取營養，具有深厚的思想理
論基礎之外，與其對物性、人性的深入辨析密切相關，並以此自警。元和十
三年（818），白居易在江州，作《感鶴》曰：

　　　鶴有不群者，飛飛在野田。饑不啄腐鼠，渴不飲盜泉。貞姿自
　　耿介，雜鳥何翩翾。同遊不同志，如此十餘年。一興嗜欲念，遂為
　　繳矰牽。委質小池內，爭食羣雞前。不惟懷稻粱，兼亦競腥羶。不
　　唯戀主人，兼亦狎烏鳶。物心不可知，天性有時遷。一飽尚如此，
　　況乘大夫軒。〔註50〕

　　鶴之格局何其高潔貴重，白居易以鶴喻人。純粹者本為造物所罕有，故
其超拔品性令人稱奇。具有高貴品性的鶴一旦為塵埃蒙蔽，則意氣全銷，與
凡俗為伍，甘為末流，局促庸陋之形一展無餘。白居易辨析其中根由，之所
以由高貴品質墜入卑賤德行，全在於「嗜欲」二字。鶴縱「嗜欲」後同於雞
鳶，或委瑣卑微任人宰割，或兇殘暴虐鳶飛唳天。社會現實之中，人可因溫

〔註47〕〔後晉〕劉昫等撰，《舊唐書》，第 1 版，北京：中華書局，1975 年版，第 4132
　　　　頁。
〔註48〕〔後晉〕劉昫等撰，《舊唐書》，第 1 版，北京：中華書局，1975 年版，第 4132
　　　　頁。
〔註49〕〔北宋〕歐陽修，宋祁等撰，《新唐書》，第 1 版，北京：中華書局，1975 年
　　　　版，第 4305 頁。
〔註50〕謝思煒撰，《白居易詩集校注》，第 1 版，北京：中華書局，2006 年版，第 64，
　　　　65 頁。

飽之虞全然忘卻道德良知與人格節操，更何況高官厚祿之雙重誘惑。名物對人的誘惑委實巨大，白居易對此高度警覺。事實上，「嗜欲念」之產生，本自人性的弱點，如何克服此一人人皆有，而結果是有人蕩滌無餘，有人放縱沉淪的弱點，其關鍵還是「修身累德」四字。白居易之所以為後代所推重，亦在於注重克服人性的弱點，注重積德累仁的緣故。

白居易身為諫官，對「德薄位尊」「重位大權」之於社稷的安危高度警覺，對於朝廷典章制度極力維護，對帝王出於仁愛優撫之心而縱容權臣的後果深感痛惜。白居易在憲宗元和初年，多有關涉重大國政與樞密機要諫言，均出於公心而無所顧忌，冒犯權貴、牴牾豪門而在所不惜。白居易履行諫官職責知無不言、言無不盡，光明磊落、嫉惡如仇，可見其欲一伸儒家士子報國熱誠，以酬答君主知遇之恩，希求功在當代、遺澤將來的宏遠抱負。

5.2 《周易》「位」與「時」「才」關係對白居易的影響

《周易》思想認為「位」因「時」而變，亦強調「才」與「位」的匹合，「時」「位」「才」三者為密不可分的有機整體。社會現實生活中，上述三者相互契合，可得中正大和之效；三者任一因素的變化，將導致整體狀態的變化，應對失當將導致偏離中正大和之道。從白居易人生經歷來看，其對「時」「位」「才」三者的協調與處置具有獨到之處，那就是在不同的時期、不同的位置，十分恰當地履行不同的職責，表現出不同的才能。其思想、行為與其所處之「時機」和「位勢」緊密相連，幾近於契合無間的程度。

5.2.1 白居易對「時」「位」「才」之間關係的認識

白居易對《周易》的「時」「位」「才」理論多有詮釋，認為機緣與位勢的契合，決定了事業的成敗與人生的窮達。就白居易自身而言，影響了其對進取兼濟和退守獨善的認識和實踐，是其順適所遇、樂天安命的理論來源。白居易對於「時」「位」「才」的理解深透，用以闡述政策、甄選良材、評價史實、紓解困惑，多有令人信服的獨到見解，為後世留下了寶貴的精神財富。白居易《策林・御功臣之術》曰：

> 臣聞明王之御功臣也，量其功而限之以爵，審其罪而糾之以法。
> 限之以爵，故爵加而知榮矣。糾之以法，故法行而知恩矣。恩榮並加，
> 畏愛相濟。下無貳志，上無疑心。此明王所以念功勞而全君臣之道也。

若不限之以爵，則無厭之心生矣，雖極人臣之位而不知榮也。若不糾
之以法，則不忌之心啟矣，雖竭人主之寵而不知恩也。恩榮不知，畏
愛不立，而望奉上之心盡，念功之道全，或難矣。〔註51〕

才高位卑，則內有懷才不遇之憂，外有雖令不行之虞；才下位尊，則內
有濫竽充數之懼，外有疲於奔命之苦。總之「才」「位」「時」須得榫卯應對、
若合符契，方能既不屈曲也不虛浮，得其中正貞幹。孟子曰：「惟大人為能
格君心之非。君仁，莫不仁；君義，莫不義；君正，莫不正。一正君而國定
矣。」〔註52〕在此所強調的「大人」則是智慧、仁義、中正兼而有之的賢人
君子，才能成為匡正君主過失、完善君主號令的良相、良臣，即孟子所謂
「賢者以其昭昭使人昭昭。」〔註53〕反之則將成為誤君敗政、禍國殃民的
弄臣、奸吏。

「時」「位」的變化，往往決定朝堂政治走向，更決定為政者的窮通生
死，此中變幻莫測，在白居易步入仕途之初就有所領教，這就是「永貞新政」
的終結和「二王八司馬事件」。白居易對此一事件的態度見諸當時即永貞元
年（805）所作《寄隱者》詩：

賣藥向都城，行憩青門樹。道逢馳驛者，色有非常懼。親族走
相送，欲別不敢住。私怪問道旁，何人復何故？云是右丞相，當國
握樞務。祿厚食萬錢，恩深日三顧。昨日延英對，今日崖州去。由
來君臣間，寵辱在朝暮。青青東郊草，中有歸山路。歸去臥雲人，
謀身計非誤。〔註54〕

「時」的作用下，「位」隨之變易。「昨日延英對，今日崖州去」當指韋執
誼。永貞元年（805）十月，貶正議大夫、中書侍郎、平章事韋執誼為崖州司
馬。〔註55〕此時白居易對朝廷政治變幻莫測已有自己的觀察和體悟，即高官
厚祿、優渥恩寵固然得意，然得失在於朝暮之間，一旦時局生變，難免自九
霄跌落塵泥。

〔註51〕〔唐〕白居易著，謝思煒校注，《白居易文集校注》，第 1 版，北京：中華書
　　　　局，2011 年版，第 1515 頁。
〔註52〕楊伯峻譯注，《孟子譯注》，第 3 版，北京：中華書局，2010 年版，第 165 頁。
〔註53〕楊伯峻譯注，《孟子譯注》，第 3 版，北京：中華書局，2010 年版，第 307 頁。
〔註54〕謝思煒撰，《白居易詩集校注》，第 1 版，北京：中華書局，2006 年版，第 128
　　　　頁。
〔註55〕〔後晉〕劉昫等撰，《舊唐書》，第 1 版，北京：中華書局，1975 年版，第 413
　　　　頁。

　　白居易初入仕途時，王叔文等大張旗鼓主導「永貞革新」，白居易亦盛讚「永貞革新」的重要人物韋執誼「可謂有其才矣」〔註56〕。由於所用之人多為新進之士，政治理想較之社會現實的矛盾估測不足，行政急切，造成物議喧騰，為藩鎮與官僚群體所抵制。「永貞革新」的一系列政策雖有利於國家，但有損於既得利益階層，關鍵是最為重要的支持者唐順宗已然病入膏肓，禪位於憲宗後，未幾崩殂。《資治通鑒》曰：

> （永貞元年）八月，庚子，制「令太子即皇帝位，朕稱太上皇，制敕稱誥。」辛丑，太上皇徙居興慶宮，誥改元永貞，立良娣王氏為太上皇后。后，憲宗之母也。壬寅，貶王伾開州司馬、王叔文渝州司戶。伾尋病死貶所。明年，賜叔文死。乙巳，憲宗即位於宣政殿。〔註57〕

　　政治的奧區，並非盡在於行政理念、治國方略的正確與否，關鍵的是「時」「位」的狀態。同樣的政策與措施，往往因「時」「位」的舛誤，產生出截然不同的結果，該種情形甚夥。「永貞革新」的核心人物「二王」，即王伾、王叔文，積極追隨者如韋執誼、劉禹錫、柳宗元等「八司馬」之結局即因由在此。「永貞革新」的「時」「位」之失，即是關鍵支持者唐順宗的駕崩與唐憲宗的即位。憲宗即位後的一系列措施，僅自白居易所擬詔制、書表看來，亦與「永貞革新」的政治目的高度一致。關鍵在於憲宗是在藩鎮韋皋、裴均、嚴綬及宦官俱文珍、劉光琦，官僚高郢、鄭殉瑜、賈耽等人的支持下登基得其「大寶」，上述人等均為「永貞革新」的反對者，故此「二王」「八司馬」的結局並無懸念。憲宗初即位，權衡利弊，唯有迅速夷滅王叔文、王伾集團，方能得到權臣支持、鞏固新君地位。也唯有如此，唐憲宗方能利用有利位勢，不動聲色，尋找時機，徐圖變易。

　　當「永貞革新」自如火如荼轉向灰飛煙滅，白居易著實困惑異常，只因白居易當時所居之「位」為秩序極低的校書郎，遠離中樞此一政治漩渦，故對白居易並無影響。《舊唐書·憲宗本紀》曰：

> （永貞元年十月）壬申，貶正議大夫、中書侍郎、平章事韋執

〔註56〕〔唐〕白居易著，謝思煒校注，《白居易文集校注》，第1版，北京：中華書局，2011年版，第310頁。

〔註57〕〔宋〕司馬光撰，《資治通鑒》，第1版，北京：中華書局，1956年版，第7619頁。

誼為崖州司馬，以交王叔文也……己卯，再貶撫州刺史韓泰為虔州
司馬，河中少尹陳諫台州司馬，邵州刺史柳宗元為永州司馬，連州
刺史劉禹錫朗州司馬，池州刺史韓曄饒州司馬，和州刺史凌準連州
司馬，岳州刺史程異郴州司馬，皆坐交王叔文。初貶刺史，物議罪
之，故再加貶竄。〔註58〕

　　「永貞革新」區區百日即告終結，相與人等或病死、賜死，或貶竄偏遠末
吏，此為對中晚唐政治影響深遠的「二王八司馬事件」。既便「二王」已徹底剪
除，憲宗為首的執政者對「八司馬」依然深懷戒懼，《舊唐書·憲宗本紀》載：

　　（元和元年八月）壬午，左降官韋執誼、韓泰、陳諫、柳宗
元、劉禹錫、韓曄、凌準、程異等八人，縱逢恩赦，不在量移之
限。〔註59〕

　　「量移」為官員貶謫偏遠地域之後，逢恩赦遷回距京都較近區域。此一
政策，一時間將「八司馬」歸途徹底封死，對於當事者造成的心理壓力可想
而知。

　　「永貞革新」的過程和結局，使白居易對「時」「位」「才」之間的關係具
有了切身體驗。永貞元年（805）「永貞革新」時，白居易三十四歲，在長安為
校書郎，曾上書宰相韋執誼暢敘政治理念、施政方略，同時盛譽韋執誼才德
相兼、大有作為，充分表達了進取報國的政治抱負。作為新進之士，白居易
謁請執政，意圖自強，為國盡忠無可厚非。從白居易在翰林學士和左拾遺任
上的作為看來，其抑制藩鎮、詳察民病、節支緩徵、任人唯賢等思想理念，與
「永貞革新」頗多類似之處，亦得到了憲宗的大力支持。之所以同樣施政理
念與行政措施，「二王」行之招徠殺身之禍，「八司馬」跟隨罹不測之殃，毫無
疑問在於「時」「位」的變易，其中憲宗起到了決定性的作用。天意從來高難
問，一朝天子一朝臣，此言的確不虛。

　　白居易對「時」「位」「才」三者密切關係的領悟、詮釋和發揮，所得出的
具有一般意義的結論，其動因在於對時勢政局的觀察和切身體驗，同時在於
對《周易》相關原理的深刻理解，對典籍故實和歷史人物的深入分析，在此

〔註58〕〔後晉〕劉昫等撰，《舊唐書》，第 1 版，北京：中華書局，1975 年版，第 413
　　　頁。
〔註59〕〔後晉〕劉昫等撰，《舊唐書》，第 1 版，北京：中華書局，1975 年版，第 418
　　　頁。

基礎上進行的經驗總結和理論提升。「時」「位」「才」是《周易》中密不可分的重要概念，圍繞這三個基礎性概念，《易》理的生成和闡發具備了依託。《周易·艮·彖》曰：

> 艮，止也。時止則止，時行則行；動靜不失其時，其道光明。
〔註60〕

天地大道與動靜因時密切相關，守位而應時，是順應天道的基本規則。「位」的變化，因「時」而異。鄭萬耕《〈易傳〉時觀溯源》曰：「《易傳》則將「時」賦予了時機、時勢、時運的含義，具有某種事物在大化流行過程中的客觀必然性的意味。」〔註61〕社會現實生活中，時機的把握，是從事一切社會活動、成就一切事業的重要因素。同時，適當的時機，採取與之相適應的行動以應對，是為不可違背的客觀要求，應之則吉，違之則凶，可謂無窮變化之中所蘊含的內在規律。當動則動、當止則止，動靜變化因時而異，才能走向寬闊明亮的大道。《周易·乾·彖》曰：

> 大哉乾元；萬物資始，乃統天。雲行雨施，品物流形。大明終
> 始，六位時成，時乘六龍以御天。乾道變化，各正性命，保合大和，
> 乃利貞。首出庶物，萬國咸寧。〔註62〕

《乾》《坤》為易之門戶，所昭示的是聖賢居位、承時、乘勢，是帝王奉天承運、御宇牧民的法則，更是天下興衰、萬邦離合的根本大道。《周易》根據六爻位置的變化來揭示事物變化的規律，「位」所蘊含的意義深刻，決定了事物發展過程之中其根本性質和目的。從《周易》整體的理論思想來看，「位」固然變化無窮，但依照《周易》陰陽法則，無論「位」的高下與否，其內在的「大和」是為根本核心。或言之，推廣至於社會人事，「位」的高下，固然可以界定人生的窮達，但「位」本身所蘊含的意義，則決定了居於其位，當履行其本身具有的社會責任和所承擔的義務。此謂之陰陽相對、利害相生，禍福對等原則。

《周易·繫辭下》曰：

> 《易》之為書也，廣大悉備：有天道焉，有地道焉，有人道焉。

〔註60〕〔清〕阮元校刻，《十三經注疏·周易正義》（清嘉慶刊本），第1版，北京：中華書局，2009年版，第129頁。

〔註61〕鄭萬耕撰，《〈易傳〉時觀溯源》，《周易研究》，2008年第5期，第56頁。

〔註62〕〔清〕阮元校刻，《十三經注疏·周易正義》（清嘉慶刊本），第1版，北京：中華書局，2009年版，第23，24頁。

兼三才而兩之，故六。六者，非它也，三才之道也。〔註63〕

　　《周易》將人置於天、地之間，是為「三才」之一。此「才」並非專指「人才」，而是泛指區別於其他事物的「人」。「人」為天地萬物最具有智慧與創造性的特殊群體，以其高度的智慧立於天地之間。《漢書·刑法志》曰：

夫人宵天地之貌，懷五常之性，聰明精粹，有生之最靈者也。

爪牙不足以供耆欲，趨走不足以避利害，無毛羽以禦寒暑，必將役物以為養，任智而不恃力，此其所以為貴也。故不仁愛則不能羣，不能群則不勝物，不勝物則養不足。羣而不足，爭心將作，上聖卓然先行敬讓博愛之德者，眾心說而從之。從之成羣，是為君矣；歸而往之，是為王矣。〔註64〕

　　「聰明精粹」「任智而不恃力」是人區別於萬物的本質特點。萬物之間，唯有人能夠觀象得數，因數推理，應理成制。《周易·繫辭上》曰：

聖人有以見天下之賾，而擬諸其形容，象其物宜，是故謂之象。

聖人有以見天下之動，而觀其會通，以行其典禮，繫辭焉以斷其吉凶，是故謂之爻。言天下之至賾，而不可惡也；言天下之至動，而不可亂也。擬之而後言，議之而後動，擬議以成其變化。〔註65〕

　　在此，《周易》所謂「聖人」，指德、智、力兼備的人。《易》理的掌握在於人，只有人能夠居中將天地萬事萬物相聯繫進行綜合思考，推衍出其中運行的普遍規律，昇華至於理論的高度，用以指導實踐、擘畫未來。陳贇《〈易傳〉對天地人三才之道的認識》曰：「天地各有其能，各具其德，但只有人能夠會通天地之能、合和天地之德。」〔註66〕《周易·繫辭上》曰：「原始反終，故知死生之說。」高亨注曰：「此言『聖人』考察萬物之始，故知其所以生；究求萬物之終，故知其所以死。」〔註67〕洞察萬物生死規律，則有

〔註63〕〔清〕阮元校刻，《十三經注疏·周易正義》（清嘉慶刊本），第1版，北京：中華書局，2009年版，第188頁。

〔註64〕〔漢〕班固撰，〔唐〕顏師古注，《漢書》，第1版，北京：中華書局，1962年版，第1079頁。

〔註65〕〔清〕阮元校刻，《十三經注疏·周易正義》（清嘉慶刊本），第1版，北京：中華書局，2009年版，第163，164頁。

〔註66〕陳贇撰，《〈易傳〉對天地人三才之道的認識》，《周易研究》，2015年第1期，第41頁。

〔註67〕高亨著，《周易大傳今注》，第1版，北京：清華大學出版社，2010年版，第388頁。

以明事物發展變化法則，在一定程度上具備了先天的預見性和神奇的先見之明。《周易·繫辭下》曰：

> 極天下之賾者存乎卦，鼓天下之動者存乎辭，化而裁之存乎變，
>
> 推而行之存乎通，神而明之存乎其人。〔註68〕

在此《周易》明確了作為「三才」之一的「人」之中神聖者，能夠感通天地，明達鬼神之道，領會天地之深邃奧秘。《周易》取象至為明晰，自簡潔平常之事物，隨著時間的推移，位勢的變化，觀照其發展過程，總結出具有一般意義的規律。其變化之數，在掌握與估測之中；其理，可至於象數萬變而理不變。張文智《試論〈周易〉中的生命哲學》曰：

> 《周易》將整個天地宇宙視為一個「創化不息」的有機生命體。
>
> 它所蘊含的天人合一的「三才之道」，對中國傳統的思維方式產生了
>
> 重大影響。儒家關注《周易》的人文化成作用，更多地吸收了《周
>
> 易》中人與天的德性的合一這一理念。〔註69〕

《周易》為古代聖賢對天地萬物變化自宏觀角度加以分析總結，把握其運行規律，提煉其可作用於人事社會的因素，注入情感、道德與理性內核，並在社會歷史進程中不斷印證和完善，成為指導社會實踐的經典。《周易》對宇宙天地的認識，具有顯著的辯證發展思想和開放性思維模式，具有豐富深邃的內涵與廣闊的再創造空間。

白居易對《周易》「時」「位」「才」三者進行綜合思考，具有全面系統的認識，具體運用於治國理政的實踐之中。白居易遵循《周易》關於「時」「位」「才」三者相關聯的思想觀念，認為才識與所居位勢的契合，再根據機緣，決定了事業大小成敗與前途的窮達否泰。

5.2.2　白居易「時」「位」「才」相諧的狀態

白居易初入仕途，「時」「位」「才」高度相偕，立於中樞，輔弼帝王，抱負巨大。心志唯在不辱使命，以活國濟民相期許，以替天行道、匡扶正義為己任。此一階段，白居易義無反顧、勇往直前，臨危涉險而在所不辭，多有竭誠謀國、指斥時弊令權貴側目、扼腕之作，更有膾炙人口、婦孺皆知風行寰

〔註68〕〔清〕阮元校刻，《十三經注疏·周易正義》（清嘉慶刊本），第 1 版，北京：中華書局，2009 年版，第 171 頁。

〔註69〕張文智撰，《試論〈周易〉中的生命哲學》《周易研究》，2007 年第 3 期，第 71 頁。

宇的好文章。

　　白居易才學超拔是為唐憲宗賞識拔擢的重要原因，另一個重要原因在於遇到初即位的唐憲宗開明果斷的大好時機。《舊唐書・白居易傳》曰：

　　　　居易文辭富艷，尤精於詩筆。自雠校至結綬畿甸，所著歌詩數
　　　　十百篇，皆意存諷賦，箴時之病，補政之缺，而士君子多之，往往
　　　　流聞禁中。章武皇帝納諫思理，渴聞讜言。二年十一月，召入翰林
　　　　為學士。三年五月，拜左拾遺。居易自以逢好文之主，非次拔擢，
　　　　欲以生平所貯，仰酬恩造。〔註70〕

　　唐憲宗「納諫思理」是白居易「非次拔擢」的外部條件，即時機；白居易抨擊時弊、歎息民病的樂府詩流聞朝野，是白居易「非次拔擢」的內在原因，即才幹。唐代樂府制度，觀民風的措施為白居易脫穎而出創造了條件。唐代科舉考試選拔新銳入仕的通例，在理論考試成功之後，具體考察其從政能力，登第者多授職縣丞、縣尉一類縣令屬官。〔註71〕底層官吏便於瞭解民意、解讀民風，並可獻「樂府詩」直達宸聽，是為帝王掌握下情的重要渠道。《唐代樂府制度研究》曰：

　　　　唐代太常寺管理的音樂中，有一部分歌詞來源於士人或大臣的
　　　　獻詩。即太常寺在士人或大臣給朝廷的獻詩中選擇歌詞，然後配以
　　　　音樂，在朝廷演唱。獻詩，也是太常寺歌詞的來源之一。〔註72〕

　　白居易曾為盩厔尉，此一段下層官吏的歷練，使之直接與底層民眾接觸，對黎民百姓的日常生活與內心訴求具有直觀的瞭解，因此更能腳踏實地、開闊視野，將經典理論與社會現實相印證，為將來從事更大事業奠定基礎。白居易《新樂府（并序）》：

　　　　序曰：凡九千二百五十二言，斷為五十篇。篇無定句，句無定
　　　　字，繫於意，不繫於文。首句標其目，卒章顯其志，《詩》三百之義
　　　　也。其辭質而徑，欲見之者易諭也。其言直而切，欲聞之者深誡也。
　　　　其事覈而實，使采之者傳信也。其體順而肆，可以播於樂章歌曲也。

〔註70〕〔後晉〕劉昫等撰，《舊唐書》，第 1 版，北京：中華書局，1975 年版，第 4340
　　　　頁。
〔註71〕王向峰撰，《詩人士子的理想與縣尉職司的錯位──對唐代進士詩人一種心理
　　　　現象考察》，《遼寧師範大學學報》（社會科學版），2014 年第 6 期，第 838 頁。
〔註72〕左漢林，《唐代樂府制度研究》：首都師範大學，博士論文，2005 年，第 103
　　　　頁。

　　總而言之，為君、為臣、為民、為物、為事而作，不為文而作也。
〔註73〕

　　白居易所作「新樂府」每首詩前均有小序，點明旨趣，鄒曉春《元白對
〈詩經〉接受研究》曰：

　　　　白居易的詩序，意在先，詩在後，也就是說白居易作新樂府是
　　為了起到諷喻功能而作的，序是為突出新樂府的立意而設立的，這
　　種先後關係實際上體現了一種接受邏輯，詩言志，是無意識，而志
　　以詩表是有意而為，具有很強的功利性。〔註74〕

　　對於「新樂府」的寫作最終目的，白居易在《寄唐生》中進一步明確表
述曰：

　　　　賈誼哭時事，阮籍哭路岐。唐生今亦哭，異代同其悲……我亦
　　君之徒，鬱鬱何所為？不能發聲哭，轉作樂府詩。篇篇無空文，句
　　句必盡規。功高虞人箴，痛甚騷人辭。非求宮律高，不務文字奇。
　　惟歌生民病，願得天子知。〔註75〕

　　白居易作「樂府詩」的主觀願望，與初即位急於知民情、解民困、開創
宏圖大業的唐憲宗的意願頗為契合。白居易不久即以「樂府詩」「流聞禁中」
為憲宗所青睞，拔擢至近臣職位。元和三年（808），白居易擬《除裴垍中書侍
郎同平章事制》曰：

　　　　爾尚降乃德以親百姓，廣乃志以序九流。匡朕心以清化源，從
　　人欲以致和氣。予欲宣力，汝為股肱；予欲詢謀，汝為心膂。予違
　　望于汝弼，勿謂不從；汝言逆於朕心，必求諸道。獨立勿懼，直躬
　　而行。明聽斯言，敬踐乃位。〔註76〕

　　憲宗即位之初開明果斷、賢達謙恭，要求臣屬忠直謀國，勿以君王尊貴
而稍有顧忌，明示裴垍「獨立勿懼，直躬而行」，可見唐憲宗禮賢求治之心的
誠摯懇切。白居易手擬此詔，對憲宗之心必然透徹理解、準確表達。由此可
見，白居易朝堂之上為世人矚目的一番政治作為，具有良好的外部環境。

〔註73〕謝思煒撰，《白居易詩集校注》，第1版，北京：中華書局，2006年版，第267頁。
〔註74〕鄒曉春撰，《元白對〈詩經〉接受研究》，吉林大學，博士論文，長春：吉林
　　　　大學，2013年，第72頁。
〔註75〕謝思煒撰，《白居易詩集校注》，第1版，北京：中華書局，2006年版，第78頁。
〔註76〕〔唐〕白居易著，謝思煒校注，《白居易文集校注》，第1版，北京：中華書
　　　　局，2011年版，第874頁，參見附錄1第182條。

　　元和初年，白居易可謂「時」「位」「才」高度協調。憲宗開明賢達勵精圖治的大好時機、近臣言官草擬詔制的尊貴職位、才識卓越赤誠謀國的個人素質，上述三者的有機結合，白居易梗介揚厲的朝堂諍臣形象逐漸明晰。白居易曾有《祭盧虔文》曰：「名因文著，位以才升……甲族推華，士林增美。久在貂蟬之列，近邊圖籍之司。」〔註77〕適逢良機，白居易果然「見龍在田，利見大人」，亦屬「名因文著，位以才升」之列。「時」「位」「才」相互拱抱、相得益彰，其後數年白居易昂首闊步、意氣高昂。儒家君子最高理想，即為名垂青史，重比泰山，不朽於世，為此，白居易身體力行，躬身歷險。元和五年（810），白居易三十九歲，作《和夢遊春詩一百韻》曰：

　　　　逢時念既濟，聚學思大畜。端詳筮仕著，磨拭穿楊鏃。始從雠校職，首中賢良目。一拔侍瑤墀，再升紆繡服。誓酬君王寵，願使朝廷肅。密勿奏封章，清明操憲牘。鷹鞲中病下，豸角當邪觸。糺繆靜東周，申冤動南蜀。危言詆閹寺，直氣忤鈞軸。不忍曲作鉤，乍能折為玉。捫心無愧畏，騰口有謗讟。只要明是非，何曾虞禍福？〔註78〕

　　《序卦傳》曰：「有過物者必濟，故受之以既濟。」〔註79〕白居易中進士、點翰林、授拾遺，一系列榮譽與地位接踵而至，確為白居易才智與德行有過人之處。《周易‧既濟‧彖》曰：「既濟亨，小者亨也。利貞，剛柔正而位當也。」〔註80〕白居易珍惜來之不易的地位和榮譽，頗為自警自勵，在翰林學士和左拾遺職位上兢兢業業、不徇私情，對於軍政大事一秉公心、維護綱紀。無論何人，但凡有於朝綱不合，與制度相悖情形，白居易每每不顧個人安危，直言進諫。對於民間憂怨、百姓疾苦，但有所見所聞，或形諸奏章，或賦作歌詠，隨時隨地呈請帝王知曉。意欲對百姓和國家有所助益，此即白居易所謂「廣宸聰，副憂勤」和「酬恩獎，塞言責」。〔註81〕《周易‧既濟‧

〔註77〕〔唐〕白居易著，謝思煒校注，《白居易文集校注》，第 1 版，北京：中華書局，2011 年版，第 1012 頁。

〔註78〕謝思煒撰，《白居易詩集校注》，第 1 版，北京：中華書局，2006 年版，第 1132 頁，參見附錄 2 第 65 條。

〔註79〕〔清〕阮元校刻，《十三經注疏‧周易正義》（清嘉慶刊本），第 1 版，北京：中華書局，2009 年版，第 201 頁。

〔註80〕〔清〕阮元校刻，《十三經注疏‧周易正義》（清嘉慶刊本），第 1 版，北京：中華書局，2009 年版，第 149 頁。

〔註81〕〔唐〕白居易著，謝思煒校注，《白居易文集校注》，第 1 版，北京：中華書局，2011 年版，第 324 頁。

象》曰：「水在火上，既濟；君子以思患而豫防之。」〔註82〕朝堂之上，白居易並不以地位清貴而洋洋自得，而是居安思危、對國政盡心竭力，毫無明哲保身、知難而退的意念。《周易・大畜・彖》曰：「大畜，剛健篤實，輝光日新其德。剛上而尚賢，能止健，大正也。不家食吉，養賢也。利涉大川，應乎天也。」《周易・大畜・象》曰：「君子以多識前言往行，以畜其德。」〔註83〕「畜」者積聚，為不畏艱難險阻，傾力修身蓄德以成就功業，有力學養德、讀書養望之意。

白居易驗證了「名因文著，位以才升」的過程。唐憲宗元和二年（807），白居易三十六歲，自盩厔尉調充進士考官，擢為翰林學士。〔註84〕元和三年（808），白居易為制策考官，授左拾遺，依前充翰林學士。〔註85〕至元和十年（815）貶為江州司馬，此七年為白居易奮發有為的時段，諸多具有強烈現實意義和政治傾向積極的文章出自此時。翰林學士、左拾遺為皇帝近侍，實為清貴。白居易才學超拔，此時就「位」而言，已屬青年才俊的極致。《舊唐書・百官志》曰：

> 王者尊極，一日萬機，四方進奏、中外表疏批答，或詔從中出。
> 宸翰所揮，亦資其檢討，謂之視草，故嘗簡當代士人，以備顧問。
> 至德已後，天下用兵，軍國多務，深謀密詔，皆從中出。尤擇名士，翰林學士得充選者，文士為榮。亦如中書舍人例置學士六人，內擇年深德重者一人為承旨，所以獨承密命故也。德宗好文，尤難其選。
> 貞元已後，為學士承旨者，多至宰相焉。〔註86〕

帝王保有四海，軍國大政乾綱獨斷，一日萬幾，舉號發令、詔制命誥，須有德才兼備之士代為草擬。帝王詔敕，入則為君心聖慮，天意蘊積；出則為法令典章，通達四境，須語意精準、文辭雅正方能契合帝王神聖地位。充

〔註82〕〔清〕阮元校刻，《十三經注疏・周易正義》（清嘉慶刊本），第1版，北京：中華書局，2009年版，第149頁。

〔註83〕〔清〕阮元校刻，《十三經注疏・周易正義》（清嘉慶刊本），第1版，北京：中華書局，2009年版，第80，81頁。

〔註84〕朱金城著，《白居易年譜》，第1版，上海：上海古籍出版社，1982年版，第37，38頁。

〔註85〕朱金城著，《白居易年譜》，第1版，上海：上海古籍出版社，1982年版，第41頁。

〔註86〕〔後晉〕劉昫等撰，《舊唐書》，第1版，北京：中華書局，1975年版，第1854頁。

選翰林，為普天之下儒生寤寐以求與引以為榮之事，更需檢驗的是士子才學規模、思想深度、文辭水準，非才智超群、思維敏捷、翰章卓越者不能勝任。白居易擢為翰林後，次年又授左拾遺之職。《舊唐書·百官志》曰：「獻可替否，拾遺補闕，為近侍之最。」〔註87〕「拾遺」「補闕」職責是進諫君主、勸善規過、議論興革，以求全備。《通典·職官》曰：

> 補闕、拾遺。武太后垂拱中，置補闕、拾遺二官，以掌供奉諷諫……自開元以來，尤為清選，左右補闕各二人，內供奉者各一人，左右拾遺亦然。〔註88〕

所謂拾遺、補闕為「近侍之最」，故「尤為清選」，指遴選甄別精挑細選、精益求精，可見白居易之出類拔萃。白居易在翰林任上不負上意，亦可見唐憲宗對其高度讚賞、寵命優渥。白居易認為唐太宗「貞觀之治」的「大和」之美政，拾遺補缺功不可沒，其《策林·達聰明致理化》曰：「故遺補之諫入，則朝廷之得失所由知也……故貞觀之大和，開元之至理，率由斯而馴致矣。」〔註89〕拾遺補缺之重，可見一斑。白居易獲取此番恩遇殊榮，作為文士，更是功成名就、錦上添花，其內心酬答聖德、報效國家的意願愈加強烈，此為白居易奮不顧身直言諍諫的動因之一。

白居易尚未成為言官之時，已然對明哲保身、唯唯諾諾之頹俗有過尖銳的批評，可見其深厚的理論修養，對社會政治形勢的清醒認識，為其後任翰林、拾遺奠定了良好的思想理論基礎。元和元年（806），白居易三十五歲，其《策林·使百職修皇綱振》曰：

> 夫百職不修，萬事不舉，皇綱弛而不振，頹俗蕩而不還者，由君子讜直之道消，小人慎默之道長也。臣伏見近代以來，時議者率以拱默保位者為明智，以柔順安身者為賢能，以直言危行者為狂愚，以中立守道者為凝滯。故朝寡敢言之士，庭鮮執咎之臣。自國及家，寖而成俗。故父訓其子曰：無介直以立仇敵。兄教其弟曰：無方正以賈悔尤。識者腹非而不言，愚者心競而是效。至使天下有目者如

〔註87〕〔後晉〕劉昫等撰，《舊唐書》，第 1 版，北京：中華書局，1975 年版，第 1823 頁。

〔註88〕〔唐〕杜佑撰，王文錦、王永興、劉俊文等點校，《通典》，第 1 版，北京：中華書局，1988 年版，第 556，557 頁。

〔註89〕〔唐〕白居易著，謝思煒校注，《白居易文集校注》，第 1 版，北京：中華書局，2011 年版，第 1483，1484 頁。

聾也，有耳者如聾也，有口者如含鋒刃也。慎默之俗，一至於斯。此正士直臣所以退藏而長太息也……伏惟陛下以至公統天下，以至明御羣臣，使情偽無所逃，言行無所隱。有若謹直強毅舉正彈違者，引而進之。有若慎默畏忌吐剛茹柔者，推而遠之。使此有利彼無利，安得不去彼取此乎？斯所謂俾人日從善遠罪而不自知也。如此則百職修，萬事舉，皇綱振，頹俗移。太平之風由斯而致矣。」〔註90〕

《周易·否·象》曰：「內陰而外陽，內柔而外剛，內小人而外君子：小人道長，君子道消也。」〔註91〕白居易直指百職不修、皇綱不振根源在於君子之道消、小人之道長。認為輔弼帝王、撫育百姓、糾偏扶正、致君堯舜，是為儒家士子的天然本分，更是聖賢之道歷久薰染的必然結果。帝王總領國政，唯有親賢良君子，遠姦佞小人，才能使百職各得其宜，萬事各有所舉，天下太平景象方能呈現。白居易據此模擬對策，亦引此自勵，以君子挺身而出謀國為榮、小人畏葸不前誤國為恥。同年，白居易應「才識兼茂明於體用科」。其《才識兼茂明於體用科策一道》曰：

臣聞漢文帝時，賈誼上疏云：「可為痛哭者一，可為流涕者二，可為長太息者三。」是時漢興四十載，萬方大理，四海大和，而賈誼非不見之。所以過言者，以為詞不切，志不激，則不能迴君聽，感君心，而發憤於至理也。是以雖盛時也，賈誼過言而無愧；雖過言也，文帝容之而不非。故臣不失忠，君不失聖，書之史策，以為美談……臣之才識劣於古人，輒欲過言，以裨陛下明德萬分之一也。裨之者非敢謂言之必可行也，體用之必可明也。且欲使後代知陛下踐祚之後，有朴直敢言之臣出焉，無俾文帝、賈誼專美於漢代。然後退而俯伏以待罪戾焉，臣誠所甘心也。謹以過言昧死上對。〔註92〕

參照聖賢經典，以歷史經驗驗證和指導現實，深謀遠慮、直指時弊，為熟讀經籍、諳習故實的白居易等士君子的本分。在此白居易表達了鞠躬盡瘁「以裨陛下明德萬分之一」的決心，亦為其朝堂之上具有犯顏極諫膽識之由

〔註90〕〔唐〕白居易著，謝思煒校注，《白居易文集校注》，第1版，北京：中華書局，2011年版，第1478，1479頁，參見附錄1第120條。

〔註91〕〔清〕阮元校刻，《十三經注疏·周易正義》（清嘉慶刊本），第1版，北京：中華書局，2009年版，第56頁。

〔註92〕〔唐〕白居易著，謝思煒校注，《白居易文集校注》，第1版，北京：中華書局，2011年版，第410，411頁，參見附錄1第93條。

來。士子具備才德若此，對初登大寶、求賢若渴的唐憲宗而言實在令其欣喜，故白居易以對策語直登第，在情理之中。《新唐書‧憲宗本記》贊曰：

> 憲宗剛明果斷，自初即位，慨然發憤，志平僭叛，能用忠謀，不惑群議，卒收成功。自吳元濟誅，強藩悍將皆欲悔過而效順。當此之時，唐之威令，幾於復振，則其為優劣，不待較而可知也。〔註93〕

《舊唐書‧憲宗本紀》論曰：

> 憲宗嗣位之初，讀列聖實錄，見貞觀、開元故事，諓慕不能釋卷，顧謂丞相曰：「太宗之創業如此，玄宗之致理如此，既覽國史，乃知萬倍不如先聖。當先聖之代，猶須宰執臣僚同心輔助，豈朕今日獨能為理哉！」自是延英議政，畫漏率下五六刻方退。自貞元十年已後，朝廷威福日削，方鎮權重。德宗不委政宰相，人間細務，多自臨決，姦佞之臣，如裴延齡輩數人，得以錢穀數術進，宰相備位而已。及上自藩邸監國，以至臨御，訖於元和，軍國樞機，盡歸之於宰相。由是中外咸理，紀律再張，果能剪削亂階，誅除群盜。
>
> 睿謀英斷，近古罕儔，唐室中興，章武而已。〔註94〕

憲宗臨朝前期，的確睿智英武、剛明果決，一掃前朝頹勢，頗有一番作為，顯示出「中興」景象。翰林學士、拾遺對帝王決策可施加重大影響，憲宗選擇學養深厚、才識卓絕、背景單純且對策深切的白居易一類士子履行此類職責，實在是慧眼識珠。白居易對拾遺職位所承擔責任的理解，居於此等近臣職位的思想作為，在《初授拾遺獻書》中有詳述，可以窺見白居易對於唐憲宗知遇之恩的感激，意欲奮不顧身、竭盡全力履行職責的內心世界，其辭曰：

> 臣謹按《六典》：「左右拾遺，掌供奉諷諫。凡發令舉事，有不便於時，不合於道者，小則上封，大則庭諍。」其選甚重，其秩甚卑。所以然者，抑有由也。大凡人之情，位高則惜其位，身貴則愛其身。惜位則偷合而不言，愛身則苟容而不諫。此必然之理也。故拾遺之置，所以卑其秩者，使位未足惜，身未足愛也。所以重其選

〔註93〕〔北宋〕歐陽修，宋祁等撰，《新唐書》，第 1 版，北京：中華書局，1975 年版，第 219 頁。

〔註94〕〔後晉〕劉昫等撰，《舊唐書》，第 1 版，北京：中華書局，1975 年版，第 472 頁。

者，使上不忍負恩，下不負忍心也。夫位未足惜，恩不忍負，然後能有闕必規，有違必諫。朝廷得失無不察，天下利病無不言。此國朝置拾遺之本意也……朝慚夕惕，已逾半年，塵曠漸深，憂愧彌劇。未伸微效，又擢清班。臣所以授官已來，僅將十日，食不知味，寢不遑安。唯思粉身，以答殊寵，但未獲粉身之所耳。〔註95〕

白居易首先引經據典，分析拾遺之職責與作用。拾遺品級雖低，但由於「位」居中樞要衝，一言一行直達宸聽，所思所請關乎天下，故此肩負的責任重大，這就是白居易所謂「其選甚重」的由來。文末向憲宗表達了自己寧願粉身碎骨報答君恩、酬答殊寵的決心，此番表達確實是慷慨激昂、壯懷激烈。從其後來一系列的現實作為來看，白居易表裏如一、義無反顧，切切實實履行了當時的承諾。

白居易初任翰林、拾遺時節，頗有鐵肩擔道義，辣手著文章的膽識，更是有一番為時人矚目、為後世激賞的作為。白居易在《與元九書》中追憶當年君臣知遇、諫言每被採納情形曰：

是時皇帝初即位，宰府有正人，屢降璽書，訪人急病。僕當此日，擢在翰林。身是諫官，手請諫紙。啟奏之外，有可以救濟人病，裨補時闕，而難於指言者，輒詠歌之，欲稍稍遞進聞於上。上以廣宸聽，副憂勤；次以酬恩獎，塞言責；下以復吾平生之志。〔註96〕

白居易本有才識，此時可謂「才」「位」「時」契合無間。《周易·文言》曰：

君子黃中通理，正位居體，美在其中，而暢於四支，發於事業：美之至也！〔註97〕

白居易具備忠君報國之德、經世濟民之才、剛毅果敢之力，恰逢憲宗選賢用能、「慨然發憤」之時，故得其近臣清貴之位。白居易也正是在這種君臣上下一心共謀大業的過程中奠定了其政壇、文壇地位。白居易作為言官，履行職責，知無不言，言無不盡，直言諍諫，對此中高名盛譽和兇險災禍了

〔註95〕〔唐〕白居易著，謝思煒校注，《白居易文集校注》，第1版，北京：中華書局，2011年版，第1187，1188頁。

〔註96〕〔唐〕白居易著，謝思煒校注，《白居易文集校注》，第1版，北京：中華書局，2011年版，第324頁。

〔註97〕〔清〕阮元校刻，《十三經注疏·周易正義》（清嘉慶刊本），第1版，北京：中華書局，2009年版，第34頁。

然於心。白居易對於忠貞諫官的艱險具有十分清醒的認識，對忠於職守義無反顧。白居易作《和〈陽城驛〉》詩曰：「次言陽公節，蹇蹇居諫司。誓心除國蠹，決死犯天威。」〔註98〕此為儒家捨生取義精神的表述，敢於以生命為代價，換取邦國之安泰，百姓之福祉。陽城驛的驛名，恰好與德宗時名臣陽城姓名相同。元稹《陽城驛》詩曰：「商有陽城驛，名同陽道州。陽公沒已久，感我淚交流……問公何聽爾，忠信先自修。發言當道理，不顧黨與讎。」〔註99〕陽城為官清廉、躬行正道、剛直不阿，為元稹與白居易同視為典範。白居易詩中盛讚陽公高風亮節，居於拾遺任上敢於舉發姦佞，犯顏直諫，以「決死」的精神捍衛朝廷制度，從側面顯示出白居易以陽公為楷模的內心世界。

長慶元年（821），白居易五十歲，為尚書主客郎中、知制誥，胞弟白行簡授拾遺。白居易《行簡初授拾遺同早朝入閣因示十二韻》曰：

> 夜色尚蒼蒼，槐陰夾路長。聽鐘出長樂，傳鼓到新昌。宿雨沙堤潤，秋風樺燭香。馬驕欺地軟，人健得天涼。待漏排閶闔，停珂擁建章。爾隨黃閣老，吾次紫微郎。並入連稱籍，齊趨對折方。鵷班花接萼，綽立雁分行。近職誠為美，微才豈合當。綸言難下筆，諫紙易盈箱。老去何僥倖，時來不料量。唯求殺身地，相誓答恩光。
> 〔註100〕

白居易兄弟同列帝王近臣，詩中以較大篇幅描寫恩遇優渥、榮寵無匹的情景，對兄弟並列朝班，行走於朝廷之上的雍容典雅、華貴尊崇極盡鋪排。收尾以「殺身地」三字點出此等一切恩寵和貴重，均須置生命於兇險之地為代價方能獲得，無不顯示出無限風光的背後，所承擔的重大責任和風險。表面為世人傾羨的盛大隆重場面之下，人的內心是如何的戰戰兢兢、如臨深淵、如履薄冰，此亦為白居易對《周易》陰陽相生、禍福相倚思想的真切表達。

寶曆元年（825），白居易作《自到郡齋僅經旬日方專公務……仍呈吳中諸客》曰：

〔註98〕謝思煒撰，《白居易詩集校注》，第 1 版，北京：中華書局，2006 年版，第 219 頁。

〔註99〕〔唐〕元稹著，冀勤點校，《元稹集》，第 1 版，北京：中華書局，1982 年版，第 16，17 頁。

〔註100〕謝思煒撰，《白居易詩集校注》，第 1 版，北京：中華書局，2006 年版，第 1529 頁。

　　　　自顧才能少，何堪寵命頻。冒榮慚印綬，虛獎負絲綸。候病須
　　通脈，防流要塞津。救煩無若靜，補拙莫如勤。削使科條簡，攤令
　　賦役均。以茲為報效，安敢不躬親」〔註101〕

康熙皇帝《唐宋詩醇》評價此詩曰：

　　　　中幅極盡理煩治劇之略，蓋到郡經旬，而規模已定矣。一結即
　　先憂後樂意，乃知居易實具經世之才，而當時未竟其用，為可惜也。
　　分司以後，時不可為，不得已託詩酒以自娛爾。「救煩無若靜，補拙
　　莫如勤」十字，凡為守令者，當錄諸座右。〔註102〕

　　清代康熙皇帝愛新覺羅・弘曆乃一代有為君主，「康乾盛世」為人稱道，
作為君主言不輕出，出即成為法則。康熙皇帝對白居易多次佳評，謂其可為
「守令者」法，見出白居易政治才能為執政者認可，對後世影響之巨。

　　白居易同情百姓、指斥權貴的作品最為歷代推崇，體現的是其作為典型
的儒家士君子的節操。具有士君子的名號，再居於重位要津，則儒家精神的
體現格外強烈。儒家精神的長久薰陶，使得儒家經義成為士君子的精神基礎
與生命底色，無論居於何種時勢與境遇之下，儒家風範總是自然而然地流露。
由於儒家理想的豐富多彩，其表現方式亦有所不同。整體而言，士君子對待
「位」的理解，並非出仕為官即為得「位」，其「士君子」本身，同樣是「位」
的一種，即承擔儒家職守，以推行仁義道德、匡扶正義、關注民生、報效國家
為己任。故此士君子於物質生命與精神生命之間，有捨生取義、殺身成仁之
道德高標，揭櫫的是永恆的生命價值，崇高的生命意義，並不在於形體的存
在與否，顯示出其境界之高下、德行之尊卑。換言之，士君子固然珍愛生命，
但更為注重道德延綿久遠、精神永恆的意義。儒家學說的核心，不懈的追求
是為事物的本質，而目的之達成為事物的表象。聖賢之偉大、為人景仰之處，
包含在為成就事業達成目標的過程，此一過程所彰顯的永恆魅力，可視為其
精神層面的圓滿與成功，此為聖賢的價值和意義之所在。儒者所求之珍貴與
高尚之處，是有此一份孜孜不倦、堅韌不拔的精神，言重九鼎、百折不回的
決心、意志和行動。這一切的努力，無論距離確切的理想世界和人生目標具

〔註101〕謝思煒撰，《白居易詩集校注》，第1版，北京：中華書局，2006年版，第
　　　　1876，1877頁。
〔註102〕陳友琴編，《白居易資料彙編》，第1版，北京：中華書局，1962年版，第
　　　　295頁。

有多少的差距，每一個細微的進步，其本身的價值與意義，超越了理想世界和人生價值的本身。當社會在卓越的人群所引領之下，向著理想的意義世界前行之時，其向前湧動的潮流前赴後繼，每一個進步均是在個體的不懈努力與群體的相互激勵、相互承啟之中得以完成。「天下大同」「天人合一」的理想境界的實現，意義世界的接近與社會整體道德水準的提升，既是個體自身努力追求的最大動力，更是群體之間承前啟後、繼往開來的必然結果。

在白居易任翰林學士、左拾遺時節，「時」「位」「才」高度相偕，為白居易一生中實踐政治抱負不可多得的大好時機。在此期間，白居易堅守信念、履行承諾、不負眾望、深得君心、人心。《新唐書·白居易傳》曰：「奏凡十餘上，益知名。」〔註103〕其參與軍國行政諸多文章流傳至今，尤其為後人所感佩的「樂府詩」「諷喻詩」，仗義執言、藐視權貴、指斥時弊、痛惜民病，為人譽為有《詩經》韻味，以至於在當時就為周邊藩國君臣列為從政重要借鑒。

5.2.3　白居易「位」變化之因由：動與時合

終白居易一生，其「位」幾經變化，與當時「時勢」密切相關。無論是白居易的被動接受，還是主動請求，白居易所居之「位」均是由於「時」的變化所導致。白居易從容應對時勢變化，體現出高超的生存技巧和心理調適能力，使得無論居於何種位置，處於何種境遇，均能在現實環境之中和有限的條件之內，發現生活的美感，展現人生的價值。此種高度適應社會環境變化的能力，白居易總結為「動與時合，靜與道俱」。白居易《君子不器賦》曰：

> 何器量之差殊，在性情之能不。豈不以神為玄樞，智為心符。
> 全其神，則為而勿有；虛其心，則用當其無。故動與時合，靜與道俱。〔註104〕

因應時勢的變化，白居易動靜之間有條不紊、章法儼然。動其當動之智慧，息其違時之索求；做識時務之俊傑，順性命之理而行之。

白居易得「位」的本質原因在於得「時」。初登帝位的唐憲宗的欣賞與倚重，朝廷上下咸其一心勵精圖治的政治氛圍，是白居易銳意進取的大好時機。

〔註103〕〔北宋〕歐陽修，宋祁等撰，《新唐書》，第 1 版，北京：中華書局，1975 年版，第 4301 頁。

〔註104〕〔唐〕白居易著，謝思煒校注，《白居易文集校注》，第 1 版，北京：中華書局，2011 年版，第 68 頁。

白居易胸懷韜略、志存高遠，從其參加科舉考試所作《百道判》和《策林》七十五篇即可見出其才智超拔，更可以見出其深受儒家思想薰陶，意欲報效君王、拯救百姓的良好願望。元和五年（810），白居易三十九歲，由左拾遺改官京兆府戶曹參軍，仍充翰林學士，作《和夢遊春詩一百韻》曰：「只要明是非，何曾虞禍福。」〔註105〕白居易並非不知朝堂多兇險，高位多禍患，但儒家報效君國的進取精神已然銘刻於中，苟有君父徵召，則義無反顧，並非些許非議攻訐與艱難險阻可以蜷曲畏縮、置身事外。白居易在《與元九書》中追憶了當年君臣知遇、諫言每被採納情形之後，詳盡描述了諍言構怨、直諫罹殃，名滿寰區、謗亦隨之的狀態，對被迫離開朝廷中樞，轉向偏遠閒職的前因後果進行了詳盡解讀，曰：

> 豈圖志未就而悔已生，言未聞而謗已成矣。又請為左右終言之。
> 凡聞僕《賀雨》詩，而眾口籍籍，已謂非宜矣。聞僕《哭孔戡》詩，
> 眾面脈脈，盡不悅矣。聞《秦中吟》，則權豪貴近者相目而變色矣。
> 聞《樂遊園》寄足下詩，則執政柄者扼腕矣。聞《宿紫閣村》詩，
> 則握軍要者切齒矣。大率如此，不可遍舉。不相與者，號為沽名，
> 號為詆訐，號為訕謗。苟相與者，則如牛僧孺之戒焉。乃至骨肉妻
> 孥皆以我為非也。其不我非者，舉世不過三兩人。〔註106〕

白居易冷靜分析成敗得失，滿腔報國熱忱之下的諍諫直言，往往觸怒豪門貴胄，重位大權者切齒扼腕，攀附苟且者排擠責難。白居易披肝瀝膽之言，卻因勢單力薄收效甚微。多年的磨練下來，棱角漸平，心氣亦衰。白居易豈不知高處不勝寒、伴君如伴虎，蓋因儒家精神所驅遣，但憑秉性而行事，明知不可為而為之，為的是盡一己之力，在乎為國為民盡忠的過程而無意於結局，即白居易自述的「酬恩獎，塞言責」。〔註107〕

白居易後世被人稱道的是其「諷喻詩」，以及諸多著作中間具有批判精神、為帝王所瀏覽的作品。白居易《傷唐衢二首（其二）》曰：

> 憶昨元和初，忝備諫官位。是時兵革後，生民正憔悴。但傷民

〔註105〕謝思煒撰，《白居易詩集校注》，第 1 版，北京：中華書局，2006 年版，第1132 頁。

〔註106〕〔唐〕白居易著，謝思煒校注，《白居易文集校注》，第 1 版，北京：中華書局，2011 年版，第 324 頁。

〔註107〕〔唐〕白居易著，謝思煒校注，《白居易文集校注》，第 1 版，北京：中華書局，2011 年版，第 324 頁。

病痛，不識時忌諱。遂作秦中吟，一吟悲一事。貴人皆怪怒，閑人
亦非訾。天高未及聞，荊棘生滿地。〔註108〕

　　白居易「新樂府」風行朝野、流於人口，在當時乃至於後世均引起黎民
百姓與正直官吏的共鳴，後代譽之為有《詩經》之風，為繼承杜甫現實主義
精神徹底的人物。白居易作於元和四年（809）的《賀雨》詩曰：

　　　　冠佩何鏘鏘，將相及王公。蹈舞呼萬歲，列賀明庭中。小臣誠
　　愚陋，職忝金鑾宮。稽首再三拜，一言獻天聰。君以明為聖，臣以
　　直為忠。敢賀有其始，亦願有其終。〔註109〕

　　元和三年間，天下大旱無雨，聖心憂慮，夙夜忡忡，於是躬行善政，寬
免刑獄、賑濟災民，以求感動上蒼，其後果然天遂人願、普降甘霖。正當朝廷
上下載歌載舞、吟詠聖德，一派升平祥和景象之時，白居易作《賀雨》詩，雖
表達出帝王憂勤、黎民受惠、四境平安、朝野歡呼之意，於詩末筆鋒突轉，諷
諫如常，為「聖君」「忠臣」釐定標準。白居易雖居榮寵近臣之「位」，但品秩
低下，難免「眾口籍籍」，以為大煞風景事小，對帝王和袞袞諸公指畫無忌事
大。元和五年（810），白居易作《孔戡》曰：

　　　　洛陽誰不死，戡死聞長安。我是知戡者，聞之涕泫然。戡佐山
　　東軍，非義不可幹。拂衣向西來，其道直如弦。從事得如此，人人
　　以為難。人言明明代，合置在朝端。或望居諫司，有事戡必言。或
　　望居憲府，有邪戡必彈。惜哉兩不諧，沒齒為閑官。竟不得一日，
　　謇謇立君前。形骸隨眾人，殯葬北邙山。平生剛腸內，直氣歸其間。
　　賢者為生民，生死懸在天。謂天不愛人，胡為生其賢？為天果愛民，
　　胡為奪其年？茫茫元化中，誰執如此權？〔註110〕

　　詩中連哭帶諷、直抒胸臆，彷彿可見白居易搥胸頓足、仰天長歎之狀。詩
末詰問蒼天之不公，表達出極其憤懣悲傷之情。唯帝王、宰輔對言官執有陟罰
臧否之大權，白居易如此直言不諱，可見其謀國之心的耿直急切，義無反顧堅
守道義的巨大勇氣。《秦中吟》十首，首首鞭闢入裏。元和五年（810），《宿紫

〔註108〕謝思煒撰，《白居易詩集校注》，第 1 版，北京：中華書局，2006 年版，第
　　　　86 頁。
〔註109〕謝思煒撰，《白居易詩集校注》，第 1 版，北京：中華書局，2006 年版，第 2
　　　　頁。
〔註110〕謝思煒撰，《白居易詩集校注》，第 1 版，北京：中華書局，2006 年版，第
　　　　12 頁。

閣山北村》曰：

> 晨遊紫閣峰，暮宿山下村。村老見予喜，為予開一樽。舉杯未
> 及飲，暴卒來入門。紫衣挾刀斧，草草十餘人。奪我席上酒，掣我
> 盤中飧。主人退後立，斂手反如賓。中庭有奇樹，種來三十春。主
> 人惜不得，持斧斷其根。口稱采造家，身屬神策軍。主人慎勿語，
> 中尉正承恩。〔註111〕

「神策軍」是為天子禁軍，神策軍由護軍中尉統領，為宦官專任。白居
易謂神策軍為「暴卒」，形色頗類賊匪強盜。天子為民父母，典要言之鑿鑿。
如此欺壓百姓，一可見近侍、禁軍的張狂，二可見君王的昏聵，三可見朝政
的頹敗。白居易毫不留情直言指事，形諸筆墨，流於禁中里巷，可見權貴扼
腕、切齒事出有因，百姓額手稱慶此言不虛。白居易《輕肥》曰：

> 意氣驕滿路，鞍馬光照塵。借問何為者，人稱是內臣。朱紱皆
> 大夫，紫綬或將軍。誇赴軍中宴，走馬去如雲。罇罍溢九醞，水陸
> 羅八珍。果擘洞庭橘，膾切天池鱗。食飽心自若，酒酣氣益振。是
> 歲江南旱，衢州人食人。〔註112〕

達官顯貴志得意滿、軍中宴席極盡珍饈，白居易鋪排之後，以江南災民
「人食人」作結，強烈對比之中，展現的是一幅觸目驚心的畫面。此類詩作
天下流傳，可見白居易膽識非凡，更可見白居易所面臨的處境之兇險。

白居易非但「樂府詩」指斥時弊鞭闢入裏、毫不留情，在朝堂言事往往
也是鐵齒鋼牙「執言強鯁」。之所以如此，一方面在於其儒家文化薰陶至深，
活國濟民、致君堯舜的理想信念堅如磐石；另一方面在於寵遇優渥、名聲遠
播，故此對「慎默」「守位」尤為不齒。兩相交織以下，往往直言耿介，不留
稍許餘地，即便奏疏，白居易也是如此，幾近不予帝王稍許迴旋的餘地。元
和五年（810），其《請罷兵第三狀·請罷恒州兵馬事宜》曰：

> 臣前後已獻三狀，不啻千言，詞既繁多，語亦懇切。陛下若以
> 臣所見非是，所言非忠，況又塵黷不休，臣即合便得罪。若以臣所
> 見為是，所言為忠，則陛下何忍知是不從，知忠不納。不然則臣合

〔註111〕謝思煒撰，《白居易詩集校注》，第 1 版，北京：中華書局，2006 年版，第
50 頁。

〔註112〕謝思煒撰，《白居易詩集校注》，第 1 版，北京：中華書局，2006 年版，第
174 頁。

得罪，不然則陛下罷兵。伏望讀臣此狀一二十遍，斷其可否，速賜

處分。臣不勝負憂待罪，懇迫兢惶之至，謹奏。〔註113〕

　　畢竟少年得志，才高絕倫，朝野上下，以為楷模。上述白居易之陳奏，無論是非，就其毋庸置疑的決絕口吻而言，一見白居易從政前期梗概揚厲的情形，二可見憲宗執政之初開明寬厚的狀態。國家常態，在於權威之存在，權威的樹立，又往往並非以稱心如意為準則。之所以稱之為權威，往往在於必須服從而非所願，在於收斂一己之思而違心曲從。普天之下，若非遁世匿跡，則難逃此羅網。無論居於何種位置，就此委曲求全之狀，概莫能外。有違某些個體的局部利益，非其所願而不得已的服從，乃是權威的本質之一，白居易亦不能擺脫此理。《史記·孔子世家》載老子曾勸誡孔子曰：

　　聰明深察而近於死者，好議人者也。博辯廣大危其身者，發人

之惡者也。為人子者毋以有己，為人臣者毋以有己。〔註114〕

　　「聰明深察」「博辯廣大」確為白居易的基本特質，也是其能事之一；「好議人」「發人之惡」則是拾遺補缺的職守所在，在白居易則將其發揮幾於極致。故此白居易常「危其身」，幾「近於死」，實為殆矣。白居易脫離朝堂是非之地原因有三：首先，才智超拔、秉性耿直，儒家本色既容不得尸位素餐，觸怒權貴又為當朝所不容。其二，從初期諫言「每見納」到多不稱意，於治國安邦籌策一端難出新篇，遂生退守之心。其三，黨爭熾熱、動輒得咎，屠戮嚴酷、性命堪憂。《新唐書·白居易傳》曰：

　　居易被遇憲宗時，事無不言。澠剔抉摩，多見聽可，然為當路

所忌，遂擯斥，所蘊不能施，乃放意文酒。既復用，又皆幼君，偃

蹇益不合，居官輒病去，遂無立功名意。〔註115〕

　　白居易從援筆成章的新銳，進而成為舉足輕重的「文衡」，政治謀劃、治國方略為憲宗耳熟能詳。白居易在從政治國、救民貧病這方面已經是陳述再三，在推動仁政、抑止豪強、訪談疾苦方面頗感力不從心。即使安位不去，也是老生常談，於事無補。

〔註113〕〔唐〕白居易著，謝思煒校注，《白居易文集校注》，第1版，北京：中華書局，2011年版，第1256頁。

〔註114〕〔漢〕司馬遷撰、〔宋〕裴集解、〔唐〕司馬貞索隱、〔唐〕張守傑正義，《史記》，第1版，北京：中華書局，1955年版，第1909頁。

〔註115〕〔北宋〕歐陽修，宋祁等撰，《新唐書》，第1版，北京：中華書局，1975年版，第4304頁。

　　元和十四年（819），白居易四十八歲，為忠州刺史，作《郡齋暇日憶廬山草堂兼寄二林僧社三十韻》曰：

> 諫諍知無補，遷移分所當。不堪匡聖主，只合事空王。龍象投新社，鵷鷺失故行。沈吟辭北闕，誘引向西方。便住雙林寺，仍開一草堂。平治行道路，安置坐禪牀。手板支為枕，頭巾閣在牆。先生烏几烏，居士白衣裳。竟歲何曾悶，終身不擬忙。滅除殘夢想，換盡舊心腸。世界多煩惱，形神久損傷。正從風鼓浪，轉作日銷霜。〔註116〕

　　白居易先是離開拾遺職位，又貶謫江州，此時空有其「才」而失其「位」。白居易失「位」的深層原因，又是因為「時」的因素。《新唐書・憲宗本紀》論曰：

> （憲宗）及其晚節，信用非人，不終其業，而身罹不測之禍，則尤甚於德宗。嗚呼！小人之能敗國也，不必愚君闇主，雖聰明聖智，苟有惑焉，未有不為患者也。〔註117〕

　　唐憲宗的作為，較之早年的憂勤國是，走向倦怠政務，於是姦佞宵小漸次滋蔓，賢良耿直頻遭摒棄。《周易・文言上》曰：「子曰：『貴而無位，高而無民，賢人在下位而無輔，是以動而有悔也。』」〔註118〕唐憲宗晚年昏聵，後死於非命，朝廷兇險，已喪失了白居易這種諍諫直臣的立足之所。唐憲宗未能有始有終勤於國政，則白居易開創事業喪失了時機。對於帝王秉承誠敬勤勉之心，治國施政有始有終，白居易早年即有詳述，其《策林・教必成化必至》曰：

> 陛下但推其誠，勤其政，慎其始，敬其終，日用而不知，自臻其極。此先王終日所務者也，終日所行者也。不可月會其教化之深淺，歲計其風俗之厚薄焉。臣又聞《易》曰：「聖人久於其道而天下化成。」《詩》曰：「靡不有初，鮮克有終。」此言王者之教待久而成也，王者之化待終而至也。陛下誠能久而終之，則何慮政不成而化不至乎？〔註119〕

〔註116〕謝思煒撰，《白居易詩集校注》，第1版，北京：中華書局，2006年版，第1433，1434頁。

〔註117〕〔北宋〕歐陽修，宋祁等撰，《新唐書》，第1版，北京：中華書局，1975年版，第219頁。

〔註118〕〔清〕阮元校刻，《十三經注疏・周易正義》（清嘉慶刊本），第1版，北京：中華書局，2009年版，第165頁。

〔註119〕〔唐〕白居易著，謝思煒校注，《白居易文集校注》，第1版，北京：中華書

　　白居易認為，聖王君主南面御國，首推謙恭勤勉、任人唯賢、唯才是舉，更為關鍵的在於有始有終、持之以恆。此為白居易尚未成為言官即已經深入領會的理念。然唐憲宗前期固然勵精圖治，但雖「慎其始」，卻未能「敬其終」，的確印證了《詩經》所云「靡不有初，鮮克有終」的古訓是如何的難於恪守。〔註120〕憲宗非但自身未能善終，白居易等一班忠直之士亦頻遭擯棄。

　　如同賈誼一般，白居易也是先失其「時」，再失其「位」。無所顧忌、暢所欲言的時機和職位已經失去，白居易空有其「才」，於治國安邦層面難有作為。當此危殆莫測之時，早年即潛藏於白居易內心深處的全軀善終、獨善自保之心，逐步顯現並日趨強烈，徐徐取代了兼濟天下、致君堯舜的人生理想。

5.2.4　白居易對「時」「位」「才」不諧的調適

　　白居易關於「時」「位」「才」的論述，有其獨特之處，主要是從《周易》思想、聖賢經籍和典故史實之中得到啟發，在朝堂政治實踐和自身的際遇層面進行印證得出的結論。白居易對「時」「位」「才」不諧的狀態進行有效調適，表現出從容對待人生起伏、宦途波折的思想作為。其後期委順隨緣、注目山水、涵養性靈、心安身適等一系列狀態，則是在領悟經典故實的基礎之上，總結前期切身體驗之後的結果。理論與實踐的雙重功效，白居易對世事人生理解逐漸成熟和深透，形成了自己獨特的處世規章和生存模式。

　　清代康熙皇帝愛新覺羅・弘曆對白居易的立身處世原則予以高度評價，《唐宋詩醇》曰：

> 夫居易豈徒以詩傳哉！當其為左拾遺，忠誠謇諤，抗論不回；
> 中遭遠謫，處之怡然；牛李構釁，絕無依附。不以嫮婳逢時，不以
> 黨援干進，不以坎壈顛躓而於邑無憀，自非識力涵養有大過人者，
> 安能進退綽有餘裕若是。」〔註121〕

　　康熙自帝王的高度，凝練地概括並充分肯定了白居易在不同境遇之下的作為，讚譽白居易才識涵養大有過人之處，可見白居易為社會各階層接受的事實。白居易安位、順時表現在居上位指點江山、弘揚道義、抨擊時弊；居下

　　　　局，2011 年版，第 1365，1366 頁，參見附錄 1 第 6 條。

〔註120〕〔漢〕鄭玄箋，〔唐〕孔穎達疏，朱傑人、李慧玲整理，《毛詩注疏》，第 1
　　　　版，上海：上海古籍出版社，2013 年版，第 1685 頁。

〔註121〕陳友琴編，《白居易詩評述彙編》，第 1 版，北京：科學出版社，1958 年版，
　　　　第 259 頁。

位則融於自然，得碧水青山之真趣，恬靜淡雅，自得其樂。此種順應時勢的
生活方式和處世情懷，急流勇退以待賢者的謙遜態度，對於傳統社會的和諧
穩定作出了有益的探索，為後世成功與失意者提供了值得效法的生活模式。
社會政治穩定的重要途徑是為個體內心世界的和諧，要達到自身的和諧，以
不隨物質世界的變化而改變內心的感受，以心靈的安頓、自我的調整作為應
對外物變化的樞機。若欲具備此種觀察世界的眼光和自我調適的能力，非有
整體宇宙思維、準確的社會歷史變遷見解，不能夠在變幻莫測的政治生態中
間達到遊刃有餘、隨心所欲的境界。

　　白居易基於「時」「位」「才」相諧而入世奮發，確有一番帝王嘉勉、世人
矚目、蜚聲朝野的大好時光。由於從政所需「時」「位」「才」失調，而為執政
者驅離朝堂、流徙江湖。早在貞元二十年（804），白居易方三十三歲，對人生
無奈、命運多舛即有較為深入的理解，作《哭劉敦質》曰：

　　　　小樹兩株柏，新土三尺墳。蒼蒼白露草，此地哭劉君。哭君
　　豈無辭，辭云君子人。如何天不弔，窮悴至終身。愚者多貴壽，
　　賢者獨賤迍。龍亢彼無悔，蠖屈此不伸。哭罷持此辭，吾將詰羲
　　文。〔註122〕

　　白居易借哭劉敦質歎息時命多舛、世事無常，「時」「位」於人生窮達的重
大作用，表現出白居易對「時」「位」「才」三者關係的深入思考，直接影響了
白居易對進取兼濟和退守獨善的認識和實踐。白居易有《歡魯二首（其一）》
曰：

　　　　季桓心豈忠，其富過周公。陽貨道豈正，其權執國命。由來富
　　與權，不繫才與賢。所託得其地，雖愚亦獲安。龜肥因糞壤，鼠穩
　　依社壇。蟲獸尚如是，豈謂無因緣？〔註123〕

　　白居易明晰人生禍福窮達猶如陰陽交流一般實為常軌，並非以人力能夠
加以改易，唯有坦然面對，方不負對於天道的認識與覺悟，故此較之諸多仕
途挫折士人的慘淡憂怨，白居易對於個人進退出處要平和灑脫許多。《周易·
繫辭下》曰：

〔註122〕謝思煒撰，《白居易詩集校注》，第 1 版，北京：中華書局，2006 年版，第
　　　　39 頁，參見附錄 2 第 7 條。
〔註123〕謝思煒撰，《白居易詩集校注》，第 1 版，北京：中華書局，2006 年版，第
　　　　257 頁。

　　子曰:「君子藏器於身,待時而動,何不利之有?」〔註124〕

　　時之不來,非強求可至順通,為之輾轉反側,只能徒生煩惱。韜光養晦,隨遇而安,存身以待時,因時而順變,是善待自己,包容萬物的睿智。《舊唐書・白居易傳》曰:

　　　　居易初對策高第,擢入翰林,蒙英主特達顧遇,頗欲奮屬效報,苟致身於訏謨之地,則兼濟生靈。蓄意未果,望風為當路者所擠,流徙江湖。四五年間,幾淪蠻瘴。自是宦情衰落,無意於出處,唯以逍遙自得,吟詠性情為事。〔註125〕

　　在施展政治抱負層面而言,白居易從翰林拾遺左遷至江州司馬,有類於從霄漢跌落塵埃。貶謫失「位」之後,白居易若不能隨遇而安,一如往昔傾力於國事民命,所關注的社會弊端、黎民困苦形諸文字卻不達於中樞,政治思想、治國方略不聞於天下,僅作歎息而已,於事無補。事實上,白居易表現出來的是隨形置器,安然自適,怨尤不露。之所以如此,是因為白居易尋得了另一種形態的「時」「位」「才」的協調。這就是自避禍全軀、任心自然、復歸稟性而言,白居易高妙文思之「才」,散官閒差之「位」,去文債催迫、案牘勞形之「時」,此三者又是高度協調。

　　尤為白居易引以慶幸的是,自身應對時勢之變的當機立斷與急流勇退的高明。由「甘露之變」看來,白居易可謂極具先見之明,其退守也實為進取的另一方式,為險惡局面之中高超生存技巧的充分體現。白居易洞察時局,有一語中的之敏銳,高屋建瓴之深邃,更有避實就虛、遠禍存身之智慧。白居易作為士子,力學精研,苦讀養望,撰著出為朝野讚譽的詩文;作為言官,但凡有害民誤國之人事,均在鐵肩擔道義、辣手著文章的白居易抨擊之列;脫離朝堂,出走江湖,則存身蓄德、涵泳大道、修煉身心。白居易人生經歷豐富多彩,體現出多方面的意義和價值。白居易明瞭得時為龍為鳳,失勢為蝦為雀之理,故安時順命,並無憂怨神態。後期道是萬事不關心,其內心深處儼然以抒天下黎民百姓之苦楚為己任,表現在將相關文章、詩賦整理歸類,分處保存,希望待以時日而得知己,政治理想流傳後世。《白氏長慶集後序》曰:

〔註124〕〔清〕阮元校刻,《十三經注疏・周易正義》(清嘉慶刊本),第 1 版,北京:中華書局,2009 年版,第 183 頁。

〔註125〕〔後晉〕劉昫等撰,《舊唐書》,第 1 版,北京:中華書局,1975 年版,第 4353,4354 頁。

白氏前著《長慶集》五十卷，元微之為序.《後集》二十卷，自為序。今又《續後集》五卷，自為記。前後七十五卷，詩筆大小凡三千八百四十首。集有五本：一本在廬山東林寺經藏院，一本在蘇州南禪寺經藏內，一本在東都勝善寺鉢塔院律庫樓，一本付姪龜郎，一本付外孫談閣童。各藏於家，傳於後。其日本、暹羅諸國及兩京人家傳寫者，不在此記。又有《元白唱和因繼集》共十七卷，《劉白唱和集》五卷，《洛下遊賞宴集》十卷。其文盡在大集內錄出，別行於時。若集內無而假名流傳者，皆謬為耳。會昌五年夏五月一日。樂天重記。〔註126〕

主動自覺地記錄人生歷程、生命感悟，使之流傳後世，非人生目標明確、具有高度自信與持之以恆的精神不能成就。天道即人道，天意需索好文章，白居易此念堅如磐石。文章乃千古無窮之事，即使處在貶於江州的窮困境地，白居易亦可從前賢的生命歷程中獲取信心和勇氣。元和十年（815），其《讀李杜詩集因題卷後》曰：

翰林江左日，員外劍南時。不得高官職，仍逢苦亂離。暮年逋客恨，浮世謫仙悲。吟詠留千古，聲名動四夷。文場供秀句，樂府待新詞。天意君須會，人間要好詩。〔註127〕

白居易認為益於時政、匡扶正義、抨擊邪惡者，當是好詩；賞心悅目、調節身心，於民津津樂道，純樸風俗脾性者，亦可謂之好詩。儒家士君子，將好詩置於天意中，置於天地之大德間，可以見出白居易使命之崇高偉大，自我期許之高遠。

《周易·繫辭下》曰：「變通者，趣時者也。」〔註128〕白居易明變通、識時務，在遭權貴嫉恨，積怨久之左遷時節，能夠順適所遇，更是《周易》「與時偕行」思想的具體體現。白居易對《周易》所本之「時」「位」轉換循環往復之道領會深透，不為一時一地的窮達禍福為念。《周易·文言》曰：

子曰：「君子進德修業。忠信，所以進德也；修辭立其誠，所以

〔註126〕〔唐〕白居易著，謝思煒校注，《白居易文集校注》，第1版，北京：中華書局，2011年版，第2039頁。

〔註127〕謝思煒撰，《白居易詩集校注》，第1版，北京：中華書局，2006年版，第1236頁。

〔註128〕〔清〕阮元校刻，《十三經注疏·周易正義》（清嘉慶刊本），第1版，北京：中華書局，2009年版，第178頁。

居業也。知至至之，可與幾也；知終終之，可與存義也。是故居上位
而不驕，在下位而不憂。故乾乾因其時而惕，雖危无咎矣。」〔註129〕

君子存身之道，朝乾夕惕可以無咎。禍福相倚、否泰交流，社會現實印
證了前人經典論述與歷史典故的真實與準確。由此，白居易不強求仕進，而
是根據環境隨時調整自己的應對方略，具備了理論根據和現實參照。儒家體
現生命價值與意義的渠道寬廣，《論語・顏淵篇》曰：「子曰：『忠告而善道之，
不可則止，毋自辱焉。』」〔註130〕白居易於天下大道如此思考，於仕途波折、
進退出處亦如此應對。經過風塵顛簸，白居易目睹生死之隔薄如蟬翼，朝堂
慷慨陳詞的意氣風發的背後，往往是危機四伏。白居易詩文中反覆述說，對
於身形與顯貴二者長短輕重上下度量、左右權衡，得出俸祿官職較之性命身
軀，畢竟是為從屬位置。因而對於尊天保真、賤物貴身、投閒置散、遁世無悶
多了一份理解與踐行。

經典思想的啟示，歷史經驗的印證，現實政治的驅迫，使得白居易於兼
濟與獨善處於兩可之間。白居易貶為散官閒職之後，遠離朝廷，其「位」由中
樞移至地方，其《與元九書》曰：

故僕志在兼濟，行在獨善。奉而始終之則為道，言而發明之則
為詩。〔註131〕

觸目自然山水，白居易原本具備的澄澈性靈，迅速與環境融為一體，從
有「兼濟」之心、對發令舉事進行廷爭進諫的言官，轉向注目平常、關注當下
以「獨善」為目標的「閒人」，創造出諸多為世人交口讚譽、流傳久遠的篇章。
元和十年（815），白居易四十四歲，為太子左善贊大夫，作《自誨》曰：

樂天樂天，來與汝言。汝宜拳拳，終身行焉。物有萬類，錮人
如鎖。事有萬感，熱人如火。萬類遞來，錮汝形骸。使汝未老，形
枯如柴。萬感遞至，火汝心懷。使汝未死，心化為灰。樂天樂天，
可不大哀！汝胡不懲往而念來？人生百歲七十稀，設使與汝七十
期。汝今年已四十四，卻後二十六年能幾時？汝不思二十五六年來

〔註129〕〔清〕阮元校刻，《十三經注疏・周易正義》（清嘉慶刊本），第 1 版，北京：
　　　　中華書局，2009 年版，第 27 頁。

〔註130〕楊伯峻譯注，《論語譯注》，第 3 版，北京：中華書局，2009 年版，第 130
　　　　頁。

〔註131〕〔唐〕白居易著，謝思煒校注，《白居易文集校注》，第 1 版，北京：中華書
　　　　局，2011 年版，第 326 頁。

事，疾速倏忽如一寐？往日來日皆瞥然，胡為自苦於其間？樂天
樂天，可不大哀！而今而後，汝宜饑而食，渴而飲，晝而興，夜
而寢。無浪喜，无妄憂。病則臥，死則休。此中是汝家，此中是
汝鄉。汝何捨此而去，自取其遑遑？遑遑兮欲安往哉？樂天樂天
歸去來！〔註132〕

白居易對高官厚祿、重位大權本淡然視之，此詩對物事役人、為官勞神
之苦表達得淋漓盡致，是為尋求擺脫困苦得到解脫埋下伏筆。若一般意義上
的貶謫為憂愁之事，在此白居易則有化憂為樂的意蘊，或視江州之貶為人生
歷程的轉機。陶潛之「歸去來」，其意雙重，先是歸其田園、樂守東籬之形歸，
次為復歸本心、精神自由之神歸。形歸得無所牽掛、逍遙自在之樂，神歸得
煩惱解脫、無憂無慮之遂性。逍遙自在、衣食無憂之樂，乃人間難得之樂。白
居易表達了順乎自然生理大欲以動的思想，非為刻意求索，勉為其難，並無
稟性本心之滯障，不違忤生命之基本要求。白居易覺悟到人生有限，需索無
厭，若陷入此一循環，則無有安心之日。生命之本，歸根結蒂在於生命意義
之延續，在於超越有限生命的永恆價值的實現。人類作為具有思想的萬物之
靈，其神聖偉大、尊貴光榮之處在於生生而不害生，在於有效控制欲望，不
以干擾世界達成唯我獨尊之效。故此擺脫害物傷身的利益糾葛，復歸天道本
性，為人類高尚與道德的生命意義展現。白居易至此，對於身外之物與窮達
顯隱，幾近無可無不可的境界。次年，在江州司馬任上，白居易作《與楊虞卿
書》曰：

凡人情，通達則謂由人，窮塞而後信命。僕則不然。十年前，
以固陋之姿，瑣劣之藝，與敏手利足者齊驅，豈合有所獲哉？然而
求名而得名，求祿而得祿。人皆以為能，僕獨以為命。命通則事偶，
事偶則幸來。幸之來，尚歸之於命；不幸之來也，捨命復何歸哉？
所以上不怨天，下不尤人者，寔如此也。〔註133〕

白居易心胸曠達、意態安嫻，對命運具有清醒的認識，對於心境之調整
確乎高明。《論語·憲問篇》曰：「子曰：『不怨天，不尤人，下學而上達。知

〔註132〕謝思煒撰，《白居易詩集校注》，第1版，北京：中華書局，2006年版，第
　　　　　2842，2843頁。
〔註133〕〔唐〕白居易著，謝思煒校注，《白居易文集校注》，第1版，北京：中華書
　　　　　局，2011年版，第294頁。

我者其天乎！』」〔註134〕白居易認為名物之得失，一切由於機緣之和合，並非必然，在於天命之間，難於佔測，更難於把握；而心態的安適與否，則全然在人。由此說來，「時」「位」「才」的相偕與否，雖由天造，更在於自身的把握與調適。欲「兼濟天下」，成就政治功業卻脫離朝堂中樞，亦無封疆之權柄，則可視為「時」「位」「才」之不諧；若「獨善其身」，吟詠酬和，領略山水之美勝，流連江湖之閒散，則外官閒職是為最佳選擇。「才」之施展，在白居易看來，全然在於「時」「位」之需要。運籌帷幄、治國理政，創制垂法、博施濟眾謂之才；純粹性靈、藻雪精神，描摹自然、遺澤後世亦謂之才，二者於人生價值的實現，精神境界的昇華並無二致。

　　白居易自廟朝中樞退居閒職、散官，正投其天然秉性。白居易生性聰慧睿智，對自然山水具有超然之領悟，對天道陰陽循環之理具有超常的理解。早在貞元三年（787），白居易年方十六，即有《賦得古原草送別》曰：

　　　　離離原上草，一歲一枯榮。野火燒不盡，春風吹又生。遠芳侵
　　古道，晴翠接荒城。又送王孫去，萋萋滿別情。〔註135〕

　　野草有榮枯，人事有代謝。朝御風衝霄漢，暮輾轉落塵埃。白居易明瞭起起伏伏、波波折折是為常道，陰陽、禍福交流往返，中正、大和是為世界的本來面目。白居易筆下，在寥落的場景下，往往伴隨著勃勃生機，故蒼涼「古道」有生意盎然的芳草相伴隨，寂寞寥落的「荒城」由爽心悅目的「晴翠」相掩映。無論何種不堪境地，世間總是喜樂相隨。辭章作於白居易少年時代，可見其樂觀向上，凡是從好處著眼，向寬處行走，心靈澄澈，靈感天然的秉性。當白居易自朝堂轉至自然山水之中，恰好符合白居易天然本心。白居易品位上佳之處在於，生活狀態濃淡相宜，近臣時節，未曾妥協辜負職責；其後數次遠離朝堂，實則避禍保身，優游卒歲又得各方認同；晚歲深孚眾望，名至實歸。白居易所作所為、所思所念，與時機、位勢相契合，既適逢其時，又安守其位，當其積怨累加，則先走為快。存世既非默默無聞尸位素餐，又非轟轟烈烈招致滅身之禍。故此白居易名顯當時、流澤後世、遠播域外、長盛不衰。諸海內外人等，均可從白居易繁浩詩文之間，與其神交，尋覓得自我形象。

〔註134〕楊伯峻譯注，《論語譯注》，第 3 版，北京：中華書局，2009 年版，第 154 頁。

〔註135〕謝思煒撰，《白居易詩集校注》，第 1 版，北京：中華書局，2006 年版，第 1042 頁。

綜上所述，白居易認為宏大事業的圓成，須有「時」「位」「才」相匹和，此三者缺一不可。德才兼備的有「位」之士，再具備「時機」的配合，是達成目標、成就事業的最佳環境。白居易依據「時」「位」的變化，適宜調整心態、顯現自身才能，以達成無論何種狀態之下，永葆「時」「位」「才」三者有效配合，實現人生價值和展現生命意義。「生不逢時」「懷才不遇」的結局即為「不得其位」，乃是歷朝歷代普遍的現象，同時也是諸多憂怨憤懣的根源。此一通常的客觀現實，看似作為個體的存在，因其現象的隱默而並不能引起社會的廣泛關注。事實上，此種狀態具有深厚的社會歷史根源，並往往由於關注與疏導的無力，引發諸多社會問題。表現在由於個體內心的失衡，進而引起群體的失和。其情形嚴重者，往往造成社會的失序與動盪，因而危害社會的穩定。更有甚者，揭竿而起，造成無休止的爭奪以至於毀家喪邦。白居易對「時」「位」「才」之間關係的闡述和實踐，緩解了士人內心的焦灼，消散了精神的苦悶，在一定程度對化解社會矛盾取到了積極作用，為因「時」「位」「才」不諧而落魄失意者，提供了消解憤懣、走向平和與適意的途徑和方式。

白居易具備多方面的才能，對「時」「位」「才」具有超乎尋常的調適能力，在適合的職位、適合的時機，從事了適合的事業。白居易口中稱「閒」，事實上就其作為而言，白居易總是將自己某一方面的才能與「時」「位」巧妙結合，獲得現實而又不違背本心的良好感受，不辜負其「樂天」名號。從白居易一生的理想願望和社會實踐看來，其來源於《周易》的「時」「位」「才」思想，切實指導了政治實踐和生活實踐，進退出處遊刃有餘，做到了與時偕行、順適所遇、樂天安命、不負此生。從白居易從容進退的人生經歷亦可見出，具備卓越的才識和多重能力，是其適應人生起伏和環境變化的基礎。深厚的知識積累、豐富的精神世界和極強的適應能力，使白居易無論居於何種職位、處於何種環境，均能隨緣就勢、應對裕如，既不迷失自我、隨波逐流，也非固執己見、強人所難。

第 6 章　白居易與《周易》「大和論」

　　白居易政治理念主張「立大中致大和」，〔註1〕生存理念主張「飲大和，扣至順」。〔註2〕《周易》思想觀念中，「保合大和」為天地自然的最高準則，白居易深得「保合大和」理論精髓，運用於參與國政與安身立命。歷經長久的對天地萬物的觀察、體悟和總結，對社會歷史變遷的理性思考和縝密分析，經典思想所得出的天地萬物乃至於人事社會諸多一切存在，其嘉美與理想的狀態是為「大和」。白居易認為帝王內心的「大和」是為天下得「大和」的基礎，帝王執政當致力於「立大中致大和」。白居易在自身人生境遇之中，運用「大和」原理調適精神世界，指導生活實踐，力求達到「飲大和，扣至順」的境界。白居易認為，無論何種境況，施以合理的因應方式，均可取得當時環境與條件下最佳的內心感受與生命體驗，彰顯出深刻的生命意義和最高的人生價值，此亦謂之「大和」。

6.1　白居易對《周易》「保合大和」觀念的理解

　　《周易》思想認為，人類生命乃至於人類社會，其創造形成與存在發展的狀態，同於天地萬物所呈現的現象，符合其運行規律。天地萬物運轉不息，「大和」之意在於因「時」「位」之變而變通，「大和」之本質在於「隨時」。

〔註1〕〔唐〕白居易著，謝思煒校注，《白居易文集校注》，第 1 版，北京：中華書局，2011 年版，第 1401～1403 頁，參見附錄 1 第 107 條。

〔註2〕謝思煒撰，《白居易詩集校注》，第 1 版，北京：中華書局，2006 年版，第 2841 頁。

順其變則和，凝滯與違忤均失其和。用之於社會人事則須隨環境之變化而進行必要的調整以應對。「大和」並非位置之高下，時序之緩疾，情勢之變易而有不同。無論何種情形之下，若順應時變，應對適宜，均可至於「大和」，得其中正之道。天地萬物高度和諧亦非寒暑晨昏而有所不同，其中的大和、中正盡在於所行之順應狀態。《周易》思想根據天地自然萬象的運行規律，制定人類社會的運行法則，其依據即是互古不易、永恆長久的自然現象之中所蘊含的核心內容。如何使得人生、社會、邦國、天下均能如同天地萬物一般合理地運行、永恆地存在，是聖賢君主、賢良士子與普天下芸芸眾生最為關注之所在。

6.1.1　《周易》「保合大和」觀念

　　《周易》之本在於陰陽循環，並非長吉長凶，而是彼此交相往返。就局部個體而言，均具有興衰的過程；整體而言，因其交相迭用，相伴相隨，始終處於均衡狀態。「大和」謂天地沖和之氣，為陰陽均衡的最為理想的狀態，是為一種「與時偕行」的動態平衡。天地自然如此，人事社會亦如此；邦國興衰如此，個人境遇亦如此。得「大和」則吉而無咎，失「大和」則凶而有害。《周易·乾·彖》曰：

　　　　大哉乾元；萬物資始，乃統天。雲行雨施，品物流形。大明終
　　始，六位時成，時乘六龍以御天。乾道變化，各正性命，保合大和，
　　乃利貞。首出庶物，萬國咸寧。

王弼注曰：

　　　　天也者，形之名也。健也者，用形者也。夫形也者，物之累也。
　　有天之形而能永保無虧，為物之首，統之者豈非至健哉！大明乎終
　　始之道，故六位不失其時而成，升降無常，隨時而用，處則乘潛龍，
　　出則乘飛龍，故曰「時乘六龍」也。乘變化而御大器，靜專動直，
　　不失大和，豈非正性命之情者邪？〔註3〕

　　乾為天地萬物之始，萬物自然周流往復之本，其包容一切之存在，以不失其時而正位為吉。「正位」之說，即無論居於任何位置，若與時相和合，與機緣相照應，亦可得其最佳狀態。故《周易·繫辭上》曰：「變而通之以盡利，

〔註3〕〔清〕阮元校刻，《十三經注疏·周易正義》（清嘉慶刊本），第1版，北京：中華書局，2009年版，第23頁。

鼓之舞之以盡神。」〔註4〕「大和」為天地萬物嘉美的狀態，元、亨、利、貞即是此意。其「德」之凸顯和發揚，即是「保合」，如何「保合」，則當視「時」「位」以定。其中至為關鍵的是「與時偕行」。乾道「各正性命」即各得其所而非彼此損害，亦可謂之各守其常，均衡顯現，萬物順遂。「大和」之作用於社會與人事，為歷朝歷代君臣百姓夢寐以求之大同世界。

所謂「天下大同」，亦可視為「群龍無首」各得其宜的最高理想社會狀態。《乾卦》「用九」之道，即群類平等，無有其首，即天地之外無有主宰。有首則損其末，末端之損，首亦不能獨存，即「亢不可久」之謂。「群龍無首」即平和如初，逐時以變，至於其極則返其始，故曰「易道」變化無窮。如此循環往復之道，其間內在本質規律與外在現象表徵，具有未可更易之軌跡可循，故「易道」是為天地萬物之道，自然社會之理。明瞭此中奧秘，則為莊子所謂得失無喜無憂。「天人合一」之意，在於認識和理解天道的內涵，運用天道以行人事，融會天道以成聖賢。天道自然，恒久綿長，其生也不知其始，其止也不知其末。天長地久，為人所共知，亦為人所共同期盼。王弼曰：「不和而剛暴。」〔註5〕「大和」之狀，是為剛柔相濟、動靜得宜、專直順遂，萬物各得其所，各自安位順時以動，如此則天地萬物生生不息、欣欣向榮，利因之而生。「不失大和」「保合大和」的根本，在於一個「時」字，謂之「時中」。「時中」之說出於《蒙》卦，雖於《周易》之中直接表述不多，但與「隨時」相連結而得「中正」則比比皆是，即「隨時」而「得中」。「時中」可視為簡潔的表述，即「與時偕行」得其「大和」的嘉美的境界。《周易·蒙·彖》曰：「蒙亨，以亨行時中也。」王弼注曰：「時之所願，惟願『亨』也。以亨行之，得『時中』也。」孔穎達疏曰：「疊『蒙亨』之義，言居『蒙』之時，人皆願『亨』。若以亨道行之於時，則得中也。故云『時中』也。」〔註6〕王弼認為「時」的終極意義，即是趨時、因時、應時、順時，其結果以「亨」來表述。「亨」即「通」，亨通順暢之意。若於時序變化之際亨通順暢，則必得「時中」。孔穎達認為以亨通之道為準則應對時序，順應事物的發展變化，則可以取得符合自

〔註4〕〔清〕阮元校刻，《十三經注疏·周易正義》（清嘉慶刊本），第1版，北京：中華書局，2009年版，第171頁。

〔註5〕〔清〕阮元校刻，《十三經注疏·周易正義》（清嘉慶刊本），第1版，北京：中華書局，2009年版，第24頁。

〔註6〕〔清〕阮元校刻，《十三經注疏·周易正義》（清嘉慶刊本），第1版，北京：中華書局，2009年版，第36頁。

然至理、天道法則的「中正」之道，是為事物發展變化過程之中的最佳應對方式。人們的主觀願望均是求善美而務暢達，故此趨時應變，可遂人願。「時中」之利，既要「合於時宜」，又要「變通隨時」。在此「適宜」往往是變動不居的狀態，隨時「得中」，關鍵還是因時應事，常變無滯。《漢書・敘傳上》曰：

> 是以六合之內，莫不同原共流，沐浴玄德，稟卬太和，枝附葉
> 著，譬猶中木之殖山林，鳥魚之毓川澤，得氣者蕃滋，失時者苓落，
> 參天地而施化，豈云人事之厚薄哉？〔註7〕

於人類而言，這就要求精神境界與內心世界必須時刻處於活躍靈動狀態，這也正是《周易》所觀察、總結、歸納出的宇宙天地和自然萬物的神妙之處。該種心理狀態使得人們總是居於一種穩定與變動相交織的狀態之中，其有心得之處的嘉美令人滿足與陶醉，其狀態的短暫又要求人們無有止息地應對現實世界的變化，孜孜不倦地探求宇宙世界的規律。這種探究精神即表述為「變通隨時」。「合於時宜」即達成「厚德載物」的美好境界，「變通隨時」又要求「自強不息」以達成目標。天地之德於人事的推衍，在「時中」的概念中得到簡潔與準確的表達。

《周易・文言》曰：「利者，義之和也……利物足以和義。」孔穎達疏曰：

> 「利者義之和」者，言天能利益庶物，使物各得其宜而和同
> 也……「利物足以和義」者，言君子利益萬物，使物各得其宜，足
> 以和合於義，法天之『利』也。〔註8〕

「美利」生於「和義」，「大和」是為天下萬物各得其所，萬事萬物共生共存之最佳狀態，天下恒久永存之道。《周易・乾》曰：「用九，見群龍無首，吉。」〔註9〕「群龍無首」為天地自然「大和」之象。物無主次優劣，各得其宜、各安其位，生生不息、恒久綿長，謂之「大和」。天地為主宰而無偏私，無聲無臭，故可為主宰。萬物相安各得其所，各自有終有始，循環往復而無有止息。有首則歸齊於一端，充溢於一隅，必有損於整體。董根洪《「亨行時

〔註7〕〔漢〕班固撰，〔唐〕顏師古注，《漢書》，第1版，北京：中華書局，1962年版，第4228頁。
〔註8〕〔清〕阮元校刻，《十三經注疏・周易正義》（清嘉慶刊本），第1版，北京：中華書局，2009年版，第25，26頁。
〔註9〕〔清〕阮元校刻，《十三經注疏・周易正義》（清嘉慶刊本），第1版，北京：中華書局，2009年版，第23頁。

中」「保合大和」——論〈易傳〉的中和哲學》曰：

> 《易傳》的基本範疇是陰陽，「一陰一陽之為道」，「生生之謂
> 易」，《易傳》的易道就是一陰一陽動態化交感平衡協同運動所引起
> 的創造宇宙生命的生生之道。陰陽之所以能生生變化，其因正在一
> 陰一陽之間的中和化相互作用。易道即是陰陽中和之道。〔註10〕

《周易》根本為「大和」「中和」之天道。天道「大和」，是為包容萬物，
相互依存，彼此交融，相安共存。明其理而應對適宜，則為順天道而明人事。
昧其道而肆意妄作，則是違天道而亂人事。不尊天道則生災殃，不明人事則
亂邦國，均是失其中正大和之本。人失「大和」則內中紊亂，民失「大和」則
離心離德，國失「大和」則群凶並作。故此「大和」為事物發展進程之中理想
狀態，於社會人事則為天下太平、社會安定之美好世界。在此種狀態之下，
無有怨尤違和情形，亦無亢奮恃力之舉。「大和」狀態雖理想，但終難持久，
故此老氏專門探究持盈保泰之道，避免高亢極盛情形，以其虛弱示於人，以
其謙卑存於世，庶幾可以久長。

孔子對《乾》《坤》高度重視，以之為理解《周易》的必由之徑，《周易·
繫辭下》曰：

> 子曰：「乾坤，其《易》之門耶？」乾，陽物也；坤，陰物也。
> 陰陽合德而剛柔有體，以體天地之撰，以通神明之德。〔註11〕

孔子從原初的天地、陰陽出發，認為乾坤之重，非但引領全局，而是萬
事萬物存在的根本，其餘一切，均是從乾坤、陰陽衍化而來。《周易·繫辭上》
曰：

> 乾坤，其《易》之蘊耶？乾坤成列，而《易》立乎其中矣；乾
> 坤毀，則無以見《易》；《易》不可見，則乾坤或幾乎息矣。〔註12〕

乾坤之道，囊括一切，無有遺漏。乾坤之不存，則萬物無所皈依，作為
理論的《周易》更是無以立論，無法成文。「保合大和」為乾坤之道的核心，
《周易》演繹的中正、大和之道，是為警惕和抑制人類欲望，合理運用人類

〔註10〕董根洪撰，《「亨行時中」「保合太和」——論〈易傳〉的中和哲學》，《周易研
　　　　究》，2002 年第 3 期，第 19 頁。
〔註11〕〔清〕阮元校刻，《十三經注疏·周易正義》（清嘉慶刊本），第 1 版，北京：
　　　　中華書局，2009 年版，第 185 頁。
〔註12〕〔清〕阮元校刻，《十三經注疏·周易正義》（清嘉慶刊本），第 1 版，北京：
　　　　中華書局，2009 年版，第 171 頁。

智慧，以達成生命價值和意義的高妙學問。為人類提升人格，修煉本心，造福萬類的門徑。余德成《〈易經〉中的「和諧」思想觀念研究》曰：「《易經》的生態觀也是從整個大局出發的全盤生態觀，它強調整個系統的統一性與協調性。」〔註13〕天地自然是為一個嚴密而不可分割的整體，人類之災難不在於天地自然的無意施與，在於人類自身的肆意妄為。天地孕育、催生和滋養萬物，涵蓋人類。天地無所偏私，容其所能容，施其所當施，萬載不變，恒久不易。人之所適與不適，所能與不能，所安與非安，皆非天地所著意為之，亦非天地所無意忽略。人類的災難在於人類本身的欲望不加克制的釋放，人類智慧不加區分的濫用，人類為一己之私對他人、異類、萬物的戕害。《周易》「生生」之大德思想，天地萬物「大和」觀念，是為超越人類物質、軀體的低級欲望，對於生命永恆的冷靜思考與卓越貢獻；是為人類以萬物共存為前提，對於人類生命之美感、價值體系之完備的偉大創造，是為人類生命最高智慧的結晶，更是對人類道德良知的總概括。

　　《周易》「大和」思想表現的是天地自然「恒久」的狀態。聖賢傾慕天地自然之永恆，祈求人類社會同樣永恆，故此產生「隨時」「趨時」理論思想。「恒久」是變通的目的，趨時為「恒久」的途徑。「窮」是事物發展的特殊階段，「變」是應對「窮」的方式，「通」是變的結果。事物自生至滅，無有止息，窮通生死之間，存在相反相成必然聯繫。對人類社會規律的認識的加深，是聖賢對「大道」孜孜以求的結果。客觀現實紛繁複雜，具有多方面的表象，又具有其內在永恆的規律性，表現為諸多過失與咎殃，隱含於正確與福慶之中。緣於安居福慶之位，而不生懼惕之心，時勢之變，優勢轉為劣勢，成就轉為負擔，功勞轉為過失，幸福轉為痛苦。故此《周易》高度強調「隨時」，亦穩妥地強調「大和」，是在充分覺悟到宇宙天地自然人事之根本核心，在於持久地延續和存在，萬物之間密切相關、相互依存的關係，而並非特殊地凸顯某一事物孤獨的強勢，虛掩另一事物之存在。孔子高度強調「中庸」原則，謂「過猶不及」即是此意。〔註14〕在穩定有序的社會生活狀態之中，「大和」的表達即為少樂學、壯樂勞、老樂閒，男樂耕、女樂織，君樂莊、臣樂恭；朝堂勤政得其中，丘樊自然得其中，詩書達理得其中，文人吟詠得其中，武人勇

〔註13〕余德成撰，《〈易經〉中的「和諧」哲學思想研究》福建師範大學，碩士論文，福州：福建師範大學，2011年，第38頁。
〔註14〕楊伯峻譯注，《論語譯注》，第3版，北京：中華書局，2009年版，第113頁。

猛得其中，凡此種種，無論外境如何，安位遂性，「順性命之理」，精神世界與外部環境的和諧，即可得其「中正」「大和」，亦可謂人人安於與自身命運相一致的本分，獲得其應有的價值和尊嚴。

微觀局部看來，萬物各有其性，各俱其命，具體事物之間或有相互牴觸之處。宏觀整體著眼，則其相互依存和彼此交融，為組成天地世界的本質所在，任何事物均不可以捨棄或凌駕於萬物之外而獨存和長存。兼收並蓄、未可偏廢，各盡其性、各安其命，謂之「保合大和」。天地無言，自然之理運行不息，絕無其偏私。萬物並作，交相依恃，各得其宜，居位安泰，是為「大和」。以天道「大和」為準則，即可保順遂於身，利於邦國黎民。故此觀天地萬物之象，識其相互依存、和諧共生之理，則領會天道核心。萬物均等，天覆地載均應尊重，天地無思在於自然運行之大和狀態下的穩定，在於萬物均衡無有特殊的偏好。認識到天道無思、無私，則領會人道之本在於順應天道，並不可私加揣測以圖改變天則，在於遵循天道莫可違逆，更在於人類的自省與自知之明。覺悟天道大和之意，是為人類智慧超絕的體現，即可明天道而理人事，達成人類社會最為嘉美和睦的狀態。

6.1.2　白居易「飲大和，扣至順」觀念

「大和」為至大至常之道，「順命」為尊貴莊嚴之道，為「達人」調和陰陽、動靜合乎時宜的「時命」觀，白居易謂之「飲大和，扣至順」。《周易・說卦傳》曰：「和順於道德而理於義。」〔註15〕「大和」「至順」之道無所不存，白居易認識和遵從此道，動靜進退與陰陽之道相諧調，故隨時隨地秉持樂觀豁達的生存理念。長慶三年（823），白居易五十二歲，作《無可奈何》曰：

> 是以達人靜則脗然與陰合迹，動則浩然與陽同波。委順而已，孰知其他。時耶命耶，吾其無奈彼何。委耶順耶，彼亦無奈吾何。夫兩無奈何，然後能冥至順而合大和。故吾所以飲大和，扣至順，而為無可奈何之歌。〔註16〕

白居易認為，人無可奈何於命，天地所賜；命無可奈何於人，順之則和。

〔註15〕〔清〕阮元校刻，《十三經注疏・周易正義》（清嘉慶刊本），第 1 版，北京：中華書局，2009 年版，第 196 頁。

〔註16〕謝思煒撰，《白居易詩集校注》，第 1 版，北京：中華書局，2006 年版，第2840，2841 頁，參見附錄 1 第 168 條。

《乾·彖》曰：「乾道變化，各正性命，保合大和，乃利貞。」〔註17〕《周易·繫辭下》曰：「夫坤，天下之至順也，德行恒簡以知阻。」〔註18〕白居易遇時勢之變，其履行「至順」「大和」之道在於，當退之時義無反顧，融於自然山水，徜徉清風明月，淡化兼濟之心，求得身心自由。一般說來，顯達尊貴時節，公私事體應接不暇，行止急疾，從容不迫、心平氣和機會鮮少，故難於進行深邃思考與總結。唯有脫離喧囂尊榮，退守一隅，回歸本來面目，較可平心靜氣盤點人生，客觀分析利害得失。此間白居易既然兼濟天下的征途受阻，則獨善其身之門徑大開，樂與非樂，適與不適，就「達人」的精神世界與思想境界而言，其掌握與調適全然在己而不在天。

《周易》「大和」思想本指天地陰陽沖和之氣，董根洪《「亨行時中」「保合大和」——論〈易傳〉的中和哲學》曰：「陰陽高度中和的『太和』正是天地之道『常久而不已』，宇宙萬物常存而不毀的根本原因。」〔註19〕白居易所認識的「大和」之道，推廣至於人事社會，則是以「中和」進行表述。在白居易看來，「中和」是無以復加的中正和諧狀態，亦為天地萬物最為合理與協調的狀態。在此狀態下天地萬物和諧共存，嘉會行焉，美利生焉。

貞元十五年（799），白居易二十八歲，作有《中和節頌》，對「中和」之於天地萬物、人事社會的意義頗多洞見。「中和節」為唐德宗李适於貞元五年（789）所詔定，《舊唐書·德宗本紀》曰：

> 五年春正月壬辰朔。乙卯，詔：「四序嘉辰，歷代增置，漢崇上巳，晉紀重陽，或說禳除，雖因舊俗，與眾共樂，咸合當時。朕以春方發生，候及仲月，勾萌畢達，天地和同，俾其昭蘇，宜助暢茂。自今宜以二月一日為中和節，以代正月晦日，備三令節數，內外官司休假一日。」〔註20〕

草木芽苗曲者為勾，直者為萌。唐德宗以初春萬物萌生方始，正是走向一派欣欣向榮的時節，天地陰陽交感、和氣周流，宜於舒暢其心，與民同樂，

〔註17〕〔清〕阮元校刻，《十三經注疏·周易正義》（清嘉慶刊本），第1版，北京：中華書局，2009年版，第23頁。

〔註18〕〔清〕阮元校刻，《十三經注疏·周易正義》（清嘉慶刊本），第1版，北京：中華書局，2009年版，第189頁。

〔註19〕董根洪撰，《「亨行時中」「保合太和」——論〈易傳〉的中和哲學》，《周易研究》，2002年第3期，第20頁。

〔註20〕〔後晉〕劉昫等撰，《舊唐書》，第1版，北京：中華書局，1975年版，第367頁。

以至普天之下其樂融融，故詔定「中和節」。白居易《中和節頌并序》自理論至行文，多處援引《周易》「保合大和」思想，反覆論證「中和」之用，確為其領會《周易》「保合大和」思想的重要文獻，其序曰：

> 乾清而四時行，坤寧而萬物生。聖人則之，無為而無不為。神唐御宇之九葉，皇帝握符之十載。夷夏咸寧，君臣交欣。有詔始以二月上巳日為中和節，自上下下，雷解風動。翌日而頒乎四嶽，浹辰而達乎八荒。於戲！中和之時義遠矣哉。惟唐之興，我神堯子兆人而基皇德，太宗家六合而開帝功。元宗執象而薰仁壽之風，代宗垂拱而阜富庶之俗。烏弈乎，赫赫皇德，八聖重光，以至于我皇。我皇運玄樞，陶淳精，治定而化成。嗣皇極於穆清，納黔首於升平。于時數惟上元，歲惟仲春。皇帝穆然居青陽太廟，命有司考時令。以為安萌芽，養幼少，緩刑獄，布慶賜。蓋百王常行之道，未足以啟迪天地之化，發揮祖宗之德。乃命初吉，肇為中和。中者揆三陽之中，和者酌二氣之和。其為稱也大矣！非至聖疇能建之？於是謀始要終，循義討源。於以九八節，七六氣，排重陽而拉上巳。照元氣于厚壤，則幽蟄蘇而勾萌達；噓和風於窮荒，則柴鱉化而獷俗淳。垂萬祀以撼無窮，被四表以示大同。於時兩儀三辰，貞明綱縕，千品萬彙，熙熙忻忻……蓋聖人之作事，必導達交泰，幽贊亭育。與元化合其運，與真宰同其功。〔註21〕

白居易《中和節頌序》開宗明義，以《周易》「乾」「坤」起首，頓有天地玄黃、宇宙洪荒的雄渾博大。天地無所不包、無所不容，覆蓋承載萬物。日月周流、四時代序，雲行雨施，萬物滋長。「中和」在於聖人，其內心忠貞平和，外在表現為不偏不倚、無私無邪。聖人以天地大德作為準則，統御天下，其核心的意義，即普惠庶眾，滋養萬物，秉持中正平和之心，一視同仁地對待萬事萬物。白居易從「乾清」「坤寧」「自上下下，雷解風動」「赦過宥罪」「兩儀三辰，貞明綱縕」等《周易》基本理論出發，闡釋「中和」的意義。白居易以聖人指代帝王，頌揚帝王秉承天則，代天子育蒼生，詔定「中和節」是為行美政以「致中和」的具體措施。《白虎通德論·聖人》曰：

> 聖人者何？聖者，通也，道也，聲也。道無所不通，明無所不

〔註21〕〔唐〕白居易著，謝思煒校注，《白居易文集校注》，第 1 版，北京：中華書局，2011 年版，第 378，379 頁，參見附錄 1 第 16 條。

照，聞聲知情，與天地合德，日月合明，四時合序，鬼神合吉凶。
〔註22〕

此處「聖人」與《周易》所稱「大人」同。《周易·乾·文言》曰：

夫大人者，與天地合其德，與日月合其明，與四時合其序，與
鬼神合其吉凶。先天而天弗違，後天而奉天時。天且弗違，而況於
人乎？況於鬼神乎？〔註23〕

具有天地之德，故可代天施德；合於日月時序之變化，故能聖明燭照、
普惠萬物；通於鬼神之吉凶，故能明辨祥瑞災殃。白居易文中所指「聖人」，
即為帝王之稱。白居易有《汎渭賦》曰：「賢致聖於無為，聖致賢於既濟。」
〔註24〕謂賢良輔弼聖君垂衣而治，聖君統御賢良致其建功立業。《白虎通德
論·聖人》曰：

何以知帝王聖人也？《易》曰：古者伏羲氏之王天下也，於
是始作八卦。又曰：聖人之作《易》也，又曰：伏羲氏沒，神農
氏作；神農氏沒，黃帝、堯、舜氏作。文俱言「作」，明皆聖人也。
〔註25〕

白居易認為聖明君王以天地之德作為準則，有政治清明、天下安寧之意，
為政依循天德，順應天道，有所為而有所不為，故至君臣和恰，天下同歡。
「雷解風動」源自《周易·解·象》曰：「雷雨作，解；君子以赦過宥罪。」
〔註26〕「雷解」即指仁德寬厚、赦過宥罪。《舊唐書·昭宗紀》載大順元年十
二月，左僕射韋昭度等議賞罰事，曰：「賞功罰否，前聖之令猷；含垢匿瑕，
百王之垂訓。是以雷解而羲文象德，網開而湯化歸仁，用彼懷柔，式存彝範。」
〔註27〕即是明確表述此意。《尚書·大禹謨》曰：「帝曰：『俾予從欲以治，四

〔註22〕〔漢〕班固撰，《白虎通德論》，第 1 版，上海：上海古籍出版社，1990 年版，
第 51 頁。

〔註23〕〔清〕阮元校刻，《十三經注疏·周易正義》（清嘉慶刊本），第 1 版，北京：
中華書局，2009 年版，第 30 頁。

〔註24〕〔唐〕白居易著，謝思煒校注，《白居易文集校注》，第 1 版，北京：中華書
局，2011 年版，第 6 頁。

〔註25〕〔漢〕班固撰，《白虎通德論》，第 1 版，上海：上海古籍出版社，1990 年版，
第 51 頁。

〔註26〕〔清〕阮元校刻，《十三經注疏·周易正義》（清嘉慶刊本），第 1 版，北京：
中華書局，2009 年版，第 106 頁。

〔註27〕〔後晉〕劉昫等撰，《舊唐書》，第 1 版，北京：中華書局，1975 年版，第 743 頁。

方風動,惟乃之休。』」〔註28〕孔安國傳曰:「使我從心所欲,而政以治民,動順上命,若草應風,是汝能明刑之美。」〔註29〕均與上同。白居易認為「中和之時義遠矣哉」,既切合《周易》核心思想「保合大和」之意,又與《周易》重要的實踐論「與時偕行」緊密聯繫。白居易所列「三陽」乃仲春之月,謂之「中」;「二氣」為陰陽之氣,「二氣」交流謂之「和」。「中和節」是萬物滋生、事物蓬勃發展的美好開始,實乃一年之中最有生機、最具有希望和最使人歡愉的時節。《周易・繫辭下》曰:「《易》之為書也,原始要終,以為質也。」〔註30〕白居易所謂「謀始要終,循義討源」即出於此。《周易・訟・象》曰:「君子以作事謀始。王弼注曰:「無訟在於謀始,謀始在於作制。」孔穎達疏:「凡欲興作其事,必須謀慮其始。」〔註31〕「訟」之本意即是避免由於事先謀劃不周而引起糾纏不清,各不相讓以至於矛盾。若能慎謀其「始」,則可順遂其「終」,無有糾紛意外情形出現。雖以訴訟為特指,事實上推廣至於一切事務,既孔穎達所謂「凡欲興作其事」,均須深思熟慮而後動,故具有較大可能達到順理成章的結果,不至於事與願違,引起糾葛。「原始要終」牽涉到定國安邦的君臣之道更為重要,《後漢書・鄧禹傳》論曰:「夫變通之世,君臣相擇,斯最作事謀始之幾也。」〔註32〕「變通」與「謀始」,是成就大業的根本,白居易從《周易》的經典論述以及史實中發掘治國經驗,高屋建瓴、有理有據。白居易所謂「於時兩儀三辰,貞明綱縕。」「兩儀」指「陰陽」。《周易・繫辭上》曰:「是故《易》有太極,是生兩儀,兩儀生四象,四象生八卦,八卦定吉凶,吉凶生大業。」〔註33〕「三辰」指日、月、星。「貞明」指日月之道,謂日月固守其周行常軌而恒明。《周易・繫辭下》曰:「日月之道,貞明者

〔註28〕〔漢〕孔安國傳,〔唐〕孔穎達正義,黃懷信整理,《尚書正義》,第 1 版,上海:上海古籍出版社,2007 年版,第 130 頁。

〔註29〕〔漢〕孔安國傳,〔唐〕孔穎達正義,黃懷信整理,《尚書正義》,第 1 版,上海:上海古籍出版社,2007 年版,第 130 頁。

〔註30〕〔清〕阮元校刻,《十三經注疏・周易正義》(清嘉慶刊本),第 1 版,北京:中華書局,2009 年版,第 187 頁。

〔註31〕〔清〕阮元校刻,《十三經注疏・周易正義》(清嘉慶刊本),第 1 版,北京:中華書局,2009 年版,第 47 頁。

〔註32〕〔宋〕范曄撰、〔唐〕李賢等注,《後漢書》,第 1 版,北京:中華書局,1965 年版,第 607 頁。

〔註33〕〔清〕阮元校刻,《十三經注疏・周易》(清嘉慶刊本),第 1 版,北京:中華書局,2009 年版,第 169,170 頁。

也；天下之動，貞夫一者也。」〔註34〕「絪縕」謂天地之間陰陽二氣交互狀態，《周易·繫辭下》曰：「天地絪縕，萬物化醇。」孔穎達疏曰：「絪縕，相附著之義。言天地無心，自然得一，唯二氣絪縕，共相和會，萬物感之變化而精醇也。天地若有心為二，則不能使萬物化醇也。」〔註35〕白居易之「貞明絪縕」所顯示的，實在是一派中正明達、安泰祥和的嘉美世界，也正是儒家美政實施之下的社會狀態，白居易對此心向神往。如此美好世界，須有聖賢君主具備天德，保全大和，萬方才可共相和會，致其天下和平安康。

白居易《中和節頌》曰：

> 權輿胚渾，玄黃既分。煦嫗絪縕，肇生蒸民。天命聖神，是為大人。大人淳淳，為天下君。巍巍我唐，穆穆我皇。纂承九葉，照臨八方。四維載張，兩曜重光。齷齪唐虞，趑趄羲皇。乘時有作，煥乎文章。乃建貞元，以正乾坤。乃紀吉辰，以殷仲春。吉辰伊何？號為中和。和維大和，中維大中。以暢中氣，以播和風。萌芽昆蟲，昭蘇有融。如幹玄化，如運神功。嗚呼！德洽道豐，萬邦來同。微臣作頌，垂裕無窮。〔註36〕

「玄黃」出自《周易·坤》：「上六，龍戰於野，其血玄黃。」〔註37〕《周易·坤》「上六」本指坤陰之德宜於柔順而戒其剛直，方能盛全其美德。至於極盛而無止息則轉陽，失其所本，侵陽之位故有「龍戰於野」之說。《周易·坤·文言》曰：「夫玄黃者，天地之雜也：天玄而地黃。」〔註38〕天地之始，於原初混沌之間，陰陽交流，萬物化育。《禮記·樂記》曰：「天地訴合，陰陽相得，煦嫗覆育萬物。」〔註39〕孔穎達疏：「『煦嫗覆育萬物』者，

〔註34〕〔清〕阮元校刻，《十三經注疏·周易正義》（清嘉慶刊本），第1版，北京：中華書局，2009年版，第179頁。

〔註35〕〔清〕阮元校刻，《十三經注疏·周易正義》（清嘉慶刊本），第1版，北京：中華書局，2009年版，第184頁。

〔註36〕〔唐〕白居易著，謝思煒校注，《白居易文集校注》，第1版，北京：中華書局，2011年版，第379頁，參見附錄1第16條。

〔註37〕〔清〕阮元校刻，《十三經注疏·周易正義》（清嘉慶刊本），第1版，北京：中華書局，2009年版，第33頁。

〔註38〕〔清〕阮元校刻，《十三經注疏·周易正義》（清嘉慶刊本），第1版，北京：中華書局，2009年版，第34頁。

〔註39〕〔漢〕鄭玄注，〔唐〕孔穎達正義，呂友仁整理，《禮記正義》，第1版，上海：上海古籍出版社，2008年版，第1516頁。

天以氣煦之，地以形嫗之，是天煦覆而地嫗育，故言『煦嫗覆育萬物』也。」
〔註40〕萬物之生，上天以溫潤和暢之氣氤氳覆蓋之，大地以包容含蘊之形滋
潤撫育之，故萬物繁茂、生生不息。《老子》曰：「萬物負陰而抱陽，沖氣以
為和。」〔註41〕萬物蘊涵陰陽之理，背陰向陽，陰陽交流不息而生為中和之
氣，萬物於中和之間得以滋生、成長和壯大，若此循環往復而無窮盡。「大
中」「大和」的社會，是以儒學為本的白居易所孜孜以求的太平盛世，白居
易援引經典反覆論證「中和」之嘉美，帝王之聖德，其根本核心依然在於託
節慶頌辭，表達政治理想、治國理念。其闡述「中和」之暢美境界，論證「大
中」「大和」產生的緣由在於帝王內修「中和」、外行「美政」，藉此勸喻帝
王謹遵天德、憂勤國事，使萬民和洽、天下太平，以完善治定化成之功。

　　《呂氏春秋・有始》曰：「天地和合，生之大經也。」〔註42〕四海之大，
非有「大和」之道，絕難相安，故《周易》將「保合大和」置於重要的位置，
否則無以達到「萬國咸寧」的境界。《周易》理性適用，強調聖賢之本在於子
育蒼生，定國安邦，此一天然秉性是聖賢存在和為人推崇追隨的原因之所在。
觀天地自然之象，可見日月周行、萬物繁茂，此中核心即是「大和」。《禮記・
中庸》曰：「故君子尊德性而道問學，致廣大而盡精微，極高明而道中庸。」
〔註43〕「大和」並非一成不變、凝固靜止的狀態，而是賦予其與時偕行的本
質內涵，依「時」與「位」的變化而變化。宏觀而言，其規律性和可預見性毋
庸置疑；微觀而言，又具有不可預測的神秘變化，此間的不可預測，即成為
「與時偕行」之意義與運行的理由。

　　白居易認為「大和」之美善，為上至聖賢，下至黎民百姓所期盼。現實
社會「大和」之達成，處處具有人為之痕跡，有人為的作用與推動，故「大
和」之道的實現，必有聖賢之人以扶持矯正凡人的偏私。天道無私，聖賢無
欺，芸芸眾生則並不具備此類崇高美善的道德，故此聖賢必須立名教而引導，
使之無私無欺，向天道靠攏，逐漸培養出天道所示之自然狀態。天道自然，

〔註40〕〔漢〕鄭玄注，〔唐〕孔穎達正義，呂友仁整理，《禮記正義》，第 1 版，上海：
　　　　上海古籍出版社，2008 年版，第 1518 頁。
〔註41〕〔魏〕王弼注，樓宇烈校釋，《老子道德經注》，第 1 版，北京：中華書局，
　　　　2011 年版，第 120 頁。
〔註42〕陸玖譯注，《呂氏春秋》，第 1 版，北京：中華書局，2011 年版，第 366 頁。
〔註43〕〔漢〕鄭玄注，〔唐〕孔穎達正義，呂友仁整理，《禮記正義》，第 1 版，上海：
　　　　上海古籍出版社，2008 年版，第 2037 頁。

在人曰「順性命之理」，在風俗則為淳和，在國政曰「和平」。此三者，均與
「大和」天道密切相關，是為「大和」至理於人事社會的具體表現。達成此道
則為治世，人類社會得以長存永續；違背此道必然走向亂世，人類社會之災
異難以避免。

白居易「飲大和，扣至順」思想凝聚了《周易》的核心觀念，以「至順」
達成「大和」之效，是其對《易》理的理性解讀。「至順」體現在於適合的時
機與位置展示適宜的才幹，並非唯有逆境方才具有「順性命之理」的覺悟，
以「至順」來紓解困惑、平靜內心。白居易立足朝堂宏觀場面，其「至順」
「大和」之道在於兼濟天下，指斥時弊、救民疾苦，仁愛而不溺，剛強而非
執。白居易當進之時得進，夢寐以求於報國濟民，因而寵幸優渥，倚重有加，
名滿朝野，此為白居易仕途順通時節的「大和」。當白居易遭遇時變，為朝廷
所不容，「至順」則表現在「安時順命」，適時將心態調整至於與生活環境、
政治地位相適應的狀態，始終保持其內心的平和，此為白居易仕途蹇滯時節
的「大和」。

6.2 白居易「大和」觀對政治實踐的影響：立大中致大和

白居易《教必成化必至》曰：「先王之教，不虛行也。淺行之則小理，深
行之則大和。」〔註44〕《周易》「大和」思想為聖賢觀天地萬物之象，納入理
性與自覺，提升至於道德層面，歸納與推衍出的大智慧思維和極高明境界。
「大和」為天地萬物均衡有序的自然狀態，是基於「與時偕行」狀態下的動
態平衡。此種狀態非某一局部的最佳狀態，而是整體的自然存在和發展的最
佳狀態。陰陽相對交流不息，為「大和」的形成提供了條件。使萬事萬物恒久
居於此種最佳狀態，謂之「保合大和」。此種情形所展現的是天地間萬物生機
勃發、欣欣向榮的本然自在，是為天道自然順暢運行的原初與無有偏移的狀
態。在此間並無所謂先後高下之分野，此種情形可得天道、天德之根本道理，
是天地宇宙、自然萬物恒常永久的本質屬性。白居易將《周易》「大和」觀運
用與治國安邦，謂之「立大中致大和」。

〔註44〕〔唐〕白居易著，謝思煒校注，《白居易文集校注》，第 1 版，北京：中華書
局，2011 年版，第 1365 頁。

6.2.1　白居易治國安邦的「大和」觀

　　白居易認為要達成「大和」之政，其根本在於君王對於「大和」思想的理解和運用。帝王代天撫育蒼生，保有天下，位尊勢極，帝王的一舉一動牽涉到普天之下萬事萬物。誠實履行「中正」「大和」之道，則天下太平、國運久長。君主欲深入理解和切實履行「大和」原則，首先在於君主內心的「大和」。關於君主秉承「大和」之道對於治理國家養育百姓的意義，以及違背「大和」之道所導致的災禍，白居易《策林‧興五福銷六極》曰：

　　　　臣聞聖人興五福，銷六極者，在乎立大中，致大和也。至哉中和之為德，不動而感，不勞而化。以之守則仁，以之用則神。卷之可以理一身，舒之可以濟萬物。然則和者生於中也，中者生於不偏也，不邪也，不過也，不及也。若人君內非中勿思，外非中勿動，動靜進退，皆得其中。故君得其中，則人得其所；人得其所，則和樂生焉。是以君人之心和，則天地之氣和；天地之氣和，則萬物之生和。於是乎三和之氣，訢合絪縕。積為壽，蓄為富，舒為康寧，敷為攸好德，益為考終命。其美者則融為甘露，凝為慶雲，垂為德星，散為景風，流為醴泉。六氣叶乎時，七曜順乎軌。逮於巢穴羽毛之物，皆煦嫗而自蕃。草木鱗介之祥，皆叢萃而繼出。夫然者，中和之氣所致也。〔註45〕

　　《周易‧大有‧彖》曰：「大有，柔得尊位，大中而上下應之，曰大有。其德剛健而文明，應乎天而時行，是以元亨。」〔註46〕《大有》卦卦德剛健文明，順應天道與時偕行。「大中」「大和」是化成萬物、養育蒼生的根本大道，以此為政則可以履行天德、和合萬邦。即使不涉高位，不干政事，卷懷自守，「大中」「大和」之道也是調適身心、涵養性情的法寶。舒展開來，則「大和」可普濟萬物、諧調天下。帝王之尊，承載的是普天下之重，所思所願首當其衝是國泰民安、天下大治。白居易認為若要引來福慶消除災異，為政之本在於「立大中致大和」。如何達到上述目標，其根本之道在於居於最高位置，具有無上權位的帝王具有「大和」至德。王德如風，民偃如草，上之所好，下

〔註45〕〔唐〕白居易著，謝思煒校注，《白居易文集校注》，第 1 版，北京：中華書局，2011 年版，第 1401，1402 頁，參見附錄 1 第 107 條。

〔註46〕〔清〕阮元校刻，《十三經注疏‧周易正義》（清嘉慶刊本），第 1 版，北京：中華書局，2009 年版，第 59。

必甚焉。白居易認為「大和」之道既是保國安康之源，亦為消災滅禍之本。《中庸》曰：「子曰，『天下國家，可均也；爵祿，可辭也；白刃，可蹈也；中庸不可能也。』」〔註47〕可見非至神至聖不可能達到此種境界，故為人所翹首期盼、孜孜以求。《尚書‧大禹謨》曰：

> 人心惟危，道心惟微，惟精惟一，允執厥中……欽哉！慎乃有
>
> 位，敬修其可願，四海困窮，天祿永終。〔註48〕

孔穎達疏曰：「養彼四海困窮之民，使皆得存立，則天之祿籍長終汝身矣。」〔註49〕人心散亂引來爭奪，危機重重。聖王立教，將離散之人心聚攏於道德仁愛之下，制定禮樂，是為社會秩序的需要。「天道」幽微深邃，唯有聖賢方能參悟理解並以之教化萬民，其間核心的就是「允執厥中」，即自始至終秉持「中正」「大和」之道，方能上不負天，下不負民。漠視忤逆「中正」「大和」之道，違背天德、倒行逆施至於天下困苦艱危，四海窮困之民不得存立安身，則歷數轉移，上天所賜祿位必當永久終結。《尚書‧洪範》曰：

> 無偏無陂，遵王之義。無有作好，遵王之道；無有作惡，尊王
>
> 之路。無偏無黨，王道蕩蕩；無黨無偏，王道平平。無反無側，王
>
> 道正直。會其有極，歸其有極。〔註50〕

君主統御天下，具有最高權威，若心緒偏頗、反側，有違「中正」，必然產生私欲、滋生邪念，行諸現實則必然失和以言、違時而動，將生大戾。天道坦蕩無私、至中至正，萬類得以相安無事、各得其所。人道抗拒忤逆天道，則勢必滋生咎殃。陰陽之道的作用下，但凡某一極端均須由另一極端以消弭之，違反天地大道之一切事物行為，均將以矯枉過正以至「中正」「大和」。其「過正」的狀態，則為走向與良好主觀願望徹底相反的方向，此為「大和」達成的自然過程，故此違背天道至於禍殃成為必然。《尚書‧洪範》曰：

> 曰皇極之敷言，是彝是訓，於帝其訓。凡厥庶民極之敷言，是

〔註47〕〔漢〕鄭玄注，〔唐〕孔穎達正義，呂友仁整理，《禮記正義》，第1版，上海：上海古籍出版社，2008年版，第1993頁。

〔註48〕〔漢〕孔安國傳，〔唐〕孔穎達正義，黃懷信整理，《尚書正義》，第1版，上海：上海古籍出版社，2007年版，第132，133頁。

〔註49〕〔漢〕孔安國傳，〔唐〕孔穎達正義，黃懷信整理，《尚書正義》，第1版，上海：上海古籍出版社，2007年版，第133頁。

〔註50〕〔漢〕孔安國傳，〔唐〕孔穎達正義，黃懷信整理，《尚書正義》，第1版，上海：上海古籍出版社，2007年版，第463，464頁。

訓是行，以近天子之光。曰天子作民父母，以為天下王。〔註51〕

孔穎達疏曰：

　　既言有中矣，為天下所歸，更美之曰：以大中之道布陳言教，
　不使失是常道，則民皆於是順矣。天且其順，而況於人乎？以此之
　故，大中為天下所歸也。又大中之道至矣，何但出於天子為貴？凡
　其眾民中和之心所陳之言，謂以善言聞於上者，於是順之，於是行
　之，悅於民而便於政，則可近益天子之光明矣。又本人君須大中者，
　更美大之曰：人君於天所子，布德惠之教，為民之父母。以是之故，
　為天下所歸往，由大中之道教使然。言人君不可不務大中矣。〔註52〕

　　孔穎達認為帝王統御海內以天地為準則，天地以陰陽和合之「大中」為
本，帝王順應「大中」之道則天下之民歸之。具體說來，順應民心，合時而行
則得其中，違時而動則失其中。白居易對於《周易》「大和」之道深入理解和
實際運用，重要原因在於作為帝王近臣，有襄贊發令舉事之職守。帝王之心
猶如天心，故須領會天道、引述天則，以此統御萬邦、養育百姓。遵從天道、
滋養萬物、無所偏好，可得「大和」，此即帝王御宇之道。

　　白居易為帝王擬詔制，將「大和」「大中」象徵國泰民安、天下太平，更
將「大和」「和氣」視為治政目標和表彰臣僚的褒辭。白居易《右僕射趙郡李
公家廟碑銘（并序）》曰：

　　公既下車，盡知情偽，刑賞信惠，合以為用。一年而下懲勸，
　二年而下服畏，三年而下恥格。肅然丕變，薰然大和。〔註53〕

　　白居易讚譽李紳理郡為政通曉民情、調理合度；行賞合用、所居必化，
治理一方達成「大和」之效。

　　白居易《與柳晟詔》曰：

　　敕：柳晟，卜英琦至，省所奏慶雲並進圖者，具悉。昌運將開，
　祥符先見。發自和氣，聚為卿（慶）雲，捧日而五色相宣，垂天而
　萬物咸覩。斯為嘉瑞，宜契升平。朕方致小康，未臻大化。受茲玄

〔註51〕〔漢〕孔安國傳，〔唐〕孔穎達正義，黃懷信整理，《尚書正義》，第1版，上
　　　　海：上海古籍出版社，2007年版，第464，465頁。
〔註52〕〔漢〕孔安國傳，〔唐〕孔穎達正義，黃懷信整理，《尚書正義》，第1版，上
　　　　海：上海古籍出版社，2007年版，第465頁。
〔註53〕〔唐〕白居易著，謝思煒校注，《白居易文集校注》，第1版，北京：中華書
　　　　局，2011年版，第1995頁。

　　睨，祗惕良深。卿以誠事君，推美奉上。獻輪囷圖畫，陳懇款於表
　　章。披閱再三，彌增嘉歎。〔註54〕

　　憲宗登基二年，兢兢業業、勤於國事，天出慶雲，呈現祥瑞，憲宗自然
心情愉悅，視為天下太平、百姓安康的吉兆。帝王恭敬惕懼，認為慶雲之生，
發自天地，乃是君臣萬民祗奉天地，故至於天人和諧而生吉祥。天人「大和」
之氣聚為慶雲，實乃國家昌盛之預兆，更是對肅承天命、謹遵天道以統御萬
邦的天子的充分肯定。

　　白居易擬《請揀放後宮內人》曰：

　　　　臣伏見自太宗、元宗以來，每遇災旱，多有揀放。書在國史，
　　天下稱之。伏望聖慈，再加處分。則盛明之德，可動天心；感悅之
　　情，必致和氣。光垂史冊，美繼祖宗。貞觀、開元之風，復見於今
　　日矣。〔註55〕

　　白居易認為宮中人數繁多，其中人浮於事者眾，既靡費國帑，又使骨肉
分離，宮中幽閉而生怨尤之氣，有傷天地之和。故此奏請揀擇放歸，近可至
儉省開支、復歸親情功效，遠可和順人情、感動天心、招致和氣，實為帝王聖
明仁愛之懿德美政。揀擇放歸宮人本為太宗、玄宗舊例，憲宗本欲效法前聖，
開創有類於貞觀、開元之治的事業，故此白居易之請堪稱「稱旨」，史載憲宗
頗採納。〔註56〕

　　元和三年（808），白居易擬《除裴垍中書侍郎同平章事制》曰：

　　　　門下：朕聞后德惟臣，良臣惟聖。在太宗時，實有房、杜贊貞
　　觀之業。在玄宗時，實有姚、宋輔開元之化。咸克佑我烈祖，格于
　　皇天。朕祗奉丕圖，懋繼前烈。思欲貞百度，和萬邦，建中于人，
　　垂拱而理。永惟房、宋之化，寤寐求思。至誠感通，上帝眷佑。果
　　賴良弼，輔予一人……爾尚降乃德以親百姓，廣乃志以序九流。匡
　　朕心以清化源，從人欲以致和氣。〔註57〕

〔註54〕〔唐〕白居易著，謝思煒校注，《白居易文集校注》，第1版，北京：中華書
　　　　局，2011年版，第1129頁。
〔註55〕〔唐〕白居易著，謝思煒校注，《白居易文集校注》，第1版，北京：中華書
　　　　局，2011年版，第1215頁。
〔註56〕〔北宋〕歐陽修，宋祁等撰，《新唐書》，第1版，北京：中華書局，1975年
　　　　版，第4300頁。
〔註57〕〔唐〕白居易著，謝思煒校注，《白居易文集校注》，第1版，北京：中華書
　　　　局，2011年版，第873，874頁，參見附錄1第182條。

　　帝王統御天下，大業在於「和萬邦」，撫育百姓之本在於「致和氣」。憲宗即位之初，恭謙惕懼、勵精圖治、憂勤國事，仰慕前烈聖明賢德之文治武功，以前代太宗、玄宗為楷模。帝王御國關鍵在於識拔人才，臣子理政關鍵在於仁德親和。詔制讚譽太宗有房玄齡、杜如晦等輔弼開創「貞觀之治」；玄宗有姚崇、宋璟等協力成就「開元盛世」。憲宗可謂夙興夜寐、孜孜以求天下太平，萬邦和合，達成「大和」之效。制誥高度評價裴垍，以為帝王以德動天，上倉庇佑，賜裴垍此一「良弼」。其中道盡君臣之間肺腑之言，關鍵之點在於激勵裴垍果敢進言、勇於任事，以達成「從人欲以致和氣」的美政。

　　《周易》之「保合大和」，儒家之「中庸之道」，從理論與實踐雙方面對人類乃至於天地萬物而言，具有重大與深刻的意義，是睿智、前瞻與道德的理論思想。「大和」言天地陰陽調合，各自安其所居，由此滋生萬物。「大和」目標之達成和持續，在於「唯變所適」。〔註58〕「大和」之本質特徵並非一成不變的凝固唯一狀態，而是於不停的運動不居的情形之下的平衡與最佳狀態。此最佳狀態並非某一主體的利益的最大化和價值的最高體現，而是圍繞「大和」的一系列失衡狀態的相互交替作用，由此產生萬物的興衰存亡、人生的否泰得失，此即天地萬物生生不息、豐富多彩，人生命運起伏跌宕的因由。「大和」之意即與「時」「位」相結合的平衡，即得失之均衡與彼此的共同存續和安適。此種狀態與《周易》「生生之大德」密切相關而無有稍許間隙，是為全體完整之綜合平衡與和諧共存。孫喜豔《〈周易〉美學的生命精神》曰：

> 乾德與坤德代表生命的創造和孕育，體現了生命的普遍性與綿
> 延性，是一種廣大和諧的生命精神。因此，宇宙不是一個物質的場
> 所，而是一個生機盎然、生生而有條理的有情的宇宙。〔註59〕

　　《周易》「大和」思想觀念，對宇宙天地的認識，並非以人類為中心，更不以人類的認識與想像為唯一準的，而是觀摩、總結、理論化天地自然的運行狀態和發展規律，以此作為人類自身的行為準則。此種觀點的形成，是在長久的積澱與總結基礎之上，所提煉出來的難能可貴的人類認識成果。《周易》思想觀念中重要的部分即為「大和」，即尊重天地所承載與覆蓋的一切事物，

〔註58〕〔清〕阮元校刻，《十三經注疏·周易正義》（清嘉慶刊本），第 1 版，北京：中華書局，2009 年版，第 187 頁。

〔註59〕孫喜豔撰，《〈周易〉美學的生命精神》，蘇州大學博士論文，蘇州：蘇州大學，2010 年，第 137 頁。

將人類自身歸納成為萬物之間平等之一員。「大和」思想超越了人類生存之基本要求，摒棄了人類試圖作為萬物主宰的非分之想，將人類的延續與世間萬物的延續進行綜合整體思考。天地自然之久長與天道的永恆，其平衡與「大和」作為核心規律為中國經典思想所汲取。宇宙天地之循環往復，自然萬物之新陳代謝，人類自身之繁衍生息，均在「大和」之間運行不止。得「大和」則長久，失「大和」則短暫。宏觀整體觀照，一切變化以「大和」為最為合理，並非走向任何一極端，而是包容承載一切存在之狀態。趨向於「大和」則萬物均具備其生存空間與存續之條件，違背「大和」則有損於一端同時也無益有害於另一端，吉凶之生即在於此。得「大和」「中道」必以其「時」，是謂「時中」。「時中」則生「時義」，「時義」即為「時」作用於萬事萬物之必然規律。時行則行，時變則變，順時而為，待機而動，可至「大和」。

白居易的「立大中致大和」思想貫穿於其政治實踐之中，在治國安邦的大政方針上，極力推崇「大和」思想。《周易》「大和」之道，為聖賢觀天象而參天道，明天道而理人事，既為人生行為準則，更是治國理政之圭臬。白居易《才識兼茂明於體用科策一道》曰：「萬方大理，四海大和」〔註60〕天道之久長，於「大和」之中顯示得最為完整；人道之意義，於「大和」之間體現最為圓滿。白居易對經典思想的理解，理論與實踐兩方面已然達到了令人歎服的高度，這也是其詔制、策論為朝野競相模擬的重要原因。

6.2.2　白居易禮樂教化的「大和」觀

白居易認為帝王開創事業核心要旨在於「正位經邦，體元立制」。〔註61〕《周易・觀・象》曰：「聖人以神道設教，而天下服矣。」〔註62〕「經邦」「立制」之本在於禮樂教化。白居易認為國家安定在於風俗醇良，良俗的養成在於教化的普及。故此教化萬民遵章守法、躬自反省，仁德修身、與人為善，是帝王化成天下的重中之重。關於禮樂的意義，白居易《策林・議禮樂》論曰：

〔註60〕〔唐〕白居易著，謝思煒校注，《白居易文集校注》，第1版，北京：中華書局，2011年版，第410頁。

〔註61〕〔唐〕白居易著，謝思煒校注，《白居易文集校注》，第1版，北京：中華書局，2011年版，第2048頁。

〔註62〕〔清〕阮元校刻，《十三經注疏・周易正義》（清嘉慶刊本），第1版，北京：中華書局，2009年版，第73頁。

> 臣聞序人倫，安國家，莫先於禮；和人神，移風俗，莫尚於樂。
> 二者所以並天地，參陰陽，廢一不可也。何則？禮者納人於別而不
> 能和也，樂者致人於和而不能別也。必待禮以濟樂，樂以濟禮，然
> 後和而無怨，別而不爭。是以先王並建而用之，故理天下如指諸掌
> 耳。〔註63〕

白居易認為，若要使得人與人之間遵循倫理規範，國家治理安定有序，禮的制定具有首當其衝的意義；若要達成人神和諧，風俗純良的社會狀態，未有比樂更為值得推重者。禮與樂制定參照天地陰陽的變化，其情狀不同，故功能各異，合而用之，則完整圓滿。禮法制度能夠區分長幼，養成恭敬謙遜的品行，卻不能由此聯結人心，形成友善仁愛的氛圍；樂能夠使風俗各異之人產生共鳴，其「大和」之聲能使人愉悅愜意而相互友善親愛。二者各有其長，各具其短，故此二者並用相互周濟，則可收全效之功。若推行禮樂得當周備，庶幾天下大治。《漢書·地理志》曰：

> 凡民函五常之性，而其剛柔緩急，音聲不同，繫水土之風氣，
> 故謂之風；好惡取舍，動靜亡常，隨君上之情欲，故謂之俗。孔子
> 曰：「移風易俗，莫善於樂。」言聖王在上，統理人倫，必移其本，
> 而易其末，此混同天下一之虖中和，然後王教成也。〔註64〕

禮樂的制定，是參照天地陰陽的運行規律，達到人神和合，風俗醇良的目的。天下之大，萬方殊俗，意欲渾融一體，必須尋求各方均能接受的形式和方法，尋求各方的共通、共同之處。聖王之道在於肅承天命，撫輯萬方，混同一體，無所偏倚，白居易主張為政「立大中致大和」即為此意。儒學中庸之法，即為「致中和」，進而不過，退而不萎，中正和諧諸方兼顧，《漢書·禮樂志》曰：

> 《六經》之道同歸，而《禮》、《樂》之用為急。治身者斯須
> 忘禮，則暴嫚入之矣；為國者一朝失禮，則荒亂及之矣。人函天
> 地陰陽之氣，有喜怒哀樂之情。天稟其性而不能節也，聖人能為
> 之節而不能絕也，故象天地而制禮樂，所以通神明，立人倫，正

〔註63〕〔唐〕白居易著，謝思煒校注，《白居易文集校注》，第1版，北京：中華書局，2011年版，第1573頁，參見附錄1第136條。
〔註64〕〔漢〕班固撰，〔唐〕顏師古注，《漢書》，第1版，北京：中華書局，1962年版，第1640頁。

情性,節萬事者也。〔註65〕

　　夫民有血氣心知之性,而無哀樂喜怒之常,應感而動,然後心術形焉……先王恥其亂也,故制雅頌之聲,本之性情,稽之度數,制之禮儀,合生氣之和,導五常之行,使之陽而不散,陰而不集,剛氣不怒,柔氣不懾,四暢交於中,而發作於外,皆安其位而不相奪也,足以感動人之善心也,不使邪氣得接焉,是先王立樂之方也。〔註66〕

　　先聖制定禮樂的目的,本於治理天下之民。天下之大,其民眾秉性各有所異,故此制禮,使之行有所節;制樂,使之氣有所和。禮樂可以和合混同天下萬民於中和之道,使之各安其位而不相爭鬥,天下和洽由此而來。白居易認為禮樂制定須符合時代的要求,損益增刪須根據現實的需要和功效的優劣,其《策林・沿革禮樂》論曰:

　　夫禮樂者,非天降,非地出也。蓋先王酌於人情,張為通理者也。苟可以正人倫,寧家國,是得制禮之本意也。苟可以和人心,厚風俗,是得作樂之本情也。蓋善沿禮者,沿其意,不沿其名;善變樂者,變其數,不變其情……數與容可損益也;體與用不可斯須失也。樂者以易直子諒為心,以中和孝友為德;以律度鏗鏘為飾,以綴兆舒疾為文。飾與文可損益也,心與德不可斯須失也。夫然,則禮得其本,樂達其情,雖沿襲損益不同,同歸于理矣。〔註67〕

　　白居易論述禮樂變化,須因應時代的要求,不可拘泥古法一成不變,三皇五帝禮樂不同,其損益視時勢風俗而變易。但凡能夠達成人倫敦厚、國家安定之禮,即為切實可行有益之禮,此為制禮的根本核心所在。但凡能夠和合人心,淳厚風俗,使人仁愛友善之樂,即為合乎時代要求的「大和」之樂,此亦可謂制樂原初與最為實際的目的,亦為「與時偕行」的具體體現。

　　白居易《禮部試策五道・第三道》曰:

　　「古先哲王之立彝訓也,雖言微旨遠,而學者苟能研精鉤深,

〔註65〕〔漢〕班固撰,〔唐〕顏師古注,《漢書》,第1版,北京:中華書局,1962年版,第1027頁。

〔註66〕〔漢〕班固撰,〔唐〕顏師古注,《漢書》,第1版,北京:中華書局,1962年版,第1037頁。

〔註67〕〔唐〕白居易著,謝思煒校注,《白居易文集校注》,第1版,北京:中華書局,2011年版,第1576,1577頁,參見附錄1第1137條。

優柔而求之，則壺奧指趣，將焉廋哉？然則禮樂之同天地者，其文可得而考也，豈不以樂作於郊而天神和焉，禮定於社而地祇同焉？上下之大同大和，由禮樂之馴致也。」〔註68〕

帝王駕馭海內，以合眾聲於「大和」為國家長安久治的根本，以「順權通變」之方，達成「和合渾融」之效，就此形成的禮敬循序、中正圓通的主流政治生態。「大和」思想實為制定禮樂以和合萬方的理論根據，《禮記‧樂記》曰：

大樂與天地同和，大禮與天地同節。和，故百物不失；節，故祀天祭地。明則有禮樂，幽則有鬼神。如此，則四海之內合敬同愛矣。禮者，殊事合敬者也。樂者，異文合愛者也。禮樂之情同，故明王以相沿也。故事與時並，名與功偕。〔註69〕

樂者，天地之和也。禮者，天地之序也。和，故百物皆化；序，故群物皆別。樂由天作，禮以地制。過制則亂，過作則暴。明於天地，然後能興禮樂也。〔註70〕

詮釋天地、陰陽、鬼神之情狀與本質，莫過於《周易》。鄭玄注「幽則有鬼神」曰：「助天地成物者也。《易》曰：『是故知鬼神之情狀，與天地相似。』」〔註71〕《周易》思想效法天地自然之本，陰陽相對，動靜交流，循環往復，以得其「中正」「大和」之道。中和之道不偏不倚，自然萬物平常之道，推廣至於人事，則是以化育天下蒼生為其根本出發點，以撫育萬方無有偏私作為施政原則，無有極端與強力之處，謂之合乎天地鬼神常道。禮的本質在於設定制度以應對不同的情形與要求，遵循秩序而不相爭奪對抗。樂的本質在於尋求人類情感世界與精神世界引起共鳴和美感的因素，以此和睦眾心，連結友愛，合為一體。「大和」之道即是各有所得，亦各有所損，具備損益盈虛的特質，最終達成普天之下均能接受渾融為一的狀態。此種狀態是為包括人類在內的天地萬物相安共存的最佳狀態，如此一來，萬物順通，

〔註68〕〔唐〕白居易著，謝思煒校注，《白居易文集校注》，第 1 版，北京：中華書局，2011 年版，第 432 頁，參見附錄 1 第 23 條。

〔註69〕〔漢〕鄭玄注，〔唐〕孔穎達正義，呂友仁整理，《禮記正義》，第 1 版，上海：上海古籍出版社，2008 年版，第 1474 頁。

〔註70〕〔漢〕鄭玄注，〔唐〕孔穎達正義，呂友仁整理，《禮記正義》，第 1 版，上海：上海古籍出版社，2008 年版，第 1477，1478 頁。

〔註71〕〔漢〕鄭玄注，〔唐〕孔穎達正義，呂友仁整理，《禮記正義》，第 1 版，上海：上海古籍出版社，2008 年版，第 1474 頁。

生生不息，繁榮昌盛，故此《周易・文言》有「亨者，嘉之會也」的論述。〔註72〕意欲取得上述《周易》所謂天下之「美利」，必須有仁德、謙遜、忍讓、惻隱之心，具有強烈的道義自覺，故此《周易・文言》有「利者，義之和也」的論述。〔註73〕

禮樂之於國家穩定、天下太平具有重要的意義，即在於可以達到「大中」「大和」的效用。《禮記・樂記》曰：

> 樂至則無怨，禮至則不爭。揖讓而治天下者，禮樂之謂也。暴民不作，諸侯賓服，兵革不試，五刑不用，百姓無患，天子不怒，如此則樂達矣。合父子之親，明長幼之序，以敬四海之內，天子如此，則禮行矣。〔註74〕

「大中」「大和」是為天地的根本，揭示出天地的最高德性，執此根本，弘揚德性，則天地萬物各安其所、各正其位，形成萬物化育、生生不息的嘉美世界。國家具有建立良好秩序的需要，此為「禮」之用；民眾具有和合眾聲至於和諧共存的需要，此為「樂」之用。普天之下尊章守法、恭敬循禮、眾聲和諧、彼此交融，達到互補互惠的「大和」狀態，是為理想社會、太平盛世。故此為政者無不以禮樂的制定與遵循作為執政的首要環節，高度重視禮樂的頒行和實施，對掌控禮樂的官員道德品性和實踐能力提出極高的要求，視為「清選」，白居易擬《陳中師除太常少卿制》曰：

> 敕：尚書吏部郎中、兼侍御史陳中師，早以體物之文，待問之學，中鄉里選，第甲乙科。及筮仕立身，皆有本末。不背俗以矯逸，不趣時以沽名。從容中道，自致問望。累踐郎署，再參憲司。官無卑崇，事無簡劇。如玉在佩，動必有聲。為時所稱，何用不可？朕以立國之本，禮樂為先。今之太常，兼掌其事。貳茲職者，不亦重乎？歷代迄今，謂之清選。往復是命，佇觀有成。予方急才，爾寧久次？可太常少卿。〔註75〕

〔註72〕〔清〕阮元校刻，《十三經注疏・周易正義》（清嘉慶刊本），第1版，北京：中華書局，2009年版，第25頁。

〔註73〕〔清〕阮元校刻，《十三經注疏・周易正義》（清嘉慶刊本），第1版，北京：中華書局，2009年版，第25頁。

〔註74〕〔漢〕鄭玄注，〔唐〕孔穎達正義，呂友仁整理，《禮記正義》，第1版，上海：上海古籍出版社，2008年版，第1472，1473頁。

〔註75〕〔唐〕白居易著，謝思煒校注，《白居易文集校注》，第1版，北京：中華書

詔制以陳中師立身處世從容端正、恪守中道，在野在朝均有德望，可以授予要職。太常少卿掌禮樂郊廟社稷之事，詔制明確「立國之本，禮樂為先」，是以帝王之心、國家意志強調禮樂對於國家安定、天下太平、黎民百姓各守其本的重要意義。禮樂之重與執掌者的秉性、品格的高尚均表述無餘。

關於學習禮樂的方法和意義，白居易認為以達成內在「大和」為本，而不拘泥於外在形式，其《策林‧救學者之失》論曰：

> 習禮者以上下長幼為節，不專於俎豆之數，裼襲之容也。學樂
> 者以中和友孝為德，不專於節奏之變，綴兆之度也。〔註76〕

白居易認為學禮，在於認識尊卑長幼的禮節，理解社會秩序的意義，遵守規範的重要性，而不是專注於對禮儀器物等形式的細緻入微的掌握；學樂在於涵養中和寬容之性，培育仁厚友愛的品格，由此推己及人，形成淳厚的社會風俗，而不是傾力於節奏的變化以及行列位置的精準。總之，禮樂的學習以完善自我道德品行、有益於社會和睦安定為準則，此為得禮樂之精髓。白居易書表、詔制中對「大和」的論述，表現出其對《周易》「保合大和」思想的深入理解和具體運用，是儒家正統思想的充分表達，其根本目的，依然是仰慕往聖，意欲透過「大和」之道而致四海和合、民心和洽、天下和平，以此致君堯舜。

6.3　白居易「大和」觀對生活實踐的影響：中隱

白居易本源於《周易》的「大和」思想，對其生活實踐具有重要影響，表現在遊走於朝堂與丘樊之間，物質與精神、外在環境與內心世界諸方因素協調得當，形成一種整體均衡的態勢。白居易隨時得所，處處安心，生活實踐力求達到「中和」的極致，白居易將此種生活態度和生存狀態，總結為「中隱」。才學興味使然，白居易本有山野之趣、空靈神韻，此為終白居易一生未曾稍有移易的天然秉性。唐代門閥制度式微，鮮有物質基礎雄厚的世家，故此魏晉風度的清峻通脫、風流自賞可望而不可即。白居易囿於宗族生活條件的限制，摒棄仕途經濟無以生存，更無以弘揚儒業以光耀門楣，故唯有勵志苦學、徐謀晉身而別無它途。白居易仕進之後推行儒道，報效君國，確有一

局，2011 年版，第 704，705 頁，參見附錄 1 第 304 條。

〔註76〕〔唐〕白居易著，謝思煒校注，《白居易文集校注》，第 1 版，北京：中華書局，2011 年版，第 1567 頁。

番作為，但朝堂政治波詭云譎，進無補於事而有禍於身，於是白居易退而求其次，提出「中隱」理論。

6.3.1　白居易「中隱」的客觀因素：我無奈命何

　　從後世對白居易的評價與諸多才智超絕的人士的企慕看來，白居易儼然創造出一種完美的生活方式，顯示出極強的適應環境、調節身心的能力。從其文章表現出的「平和淡雅」「怨尤不露」風格看來，白居易內心世界已然達到了「中正」「大和」的境界，其外在表現形式即是白居易《中隱》詩所表述的狀態。大和三年（829），白居易五十八歲，罷刑部侍郎，在洛陽，以太子賓客分司東都，作《中隱》詩，對從容中道於形式和內容進行了詳述，顯示出白居易後期的精神世界的中正平和，其辭曰：

> 　　大隱住朝市，小隱入丘樊。丘樊太冷落，朝市太囂喧。不如作中隱，隱在留司官。似出復似處，非忙亦非閒。不勞心與力，又免饑與寒。終歲無公事，隨月有俸錢。君若好登臨，城南有秋山。君若愛游蕩，城東有春園。君若欲一醉，時出赴賓筵。洛中多君子，可以恣歡言。君若欲高臥，但自深掩關。亦無車馬客，造次到門前。人生處一世，其道難兩全。賤即苦凍餒，貴則多憂患。唯此中隱士，致身吉且安。窮通與豐約，正在四者間。〔註77〕

　　東晉王康琚《反招隱詩》曰：「小隱隱陵藪，大隱隱朝市。」〔註78〕陵藪即山陵和湖澤，泛指山野，「丘樊」類此。歸隱與出仕，歷來是為相互矛盾不可調和的兩種生活方式，利弊相兼，如同熊掌與魚不可得兼。士人在兩者間徘徊，時而出，時而處，當視機緣而定。所謂「大隱」，指身居朝市而志在山野，追求空靈玄遠之人，事實上外在形象與隱遁並無關聯。

　　白居易「中隱」具有深刻的理論依據和現實根源。理論依據為《周易》「遁世無悶」思想，孔子「天下有道則見，無道則隱」觀念。現實根源為白居易所表述的「我無奈命何。」唐憲宗元和十三年（818），白居易四十七歲，貶於江州業已三年，作《達理二首（其一）》曰「我無奈命何，委順

〔註77〕謝思煒撰，《白居易詩集校注》，第 1 版，北京：中華書局，2006 年版，第 1765 頁，參見附錄 2 第 191 條。

〔註78〕逯欽立輯校，《先秦漢魏晉南北朝詩》，第 1 版，北京：中華書局，1983 年版，第 953 頁。

以待終。」〔註79〕此為白居易對「時命」「性命之理」的理性認識。天道性命之理既然如此，非強求可致其順遂，則「安時」「順命」較為明智。白居易在艱難的外部環境中，謀求身形的安泰、心神的平靜和精神的充實，在此基礎上徐圖人生價值的實現、生命意義的提升，唯有「中隱」的方式最為合理與適宜。《論語・泰伯篇》曰：

> 子曰：「篤信好學，守死善道。危邦不入，亂邦不居。天下有道則見，無道則隱。邦有道，貧且賤焉，恥也；邦無道，富且貴焉，恥也。」〔註80〕

白居易「中隱」之舉，是在具有深厚的儒家理論基礎之上的再創造。《中隱》作於太子賓客分司東都任上，是對多年仕宦生涯的總結，根據「執兩用中」的原則，對「入世」和「出世」進行的創造性闡釋，對後世科舉制度下文人的處世生存觀念產生了深刻影響。

白居易作「中隱」選擇經過了反覆思考和利弊權衡。朝堂用事多年，思想理念、治國謀略均表述殆盡，白居易並無更多新意可以發揮。憲宗對白居易從青年才俊仗義執言的欣賞，隨著時間的推移和政治局勢的變化，逐漸失去新奇感和倚重。白居易之諫言對權貴多有嚴厲指斥，積怨頗深。憲宗為政治平衡起見，從白居易諫言「每見納」至於「天子不能用」。白居易政治功用逐漸減弱之時，其對於政治生活的高度關注亦隨之轉向淡漠。白居易之「中隱」選擇，政治失意為其客觀原因；全軀避禍、傾心自然、嚮往無所羈絆的山林田園生活是其主觀原因。總之，人的某一方面的價值實現，須具有與之相匹合的時機和環境，即《周易》所強調的「時」「位」的配合。一旦失去與展示某一方面才能相應的條件與基礎，輾轉騰挪，全身而退，擇機另行展示自我成為當務之急。

「主聖臣直」，大好時機往往是可遇不可求。時機喪失、位勢不再，任由如何傾盡全力亦難於扶大廈之將傾、挽狂瀾於既倒。明知不可為而為之，逆潮流以上，禍不旋踵。白居易《動靜交相養賦》曰：

> 有以見人之生於世，出處相濟，必有時而行，非匏瓜不可以長繫。
> 人之善其身，枉直相循，必有時而屈，故尺蠖不可以長伸。〔註81〕

〔註79〕謝思煒撰，《白居易詩集校注》，第 1 版，北京：中華書局，2006 年版，第 648 頁。
〔註80〕楊伯峻譯注，《論語譯注》，第 3 版，北京：中華書局，2009 年版，第 81 頁。
〔註81〕〔唐〕白居易著，謝思煒校注，《白居易文集校注》，第 1 版，北京：中華書局，

在兇險莫測的政治環境中，採取適合的應對措施，全軀保身以利將來，此為長生久視之道，亦為《周易》思想所展現的生存智慧。《周易・繫辭下》曰：

> 往者屈也，來者信也，屈信相感而利生焉。尺蠖之屈，以求信也；龍蛇之蟄，以存身也。精義入神，以致用也；利用安身，以崇德也。過此以往，未之或知也。窮神知化，德之盛也。〔註82〕

白居易洞悉《周易》不同境遇之下的存身之道、龍蛇之變。《莊子・山木》曰：「無譽無訾，一龍一蛇，與時俱化，而無肯專為。一上一下，以和為量，浮游乎萬物之祖。」〔註83〕莊子存身之理，亦以「和」為準的。就中晚唐波詭云譎的政治現實而言，白居易的人生際遇和主動選擇，不可謂不幸運，更不可謂不明智。萬事萬物處動靜相間，方可生生不息、恒久綿長，其最終意義依然是得其「嘉會」「和義」之利。此為天道，亦為人道，為白居易深入領會。《老子》曰：

> 曲則全，枉則直，窪則盈，敝則新，少則得，多則惑。是以聖人抱一，為天下式。不自見故明，不自是故彰，不自伐故有功，不自矜故長。夫唯不爭，故天下莫能與之爭。古之所謂曲則全者，豈虛言哉！誠全而歸之。〔註84〕

老子主張柔弱勝剛強，此其不爭之德、「曲則全」的睿智。作尺蠖之屈、龍蛇之蟄，成為白居易後期生存方式的最佳選擇，其外在表現即是「中隱」。白居易大和七年（833）作《秋日與張賓客舒著作同遊龍門醉中狂歌凡二百三十八字》具有明確的表達，其辭曰：

> 丈夫一生有二志，兼濟獨善難得並。不能救療生民病，即須先濯塵土纓。況吾頭白眼已暗，終日戚促何所成。不如展眉開口笑，龍門醉臥香山行。〔註85〕

2011年版，第2頁，參見附錄1第4條。

〔註82〕〔清〕阮元校刻，《十三經注疏・周易正義》（清嘉慶刊本），第1版，北京：中華書局，2009年版，第182頁。

〔註83〕〔晉〕郭象注，〔唐〕成玄英疏，《莊子注疏》，第1版，北京：中華書局，2011年版，第359，360頁。

〔註84〕〔魏〕王弼注，樓宇烈校釋，《老子道德經注》，第1版，北京：中華書局，2011年版，第58頁。

〔註85〕謝思煒撰，《白居易詩集校注》，第1版，北京：中華書局，2006年版，第2262頁。

白居易的「閒適詩」為後人稱道，見出白居易所表現的士人精神深處的共性，較之同類人等高出一籌。毛妍君《白居易閒適詩研究》曰：

> 白居易的很多閒適詩就是對他的「中隱」生活及思想的具體描述，「中隱」哲學作為白居易安身立命的處世法則直接指導著他的閒適生活。〔註86〕

白居易「中隱」思想的形成與成熟，具有一個漫長的過程，而「中隱」理念，就在其「閒適詩」中可以尋覓出類似的表達。既「閒」且「適」，所要求的是物質與精神的統一，外在條件與內在心理的適度。

白居易在翰林學士和左拾遺任上，經歷一系列的宦途波折，其「中隱」思想開始萌生；在洛陽任太子賓客分司時節，反覆權衡利害得失之後，其「中隱」思想臻於完善。白居易之所以產生「中隱」思想，與當時的社會政治生態密切相關。唐代發展至中後期，政治弊端顯現，朝堂之上黨爭炙烈，相互攻訐傾軋。時勢變易，今非昔比，憲宗晚年倦於政事，穆宗以下諸君多幼弱，社會政治穩定失去依託。作為耿介忠直之士的白居易，早已反覆論述禍福相倚、位高禍重的道理。未得大名之時，孜孜以求大名，語不驚人死不休；顯赫名聲在外，轉而淡泊名利，漸歸於明哲保身之道，此非白居易所獨創。

白居易忠貞報國之心在翰林學士和左拾遺任上具有充分的發揮，亦在一段時間之內獲得憲宗的認可，因之名震朝野。畢竟文人本色，白居易將君主的境界與政治的變幻看待得過於理想化，以為公正耿直、滿腔熱忱一心為國即可上無愧於帝王，中無愧於同僚，下無愧於本心，獲得聖賢帝君和忠直之士的認可，亦可在歷史上留下一段印記。在此種信念的驅使下，白居易一如既往地直言盡忠，以至於情急之時，屢屢於朝堂之上得理強諫，往往不知察言觀色、俟機而動；間或言語唐突，不善委婉勸言，頗有些憑寵自是的意味。《新唐書·白居易傳》曰：

> （白居易）後對殿中，論執彊鯁，帝未諭，輒進曰：「陛下誤矣。」帝變色，罷，謂李絳曰：「是子我自拔擢，乃敢爾，我叵堪此，必斥之！」絳曰：「陛下啟言者路，故羣臣敢論得失。若黜之，是箝

其口，使自為謀，非所以發揚盛德也。」帝悟，待之如初。〔註87〕

白居易往往就事論事，直言讜論、梗介揚厲，唐憲宗居中統御群僚左右為難。地位與視角的差異，治國理念與行政策略相左亦屬尋常。雖未見唐憲宗面斥白居易，於心目中對白居易的形象大打折扣已屬自然，此後諫言數「不納」可為佐證。隨著時間的推移，白居易逐漸感覺力不從心，故此偶有倦意。此時為白居易從政治理想化走向現實化的階段。政治主動日趨衰弱，意味著棱角磨平，歷練到位，古今一理。直至江州之貶，白居易樂往山林、脫離朝堂險境的心思愈發強烈。其後多年，白居易為官心得日增而出列之時日減，以至於自請外官，與朝堂中樞若即若離，此即白居易「中隱」思想在行為上的具體體現。

憲宗末年，朝政每況愈下，至穆宗時朝廷政治已相當荒誕。《後漢書·禮儀》所云「天尊地卑，君莊臣恭。質文通變，哀敬交從。元序斯立，家邦逌隆」的情形徹底喪失。〔註88〕憲宗之後，除去敬宗以太子位繼承大統外，其餘諸帝皆由宦官擁立。梁守謙、王守澄立穆宗，梁守謙、王守澄、楊承和立文宗，仇士良、魚弘志立武宗。宦官勾結密謀，矯詔擁立把持朝局，挾持帝王操弄天下，如有不合，屢為弒殺。《新唐書·王守澄傳》曰：

> 守澄與內常侍陳弘志弒帝（憲宗）於中和殿，緣所餌，以暴崩告天下，乃與梁守謙、韋元素等定冊立穆宗。〔註89〕

憲宗晚年昏聵，為豎宦謀害於禁中。無獨有偶，敬宗之崩與憲宗如出一轍。《新唐書·劉克明傳》曰：

> 帝（敬宗）獵夜還，與克明、田務澄、許文端、石定寬、蘇佐明、王嘉憲、閻惟直等二十有八人群飲，既酣，帝更衣，燭忽滅，克明與佐明、定寬弒帝更衣室，矯詔召翰林學士路隋作詔書，命絳王領軍國事。明日，下遺詔，絳王即位。〔註90〕

更有內竊外專姦佞之輩者若仇士良等，居心險惡推波助瀾，《新唐書·仇士良傳》載仇士良蠱惑帝王的詭詐權謀，曰：

〔註87〕〔北宋〕歐陽修，宋祁等撰，《新唐書》，第 1 版，北京：中華書局，1975 年版，第 4302 頁。

〔註88〕〔宋〕范曄撰、〔唐〕李賢等注，《後漢書》，第 1 版，北京：中華書局，1965 年版，第 3153 頁。

〔註89〕〔北宋〕歐陽修，宋祁等撰，《新唐書》，第 1 版，北京：中華書局，1975 年版，第 5883 頁。

〔註90〕〔北宋〕歐陽修，宋祁等撰，《新唐書》，第 1 版，北京：中華書局，1975 年版，第 5884 頁。

　　士良曰：「天子不可令閒暇，暇必觀書，見儒臣，則又納諫，智
　　深慮遠，減玩好，省遊幸，吾屬恩且薄而權輕矣。為諸君計，莫若
　　殖財貨，盛鷹馬，日以毬獵聲色蠱其心，極侈靡，使悅不知息，則
　　必斥經術，闇外事，萬機在我，恩澤權力欲焉往哉？」眾再拜。士
　　良殺二王、一妃、四宰相，貪酷二十餘年，亦有術自將，恩禮不衰
　　云。〔註91〕

　　宦官憑藉擁立之功，專權肆虐，廷臣與宦官的矛盾日益加深，為後來的
「甘露之變」埋下禍根。穆宗長慶二年（822），白居易五十一歲，在長安為中
書舍人，上書論河北用兵事，皆不納。《新唐書・白居易傳》曰：

　　天子荒縱，宰相才下，賞罰失所宜，坐視賊，無能為。居易雖
　　進忠，不見聽，乃丐外遷。為杭州刺史。〔註92〕

　　白居易作為性格耿介、謀國任事的儒家士子，目睹朋黨傾軋、國事日
荒、民生疾苦、百姓亂離而無能為力，內心難免鬱悶煎熬尋求解脫，此為其
請求外任、出為杭州刺史的深層次原因。白居易外任杭州刺史為穆宗長慶
二年（822）七月，長慶四年（824）五月，白居易除太子左庶子分司東都，
五月末離開杭州，秋至洛陽。敬宗寶曆元年（825）三月除蘇州刺史。文宗
大和元年（827）徵為秘書監，次年授刑部侍郎，不久又請外任。文宗大和
三年（829），白居易五十八歲，罷刑部侍郎，以太子賓客分司東都。唐文宗
大和三年（829）直至大和九年（835）「甘露之變」，白居易四年分司東都，
兩年任河南尹，未曾置身於朝廷中樞。在此六、七年間，朝廷朋黨之爭漸趨
激烈，以至於兵戎相見、屠戮嚴酷。《新唐書・劉蕡傳》載劉蕡對曰：

　　奈何以褻近五六人總天下大政，外專陛下之命，內竊陛下之權，
　　威懾朝廷，勢傾海內，羣臣莫敢指其狀，天子不得制其心，禍稔蕭
　　牆，姦生帷幄，臣恐曹節、侯覽復生於今日，此宮闈將變也。〔註93〕

劉蕡對後七年（835），有甘露之難。〔註94〕姦佞惡宦當道，正直之士不

〔註91〕〔北宋〕歐陽修，宋祁等撰，《新唐書》，第1版，北京：中華書局，1975年
　　　　版，第5874，5875頁。
〔註92〕〔北宋〕歐陽修，宋祁等撰，《新唐書》，第1版，北京：中華書局，1975年
　　　　版，第4303頁。
〔註93〕〔北宋〕歐陽修，宋祁等撰，《新唐書》，第1版，北京：中華書局，1975年
　　　　版，第5297頁。
〔註94〕〔北宋〕歐陽修，宋祁等撰，《新唐書》，第1版，北京：中華書局，1975年

得出，白居易才高，睥睨權貴，當廷對策，憲宗尚難堪色變，遑論其他。親小人自然遠賢臣，在此種情形之下，宰輔尚且唯宦官是從，若白居易一如既往直言無忌，其結局可想而知。白居易居官多年，雖以忠直耿介為己任，並不主動捲入朝中朋黨之爭，但與其中要害人物，總有千絲萬縷的聯繫，稍有差池，禍從天降。《舊唐書・白居易傳》曰：

> 大和已後，李宗閔、李德裕朋黨事起，是非排陷，朝升暮黜，天子亦無如之何。楊穎士、楊虞卿與宗閔善。居易妻，穎士從父妹也。居易愈不自安，懼以黨人見斥，乃求致身散地，冀於遠害。凡所居官，未嘗終秩，率以病免，固求分務，識者多之。五年，除河南尹。七年，復授太子賓客分司。〔註95〕

文宗時，朝局更趨兇險，黨爭白熱化，以至兵刃相加，「甘露之變」戮至千人。白居易耿介文士，素惡依附，禍亂之中，朝堂旦暮兇險，朝出未見得安然晚歸。白居易又兼非聱非聵，疾惡如仇，句句無誤、條條無用之陳詞濫調實所不屑。然則依然「論執強鯁」，當禍不旋踵。《舊唐書・白居易傳》曰：

> 效陶潛《五柳先生傳》作《醉吟先生傳》以自況。文章曠達，皆此類也。大和末，李訓構禍，衣冠塗地，士林傷感，居易愈無宦情。〔註96〕

大和九年（835年），李訓任禮部侍郎、同平章事，策劃誅殺宦官失敗，是為「甘露之變」。《新唐書・李訓傳》載「甘露之變」屠戮慘狀，曰：

> 殺諸司史六七百人，復分兵屯諸宮門，捕訓黨千餘人斬四方館，流血成渠。宦豎知訓事連天子，相與怨嘖，帝懼，偽不語，故宦人得肆志殺戮。〔註97〕

宰相及以下李訓、王涯、賈餗、舒元輿、王璠、郭行余、羅立言、李孝本、韓約等朝廷重要官員及其親屬多被宦官誅殺。《資治通鑑》曰：

版，第 5306 頁。

〔註95〕〔後晉〕劉昫等撰，《舊唐書》，第 1 版，北京：中華書局，1975 年版，第 4354 頁。

〔註96〕〔後晉〕劉昫等撰，《舊唐書》，第 1 版，北京：中華書局，1975 年版，第 4355 頁。

〔註97〕〔北宋〕歐陽修，宋祁等撰，《新唐書》，第 1 版，北京：中華書局，1975 年版，第 5312 頁。

左神策出兵三百人，以李訓首引王涯、王璠、羅立言、郭行余，右神策出兵三百人，擁賈餗、舒元輿、李孝本獻於廟社，徇於兩市。命百官臨視，腰斬於獨柳之下，梟其首於興安門外。親屬無問親疏皆死，孩稚無遺，妻女不死者沒為官婢。〔註98〕

自此宦官專權，士林恐懼，無以復加。《資治通鑑》曰：

仇士良等各進階遷官有差。自是天下事皆決於北司，宰相行文書而已。宦官氣益盛，迫脅天子，下視宰相，陵暴朝士如草芥。每延英議事，士良等動引訓、注折宰相。〔註99〕

李向菲《甘露之變及對晚唐文人的影響》論及「甘露之變」之後的文人情形曰：

甘露之變對他們的最大影響是他們的政治熱情遭到最後的、徹底的打擊，甘露事變後他們的生活以吟詩作賦、遊山玩水為主，無復更思身外事。〔註100〕

「永貞新政」的爭奪中，依然是有章可循、有法可依；至「甘露之變」，則發展到挾主凌下、矯詔抗命乃至於兵刃交加的慘烈屠戮。愈演愈烈的爭奪過程中，居於高位，豈止一夕數驚；謀取顯達，好似火中取栗。因此說來，全軀免禍，既無衣食之憂，亦非罹禍之道的「中隱」思想和實踐，在當時的社會歷史條件下，順理成章成為白居易孜孜以求的理想生活方式。白居易飽讀詩書、深悉典籍，前代弄權招禍故實歷歷在目，「甘露之變」的觸目驚心更加印證了朝堂政治的兇險，故此白居易主動請求散官閒職，遠離要害中樞是非之地，實在是明智之舉。自大和初至會昌初十數年，白居易多處於散官閒職狀態，其「中隱」生活的最終落實，即在此間。白居易無執於「文死諫」、「武死戰」之愚忠，其理論依據並不脫聖賢名教。較之孔子「邦有道，則仕；邦無道，則可卷而懷之」思想，〔註101〕白居易執兩用中之道更為出神入化，此即為白居易反覆論證的「中隱」理論。白居易諳熟天道性命之理，知曉禍

〔註98〕〔宋〕司馬光撰，《資治通鑑》，第 1 版，北京：中華書局，1956 年版，第 7916頁。

〔註99〕〔宋〕司馬光撰，《資治通鑑》，第 1 版，北京：中華書局，1956 年版，第 7919頁。

〔註100〕李向菲撰，《甘露之變及對晚唐文人的影響》，復旦大學，博士論文，上海：復旦大學，2010 年，第 157 頁。

〔註101〕楊伯峻譯注，《論語譯注》，第 3 版，北京：中華書局，2009 年版，第 161頁。

福榮辱共生同在之道，故居於廟堂而惕懼，無時無刻不在憂勞勤勉中維持高位，並對轉瞬即至的無端禍殃早有思想準備。正是由於具備長期冷靜的思考和權衡，白居易從左拾遺、翰林學士參與國政、為天子謀劃號令的近臣，左遷為卑濕荒僻的江州司馬，並無過多的刻骨銘心的憂怨，轉而自適安然，觸目所得，均為樂事。隨著年齡的增長和閱歷的深厚，白居易雖官階逐漸提升，卻對不平世事的指斥愈來愈少。

白居易「中隱」思想的萌生、發展和成熟，具有逐漸演變的過程。朝局的複雜和鬥爭的劇烈，使白居易對自己的政治命運無法預測，更無法掌控，「我無奈命何」是白居易選擇「中隱」生活方式的重要原因。白居易自江州之貶以後，於朝廷若即若離的狀態，延續至其生命終結。從其後期較為平靜生活經歷與朝廷動盪的政治現實看來，白居易此一選擇可謂明智之極。

6.3.2 白居易「中隱」的主觀因素：命無奈我何

《周易》「大和」之道，具有豐富的內涵和廣闊的發揮空間。「大和」依據時機和位勢的不同，顯示出不同的狀態。若幸遇明時，「位高權重」者憂勞國事、勵精圖治，做到時刻保持敬畏、謙和、謹慎、勤勉之心，以全部的精力和真誠履行職守，遵循天道造福蒼生，可謂近乎「中正」「大和」的境界。若時勢變易，在嚴峻複雜的外部環境之中，善於調節自己的情緒，使內心世界與外部環境始終處於一種協調的狀態，心境保持沖和圓融，在此基礎上發揮與環境相適應的聰明才智，充分體現出自身的價值，展現出生命的意義，亦可謂之接近「中正」「大和」境界。此種境界，經白居易反覆論述，冠名為「中隱」。「中隱」作為白居易應對「時」「位」變易的主動選擇，其主觀因素就是「命無奈我何」。〔註 102〕白居易順應天道性命之理，但並不因此失去自我，甘於沉淪，而是充滿自信，樂觀向上。

憲宗即位之初，也正是白居易作為青年才俊春風得意之時，頗有過一番為時人矚目、為後世景仰的政治作為。隨著時間的推移，大好時機與近臣職位的喪失，白居易作為散官閒職，雖翰章德望引領群倫，但作為政治人物和朝廷政策的重要參與者，白居易已然完成了歷史使命。在此種條件下，如何充分理解和適應當前的生活環境，葆有樂觀向上、愜意安適的精神狀態，在

〔註 102〕謝思煒撰，《白居易詩集校注》，第 1 版，北京：中華書局，2006 年版，第 648 頁。

此基礎上創造出為人認可的精神產品，使得人生的意義不由外界條件的變化
而稍許遜色和黯淡，抑或進一步提升生命的質量、拓展生命的意義，是高度
注重身後之名的白居易後期著重思考和傾力求索的重大問題。《周易・乾・文
言》曰：

> 初九曰「潛龍勿用」，何謂也？子曰：「龍德而隱者也。不易乎
> 世，不成乎名；遯世無悶，不見是而無悶；樂則行之，憂則違之；
> 確乎其不可拔，潛龍也。」〔註103〕

「遯世無悶」之完整內涵，並非就此遠離社會現實生活，煢煢孑立、形
影相弔，而是表現出審察時勢、抱本捨末、近道遠器的生存智慧，故其具有
「無悶」的理論根據。「遯世無悶」以不直接參與政治的方式，遠離社會政治
桎梏，所關注的重點因「時」「位」的變化而變化，從現實政治走向精神領域
的拓展，此亦《周易》「與時偕行」思想在人生道路的選擇方面的具體表現。
與一時一地的局部利害衝突保持距離，可從微觀層面的社會現實，轉向宏觀
整體的歷史性思考，更加具有哲學思辨和純粹理性的意義。

　　白居易《中隱》所表述的，為在朝堂中樞與委身山野此二種迥然不同的
生活方式的折衷。一方面，白居易認為，歸隱丘樊，雖清閒自在，可以養心蓄
志，卻難免孤寡寒陋、衣食難全，處於凍餒鄙賤狀態。白居易出生下層官吏，
有此地位俸祿，實屬寒窗苦讀，焚膏繼晷而來。以鏤金錯采之掌，把耒躬耕；
卓異超拔之才，潦倒山野，實在是焚琴煮鶴之舉。安居本為所願，寒儒奔走，
顏面盡失者，前鑒非遠。杜甫《奉贈韋左丞丈二十二韻》曰：「朝扣富兒門，
暮隨肥馬塵。殘杯與冷炙，到處潛悲辛。」〔註104〕《登高》曰：「艱難苦恨繁
霜鬢，潦倒新停濁酒杯。」〔註105〕杜甫屢試不第，坎坷一生，貧病交加，客
死湘水。身不可保，家且難顧，遑論「治國」「平天下」。貧寒士子作「小隱」
之舉，丘樊獨善實屬萬般無奈，無有幾人終老無怨無悔，何況苦讀聖賢懷「兼
濟」之志的白居易。陶淵明暮年有《擬輓歌辭三首》云：「千秋萬歲後，誰知
榮與辱？但恨在世時，飲酒不得足……親戚或余悲，他人亦已歌。」〔註106〕

〔註103〕〔清〕阮元校刻，《十三經注疏・周易正義》（清嘉慶刊本），第1版，北京：
　　　　中華書局，2009年版，第26頁。

〔註104〕〔清〕彭定求集，《全唐詩》，第1版，北京：中華書局，1960年版，第2252頁。

〔註105〕〔清〕彭定求集，《全唐詩》，第1版，北京：中華書局，1960年版，第2468頁。

〔註106〕逯欽立輯校，《先秦漢魏晉南北朝詩》，第1版，北京：中華書局，1983年
　　　　版，第1012，1013頁。

為搏一時之清譽，至終生之窘迫，上無益於國，下無助於家。孤立地看待陶淵明的個人生活，確也是瀟灑落拓、繩墨盡棄，任性自然、高潔無匹；整體看待陶淵明的家庭乃至於對於社會的意義，則另當別論。陶淵明有《責子詩》曰：

> 白髮被兩鬢，肌膚不復實。雖有五男兒，總不好紙筆。阿舒已二八，懶惰故無匹。阿宣行志學，而不好文術。雍端年十三，不識六與七。通子垂九齡，但覓梨與栗。天運苟如此，且進杯中物。〔註107〕

後輩如此形狀，不可謂無其因由。陶潛不營生業，家務悉委之兒僕。至於酒米乏絕，亦時倚仗他人相贍。食無魚，足無履，倨傲放言雷霆在耳，乞食賒酒接踵而至。衣食且憂，榮辱何顧。故此陶淵明的落拓不羈、孤傲飄逸的生活方式，唯可遠觀而難於效法。白居易宗族人數頗眾，多倚仗其作為支撐，若為一人之清譽而置家族於不顧，除非了卻一切塵念，徹底遁入空門。緣於生存與家族的需要，如何保持一種不達不窮、不顯不隱、不富不貧的中和狀態，成為白居易一再思考、反覆權衡的問題。白居易注重親情，對於純粹的歸隱，在當時歷史條件下，的確難於達成「遯世無悶」的高標。

白居易認為凡事利弊相兼，禍福相倚，居於朝市，雖富貴顯達，卻案牘勞心、奔走勞形，眾目睽睽之下，喧囂嘈雜之餘，難免招禍罹殃，多有不測之憂懼，此中情形白居易洞若觀火。唯有取「大隱」與「小隱」二者之長，棄二者之短，遵循損益盈虛道理，作「大和」調適之想，才是當時社會歷史條件下的明智選擇。「中隱」的生活狀態，閒散不至於寂寞冷落、為人捐棄，富有不足以金玉滿堂、為人忌嫉。不勞心力，可得溫飽安居；彰顯才德，不至木秀於林。此種「大和」狀態，白居易拿捏得頗為精準。白居易才學卓越，執兩用中之道，朝堂指畫尚且為世人稱道，施於人生選擇，白居易運用起來遊刃有餘，「窮通與豐約，正在四者間」所表達的，即是「中隱」的不偏不倚的折衷諧調狀態。

白居易之「中隱」理念，與其所處「太子賓客」職位密切相關。《通典·職官》曰：

> 太子賓客：漢高帝時，有四人年老，以上慢侮，逃匿山中，義不為漢臣，謂之四皓……其時雖非官，而謂之東宮賓客，皆選文義

〔註107〕 逯欽立輯校，《先秦漢魏晉南北朝詩》，第 1 版，北京：中華書局，1983 年版，第 1002 頁。

之士，以待儲皇……凡太子有賓客之事，則為上齒，蓋取象於四皓
焉。資位閑重，其流不雜。（天寶中，賀知章自太子賓客度為道士，
還鄉，捨宅為觀。玄宗賦詩贈別，時議榮之。）〔註108〕

「商山四皓」高名如雷貫耳，白居易曾有《答四皓廟》曰：「暗定天下
本，遂安劉氏危」，〔註109〕表達出對「四皓」底定君國大政從容裕如的深深
仰慕。白居易清選之下榮膺「太子賓客」之職，顯現出當朝對自身才學德望
的高度肯定，作為士子，此生足矣。長慶二年（822），白居易擬《崔羣可祕
書監分司東都制》曰：

敕：前武寧軍節度、徐泗濠等觀察處置等使、正議大夫、檢校
兵部尚書、使持節徐州諸軍事、兼徐州刺史、御史大夫、上柱國、
賜紫金魚袋崔羣，天授至寶，為國重器。始自修己，移於事君，輔
弼藩宣，不失其道。及離征鎮，召赴闕庭。方登道途，遂遘疾恙。
正在頤養之際，豈任朝謁之勞？誠宜許以便安，不可闕其祿食。而
移秩外史，分曹東周。加寵優賢，無易於此。且有後命，俟其有瘳。
可祕書監分司東都，散官勳賜如故。〔註110〕

白居易情形與崔羣類似，為君王朝廷視為「天授至寶，為國重器」，免其
朝謁，許其頤養。《周易·頤·彖》曰：「天地養萬物，聖人養賢以及萬民。頤
之時大矣哉！」〔註111〕聖君養賢是為重視才學德望之士的重要政治舉措，頗
能體現朝廷注重文德的政治傾向，為天下士子指明了奮鬥目標。「太子賓客」
具有較為充裕的物質條件為保障，又不至於案牘行政的憂勞，如此清貴之選
實為理想的安居護身、涵養性靈之所。大和八年（834），白居易六十三歲，作
《詠懷》曰：

我知世如幻，了無干世意。世知我無堪，亦無責我事。由茲兩
相忘，因得長自遂。自遂意何如，閑官在閑地。閑地唯東都，東都
少名利。閑官是賓客，賓客無牽累。嵇康日日懶，畢卓時時醉。酒

〔註108〕〔唐〕杜佑撰，王文錦、王永興、劉俊文等點校，《通典》，第 1 版，北京：
　　　　中華書局，1988 年版，第 822，823 頁。
〔註109〕謝思煒撰，《白居易詩集校注》，第 1 版，北京：中華書局，2006 年版，第
　　　　231 頁。
〔註110〕〔唐〕白居易著，謝思煒校注，《白居易文集校注》，第 1 版，北京：中華書
　　　　局，2011 年版，第 681，682 頁。
〔註111〕〔清〕阮元校刻，《十三經注疏·周易正義》（清嘉慶刊本），第 1 版，北京：
　　　　中華書局，2009 年版，第 82 頁。

肆夜深歸，僧房日高睡。形安不勞苦，神泰無憂畏。從官三十年，無如今氣味。鴻雛脫羅弋，鶴尚居祿位。唯此未忘懷，有時猶內愧。〔註112〕

白居易條分縷析、津津樂道太子賓客分司東都職位的美善，為官宦生涯三十年之未有。就白居易個人願望看來，多年宦途起伏，早有厭倦朝堂，嚮往山林思想，分司之職，正可以安享晚年。於當朝而言，亦不至於使一位博學鴻儒兼民間風化標杆的大才子，終日處於窮鄉僻壤或勞於世俗行政，令世人心寒。大和九年（835），白居易作《詠懷》曰：

隨緣逐處便安閑，不住朝廷不入山。心似虛舟浮水上，身同宿鳥寄林間。尚平婚嫁了無累，馮翊符章封却還。處分貧家殘活計，匹如身後莫相關。〔註113〕

大和九年（835），作《從同州刺史改授太子少傅分司》曰：

承華東署三分務，履道西池七過春。歌酒優游聊卒歲，園林蕭灑可終身。留侯爵秩誠虛貴，疏受生涯未苦貧。月俸百千官二品，朝廷雇我作閑人。〔註114〕

「中隱」於太子少傅分司，白居易更加滿足。陳述此中奧妙，白居易避禍保身故實信手拈來。張良較之韓信，誠可鏡鑒之處在於「虛貴」二字，此二字為白居易嚴審透徹。留侯張良淡漠權位，通黃老之術，晚年隨赤松子游，功成身退的天之道演繹得不折不扣。人寄世間，不遂意者十八九，美善之境強求不必得，無意而自至。《漢書‧張良傳》曰：

良乃稱曰：「家世相韓，及韓滅，不愛萬金之資，為韓報仇彊秦，天下震動。今以三寸舌為帝者師，封萬戶，位列侯，此布衣之極，於良足矣。願棄人間事，欲從赤松子游耳。」乃學道，欲輕舉。高帝崩，呂后德良，乃彊食之，曰：「人生一世間，如白駒之過隙，何自苦如此！」良不得已，彊聽食。〔註115〕

〔註112〕 謝思煒撰，《白居易詩集校注》，第1版，北京：中華書局，2006年版，第2279頁。

〔註113〕 謝思煒撰，《白居易詩集校注》，第1版，北京：中華書局，2006年版，第2487頁。

〔註114〕 謝思煒撰，《白居易詩集校注》，第1版，北京：中華書局，2006年版，第2489頁。

〔註115〕 〔漢〕班固撰，〔唐〕顏師古注，《漢書》，第1版，北京：中華書局，1962年版，第2037頁。

　　呂雉誅韓信、虐政敵，何其強梁之人，對待韓信如此溫婉，可見禍由己招，良有以也。白居易為極有自知之明、頗具仁德感恩心緒之人，上述詩作確為識命、知分之後，對於「順性命之理」「保合大和」的總結。白居易自謂「朝廷雇我作閒人」，並形諸辭章以示人，是其常懷「知愧」「知慚」之心，自認為於君、於國、於民助益有限，而得君國優渥厚賜的知足之心的表現。知足常樂，可見白居易「樂」「幸」之心的由來。事實上，白居易對於朝廷當政者而言絕非「閒人」。白居易才高名顯，為天下文士服膺，欲科考仕進者以白居易文章作為範本，於時有「重過六典」之盛譽。白居易為當朝尊崇，見出執政者對於才識茂明之士的高度重視，利於周攬人才。白居易可當作樂於為國效命、替君分憂的士子的楷模，此為白居易安處「虛貴」、從容「上齒」的重要原因。

　　開成五年（840），白居易在洛陽，為太子少傅分司東都，作《閑題家池寄王屋張道士》曰：

> 有石白磷磷，有水清潺潺。有叟頭似雪，婆娑乎其間。進不趨要路，退不入深山。深山太濩落，要路多險艱。不如家池上，樂逸無憂患。有食適吾口，有酒配吾顏。恍惚遊醉鄉，希夷造玄關。五千言下悟，十二年來閑。富者我不顧，貴者我不攀。唯有天壇子，時來一往還。〔註 116〕

　　「要路」為顯要政治路徑，其人具有高貴的身份和地位。但凡絕高處，縱有千萬風光，總歸千難萬險，鎮日戰戰兢兢，如臨深淵，如履薄冰，稍有不慎，萬劫不復，「甘露之變」即為實證。白居易也曾一夕數驚，自此自然風格大異，以出言和緩，諸方穩妥為願。世事無常，人生苦短，一己之力，實在不足以扭轉乾坤。白居易晚年詩作，平和舒緩，有市井民間生活韻味，深得草根民眾心理，最為獲得嘉譽。白居易將「大和」之道參悟透徹，則懂得退讓、妥協和靜謐的深刻意義，善於設身處地全方位思考問題，非以個人之好惡設定政治主張和生活目標。《論語・子路篇》曰：「子曰：『不得中行而與之，必也狂狷乎！狂者進取，狷者有所不為也。』」〔註 117〕白居易既覺悟到此種和合折衷思想，則於任何外在環境之中均具備獨立思考空間、應運而生的生存

〔註 116〕謝思煒撰，《白居易詩集校注》，第 1 版，北京：中華書局，2006 年版，第2731 頁。

〔註 117〕楊伯峻譯注，《論語譯注》，第 3 版，北京：中華書局，2009 年版，第 139 頁。

智慧。強求環境適應於自己，無異於在人生路途中自我設置障礙。老子有「上善若水」之說，並非懦弱無力、一味妥協放棄，而是運用生存智慧，以最為有效的方式化解矛盾、達成目標。「以柔克剛」是普世不移的準則，也是自然世界給予人類的啟示。白居易《與元九書》曰：

> 今所愛者，並世而生，獨足下耳。然千百年後，安知復無如足下者出而知愛我詩哉？〔註118〕

對於詩文之流傳於世，白居易充滿信心，在行動上更是有條不紊地進行。白居易在詩文中常常點明要旨，標注原委，使後世能夠全面掌握作者當時情形，同時有意識地將自己的詩文分門別類進行整理、謄錄，藏於穩妥之處，可見其對千秋後世之名的高度注重。上述行止，非具備自覺主動的思想動機，不能持之以恆、毫不懈怠。

白居易持「中正」「大和」思想，以「中行」處世，不以一時得失為念，諸方兼顧而行中正之道，待人處事不偏不倚若即若離，持正存身無過無不及，故此白居易雖無大富大貴，亦免遭其大凶大戾。天下滔滔，長江後浪推前浪，精粹雲集，才俊橫越，白居易明瞭後生可畏，樂見人才輩出，得己之所而安居其所，得己之心更是流連忘返於逍遙之鄉。會昌元年（841），白居易七十歲，是年停少傅，作《遇物感興因示子弟》曰：

> 聖擇狂夫言，俗信老人語。我有老狂詞，聽之吾語汝。吾觀器用中，劍銳鋒多傷。吾觀形骸內，骨勁齒先亡。寄言處世者，不可苦剛強。龜性愚且善，鳩心鈍無惡。人賤拾支床，鵂欺擒暖腳。寄言立身者，不得全柔弱。彼固罹禍難，此未免憂患。于何保終吉，強弱剛柔間。上遵周孔訓，旁鑒老莊言。不唯鞭其後，亦要軼其先。〔註119〕

會昌二年（842），白居易以刑部尚書致仕，給半俸，作《贈諸少年》曰：

> 少年莫笑我蹉跎，聽我狂翁一曲歌。入手榮名取雖少，關心穩事得還多。老慚退馬沾芻秣，高喜歸鴻脫弋羅。官給俸錢天與壽，些些貧病奈吾何。〔註120〕

〔註118〕〔唐〕白居易著，謝思煒校注，《白居易文集校注》，第 1 版，北京：中華書局，2011 年版，第 327 頁。

〔註119〕謝思煒撰，《白居易詩集校注》，第 1 版，北京：中華書局，2006 年版，第 2726 頁，參見附錄 2 第 247 條。

〔註120〕謝思煒撰，《白居易詩集校注》，第 1 版，北京：中華書局，2006 年版，第 2810 頁。

　　仕宦事業儼然圓滿完成，白居易從容總結人生經驗。柔弱勝剛強，千古不易之理。白居易深研老子持盈保泰、蜷曲龜縮之法，得其真諦。《後漢書·黃瓊傳》曰：「嶢嶢者易缺，皦皦者易汙。《陽春》之曲，和者必寡；盛名之下，其實難副。」〔註121〕白居易對上述哲理又詳加剖析，反覆論證，其結論是若需保其「終吉」，非執兩用中之道不可，並不能完全示人以「柔弱」或「剛強」，此可謂白居易領悟「中正」「大和」之道，對後輩無所顧忌、毫無保留的現身說法。

　　白居易《中隱》的主觀因素為「命無奈我何」，顯示出白居易深思熟慮之後，對於生存方式的主動選擇，對於思想情緒的主動調適。隋唐之前，門閥世家昌盛，士人具備歸隱山林的物質條件和藐視時務、俾倪權貴的政治資本，故六朝一派煙雲水氣，氤氳清雅、玄遠神妙。魏晉人物無意高官厚祿，卻自得榮華富貴，較之士族門閥體制衰微之後的歸隱山林，來得雖然決絕，但並不需要付出更大的身形和精神的代價，故此遊戲人生、放浪形骸者眾。科舉制度之後，士君子唯稔熟經典、經由科考方有將來，故徹底脫離世俗唯有佛家弟子可以身體力行，與儒家士子理想相距甚遠。「遁世無悶」對於門閥世家習以為常，對於無穩定經濟來源的唐代士子則為奢念。生存之需要，經濟來源成為第一要義。儒家講究尊嚴，多談節操志向，若無一官半職乞食豪門，實在是大傷顏面，折損自尊，不足為訓。白居易的《中隱》即為體現生存、生命之「大和」觀的一種有益嘗試，為後世提供了一種貼近現實生活的生存方式。

　　普羅大眾追求幸福與快樂，白居易名號即為「居易」「樂天」，本身即具備強烈的心理暗示。由於應對得體，白居易一生雖非一帆風順，卻也波瀾不驚，從未有生活逼迫，更無性命之憂，實在是生命延續之最佳狀態。白居易詩文既淺近，亦具有強烈的現實意義，為士人君子與黎民百姓所共賞。世人看待賢哲，仰慕之餘必生效法之心，白居易的生存理念具備模仿效法的可能。李白雄渾飄逸，灑脫至無跡可尋而不可學；杜甫沉鬱頓挫，過於現實而困苦艱辛不樂學；王維空靈淨靜，近乎不食人間煙火而不易學，上述三者雖屬有唐一代至為卓越者，卻均屬不可企及的高標，但可遠觀而難於模擬。唯白居易燕瘦環肥、順心隨喜，詩文通俗簡易，個性篤實沉穩，極具適應環境、調控

───────────────

〔註121〕〔宋〕范曄撰、〔唐〕李賢等注，《後漢書》，第 1 版，北京：中華書局，1965年版，第 2032 頁。

情緒的能力。白居易落實於《中隱》的生活方式及與之相匹配的內心世界，物質與精神兼顧，引起當時和後世社會各階層的共鳴，以至於名聲遠播域外甚於「李杜」。

6.3.3 白居易「中隱」的內心世界：無論海角與天涯，大抵心安即是家

白居易「中隱」思想觀念的形成至於穩定，經歷一番較長時間的思考和參悟。初到江州之時，雖不至於輾轉反側、哀怨滿腹，但的確也在自省之中略感委屈，即赤心謀國而遭貶斥，雖脫離險峻之所卻又難免辜負滿腔熱忱。人生天地間，意義莫過於天地之大道的發現、理解和遵循。天地之大德曰「生」，具體而言，生生不息、萬物繁茂體現在「元、亨、利、貞」此四字。覺悟到人之於域中的合理位置，則於個人進退出處等閒視之。白居易徹底釐清人世間是是非非，接近純粹的「樂天安命」境界，依然有待時日。

白居易後期居於「中隱」狀態，總體上說來尋覓與所得為「達理」二字。「達理」謂之明大道、通常理，參悟透徹人居於世間，既要自強不息、厚德載物；也要與時偕行、安位順命。《論語·衛靈公篇》曰：「子曰：『君子求諸己，小人求諸人。』」〔註122〕從自身發現失意的根由，同樣從自身尋覓快樂的門徑，是白居易生命歷程之中難能可貴之處。完成此一過程，白居易儼然經歷了一番論證。元和十三年（818），四十七歲的白居易固然通達明理到一定程度，但依然流露出淡淡的委屈情緒。作《達理二首》曰：

> 何物壯不老，何時窮不通？如彼音與律，宛轉旋為宮。我命獨何薄，多悴而少豐。當壯已先衰，暫泰還長窮。我無奈命何，委順以待終。命無奈我何，方寸如虛空。營然與化俱，混然與俗同。誰能坐自苦，齦齦於其中。
>
> 舒姑化為泉，牛哀病作虎。或柳生肘間，或男變為女。鳥獸及水木，本不與民伍。胡然生變遷，不待死歸土？百骸是己物，尚不能為主。況彼時命間，倚伏何足數？時來不可遏，命去焉能取？唯當養浩然，吾聞達人語。〔註123〕

〔註122〕楊伯峻譯注，《論語譯注》，第 3 版，北京：中華書局，2009 年版，第 164 頁。

〔註123〕謝思煒撰，《白居易詩集校注》，第 1 版，北京：中華書局，2006 年版，第 648，649 頁，參見附錄 2 第 131 條。

　　「物壯則老」出自《老子》，為《周易》陰陽之道中一個難於避免的段落，是走向極端的結果，「亢龍有悔」為其表徵。白居易起筆如是，則全詩基調可知。《老子》曰：

　　　知和曰常，知常曰明，益生曰祥，心使氣曰強。物壯則老，謂

　　之不道，不道早已。〔註124〕

　　王弼注「心使氣曰強」曰：「心宜無有，使氣則強。」〔註125〕「強」則易摧，不易之理。萬事萬物發展到鼎盛時期必然走向衰落，如何持盈保泰，「大和」是為通衢達道。《周易・繫辭下》曰：「《易》窮則變，變則通，通則久。」〔註126〕凡事既無長「通」，亦無長「窮」，二者之間循環往復、此消彼長即為常道。明晰此理，對於人生起伏波折自然不甚驚懼。「五音」婉轉，宮、商、角、徵、羽交相輝映而至於「大和」，是樂的根本道理，上可以保國，下可以安身。白居易參悟《老子》「持盈保泰」之理，《周易》「窮通」「變易」「性命」之理，禮樂「大和」之理，參悟至此，白居易雖有「我無奈命何」的遺憾，但依然掌握了五分的主動，即「命無奈我何」。時命操持於天，憂樂主宰乎己。白居易明瞭外在的吉凶禍福固然在天，內在的喜怒哀樂委實在人。《莊子・大宗師》曰：「死生，命也，其有夜旦之常，天也。人之有所不得與，皆物之情也。」〔註127〕人生一世，仰天地造化所賜，並不能以自我期許為是，須遵循天道常理，坦然接受性命之理的安排。「時勢」「位勢」「禍福」「得失」自有天數，陰陽交替、盈虛損益是為常道。白居易覺悟至此豁然開朗，故曰「唯當養浩然，吾聞達人語。」。孟子曰：「我善養吾浩然之氣。」〔註128〕孟子所謂「浩然之氣」，為「義」與「道」的配合，須無愧於心、有達於理方能培養。「浩然之氣」是一種充塞天地之間的中正之道，存在於人的內心，依靠自身的覺悟、定力和智慧潛心培育，體現出的是一種生機盎然、活潑靈動的情緒和狀態。白居易通過反覆思考論述而「達

〔註124〕〔魏〕王弼注，樓宇烈校釋，《老子道德經注》，第1版，北京：中華書局，2011年版，第149，150頁。

〔註125〕〔魏〕王弼注，樓宇烈校釋，《老子道德經注》，第1版，北京：中華書局，2011年版，第150頁。

〔註126〕〔清〕阮元校刻，《十三經注疏・周易正義》（清嘉慶刊本），第1版，北京：中華書局，2009年版，第180頁。

〔註127〕〔晉〕郭象注，〔唐〕成玄英疏，《莊子注疏》，第1版，北京：中華書局，2011年版，第133頁。

〔註128〕楊伯峻譯注，《孟子譯注》，第3版，北京：中華書局，2010年版，第56頁。

理」，既然明瞭此中道理，則理所當然地走向「心安」的狀態。胡遂《佛教與晚唐詩》曰：

> 常言道「心安理得」，其實反過來看，應該是「理得心安」，因為只有心中有一可以信賴可以持守的理念，才能退得坦然，隱得平靜，隱得無怨無悔。〔註129〕

白居易由命運無奈而「順命」，「順命」之後秉持「大和」之道，居於「中隱」狀態，於「中隱」期間參悟天地大道，是為「達理」，「達理」之後方能轉向「心安」。「心安」之後則無時不帶喜色、無物不有韻致。生活的意義因此而彰顯，精神世界因此而豐富，生命的價值因此而提升。白居易詩作中諸多關於「心安」的表達，無不是旁徵博引，反覆論證。元和十四年（819），白居易四十八歲，四年江州司馬之貶結束，除忠州刺史，命運稍有轉機，作《種桃杏》曰：

> 無論海角與天涯，大抵心安即是家。路遠誰能念鄉曲，年深兼欲忘京華。忠州且作三年計，種杏栽桃擬待花。〔註130〕

「海角」「天涯」極言偏遠之地。天高地迥，無論何地，只要感覺心安理得，即是身形的家園，更是心靈的歸宿；反之，瓊樓玉宇、豪門高第固然為人豔羨，若動輒得咎、朝不保夕，日夜恐懼於富貴之不再、身形之不虞，何以家為。白居易體悟到外在條件的優劣，對內心世界的安適與否並不產生決定性影響，至為關鍵的在於自我感受與自我調適能力。「心安」是白居易後期行止的出發點和歸宿，是白居易「易簡」「樂天」「安命」思想觀念的具體體現。《周易·繫辭下》曰：

> 子曰：「君子安其身而後動，易其心而後語，定其交而後求。君子修此三者，故全也。」〔註131〕

孔穎達疏曰：

> 子曰：「君子安其身而後動者」，此明致一之道，致一者，在身之謂。若己之為得，則萬事得；若己之為失，則萬事失也。欲行於

〔註129〕胡遂著，《佛教與晚唐詩》，第1版，北京：東方出版社，2005年版，第157頁。

〔註130〕謝思煒撰，《白居易詩集校注》，第1版，北京：中華書局，2006年版，第1443頁。

〔註131〕〔清〕阮元校刻，《十三經注疏·周易正義》（清嘉慶刊本），第1版，北京：中華書局，2009年版，第184頁。

天下，先在其身之一，故先須安靜其身而後動，和易其心而後語，

先以心選定其交而後求。若其不然，則傷之者至矣。〔註 132〕

孔穎達認為「至一」之道在於自身，即在於本心，一切念想均源於自身感受，不關外物，故此得失在己而不在人，在乎自我之一念。內心的平和，決定於自己的主動調適。孟子曰：「萬物皆備於我，反身而誠，樂莫大焉。」〔註 133〕孟子之意有類於此，佛家禪宗的「本自具足」亦類於此。〔註 134〕由此說來，但凡普世至理，無論何時何地，其切合之處，並無二致。地方官吏的數年經歷，白居易可謂悠閒自得，領會到山水之美，桃杏之樂，其後屢次辭謝中樞職位，主動要求外放地方，可見是再三權衡得出的結論。

依然忠州刺史任上，對進退窮通探究深透的白居易從容作《我身》曰：

我身何所似，似彼孤生蓬。秋霜剪根斷，浩浩隨長風。昔遊秦雍間，今落巴蠻中。昔為意氣郎，今作寂寥翁。外貌雖寂寞，中懷頗沖融。賦命有厚薄，委心任窮通。通當為大鵬，舉翅摩蒼穹。窮則為鷦鷯，一枝足自容。苟知此道者，身窮心不窮。〔註 135〕

李白《送友人》有「此地一為別，孤蓬萬里征」之句，〔註 136〕友人一別飄泊無定，浮雲落日，遊子歸心，頗多悵惘迷茫情緒。白居易委身天地間，雖與遊子相似，漂流若滄海之一粟，但順勢而為，又可坐擁自由自在無所羈絆之身。世人俗眼觀之，較朝堂天子近前的暢所欲言、指畫籌策，遊走偏遠地域，或寂寥落寞，白居易唯有自我感受頗為沖和恬適。究其根源，即是「心安」之下的「大和」心境使然。陶潛《與子儼等書》曰：「夫天地賦命，有生必有終。」〔註 137〕造化有終始，人生有常期。白居易明瞭賦命本於天地，非人力可以抗拒，唯有委心任運，方不至於辜負此生。白居易「順命」觀主導之下的行止，對環境條件的適應能力已然出神入化，謂之隨緣就勢。《莊

〔註 132〕〔清〕阮元校刻，《十三經注疏・周易正義》（清嘉慶刊本），第 1 版，北京：中華書局，2009 年版，第 185 頁。

〔註 133〕楊伯峻譯注，《孟子譯注》，第 3 版，北京：中華書局，2010 年版，第 279 頁。

〔註 134〕賴永海主編，尚榮譯注，《壇經》，第 1 版，北京：中華書局，2010 年版，第 21 頁。

〔註 135〕謝思煒撰，《白居易詩集校注》，第 1 版，北京：中華書局，2006 年版，第 866 頁，參見附錄 2 第 150 條。

〔註 136〕彭定求集，《全唐詩》，第 1 版，北京：中華書局，1960 年版，第 1804 頁。

〔註 137〕〔清〕嚴可均輯，《全上古三代秦漢三國六朝文》，第 1 版，北京：中華書局，1958 年版，第 2097 頁。

子‧逍遙遊》曰：「有鳥焉，其名為鵬，背若太山，翼若垂天之雲，摶扶搖羊角而上者九萬里，絕雲氣，負青天，然後圖南，且適南冥也。」〔註138〕順通則施展報國濟民政治才幹，奮發有為如同大鵬展翅。《莊子‧逍遙遊》謂唐堯讓天下於許由，許由曰：「名者，實之賓也。吾將為賓乎？鷦鷯巢於深林，不過一枝；偃鼠飲河，不過滿腹。歸休乎君，予無所用天下為！」〔註139〕老莊無為之道，白居易本有參悟，較之許由的主動無為，由於環境條件的限制，白居易難於達成徹底的程度。君子道窮則蜷曲容身、和光同塵，猶如鷦鷯安棲於弱枝，陶然怡然，滋養身心。

　　長慶二年（822），白居易五十一歲，前年自忠州刺史召還為尚書司門員外郎，後改主簿郎中，知制誥。是年為中書舍人，上書論河北用兵之事等，皆不納。目睹朋黨傾軋，國是日非，求外任。七月，除杭州刺史，作《初出城留別》曰：

　　　　朝從紫禁歸，暮出青門去。勿言城東陌，便是江南路。揚鞭簇
　　車馬，揮手辭親故。我生本無鄉，心安是歸處。〔註140〕

　　大和五年（831），白居易六十歲，在洛陽，為太子賓客分司東都，作《吾土》曰：

　　　　身心安處為吾土，豈限長安與洛陽。水竹花前謀活計，琴詩酒
　　裏到家鄉。榮先生老何妨樂，楚接輿歌未必狂。不用將金買莊宅，
　　城東無主是春光。〔註141〕

　　白居易反覆吟詠「心安」，根本原因在於能夠理解天地造化常道，由此認識命運的本質，主動調適自己的內心感受。就精神世界而言，白居易充分理解天地自然之於人並無偏私與著意的禍福施與，安適愜意與否的內心感受完全掌握在己而不在人。白居易從本質上理解陰陽交流為天地常道，人生歷程中窮通禍福為常理，命運不為人能夠掌握，即使聖賢君子亦有蹇躓窮困之時，此為人生的被動無奈之處。然人生域中，最為聰慧超絕之處，在於具有

〔註138〕〔晉〕郭象注，〔唐〕成玄英疏，《莊子注疏》，第1版，北京：中華書局，2011年版，第9頁。

〔註139〕〔晉〕郭象注，〔唐〕成玄英疏，《莊子注疏》，第1版，北京：中華書局，2011年版，第13，14頁。

〔註140〕謝思煒撰，《白居易詩集校注》，第1版，北京：中華書局，2006年版，第656頁。

〔註141〕謝思煒撰，《白居易詩集校注》，第1版，北京：中華書局，2006年版，第2217頁。

主動思考的精神與內心調適的能力，此即人類區別於萬物的本質所在。人具有自由思想的空間和豐富的精神世界，在此一端，命運無法左右人的思考和覺悟。此即孔穎達所謂「若己之為得，則萬事得；若己之為失，則萬事失也。」〔註142〕就物質世界而言，白居易選擇「中隱」的生活方式，可謂物質層面的「大和」之道，既可避免罹禍害己，又可得衣食無憂，二者出於平衡適中的最佳位置。人心不能安的根由為徘徊於窮達兩個極端，輾轉糾結無所措手足。隱退避禍則處草莽寒陋之所，有衣食之憂；進取顯貴必涉是非之地，有災禍之虞，總之難於兩全。當白居易秉持中道，力行簡易，樂天安命，選擇「中隱」作為生存之道，則心下豁然貫通，無限自得與「心安」即在目前。在嚴酷環境中作尺蠖之屈，龍蛇之蟄，時不來則卷懷隱忍，是為天道常理，白居易對此理反覆琢磨。凡事不可至其極端，白居易恪守中正之道，得失之間勻稱均衡，安心當下之所得，泯滅貪欲攫取之心，一切均拜天然之賜，於是舉目心曠神怡全無不適之感，此即「心安」的核心。

言為心聲，文如其人。「心安」之後的白居易目中處處有喜樂之景，緣於內中有喜樂之感，故常有愜意之文；柳宗元目中盡寂寥淒清之景，在於心中唯有落寞悲切情懷，故多見憂怨之作。出於同情弱者，扶助窮困的惻隱之心，人們對於遭貶者普遍抱有同情之心。事實上貶謫有當黜與不當黜之分，無論當與不當，概言之為失意，即為政治主流所懲處或摒棄。從極少數顯達之位跌落於芸芸眾生之間，往往獲得多數平常人等的高度關注和同情，乃普遍現象。遭貶謫有反省，有抗爭，有自怨自艾、妄自菲薄，有與時俯仰、隨遇而安，均建立於內心感受和所持理想信念的基礎之上。全軀保身，是秉持信念、實現理想、提升自我價值的一種方式。尺蠖之屈、龍蛇哲學之蜷曲隱忍、以待其時的生存理念和生命觀，意義正在於此。

長慶二年（822），白居易五十一歲，在杭州，作《郡亭》曰：

> 平旦起視事，亭午臥掩關。除親簿領外，多在琴書前。況有虛白亭，坐見海門山。潮來一憑檻，賓至一開筵。終朝對雲水，有時聽管絃。持此聊過日，非忙亦非閒。山林太寂寞，朝闕空喧煩。唯茲郡閣內，嚻靜得中間。〔註143〕

〔註142〕〔清〕阮元校刻，《十三經注疏·周易正義》（清嘉慶刊本），第 1 版，北京：中華書局，2009 年版，第 185 頁。
〔註143〕謝思煒撰，《白居易詩集校注》，第 1 版，北京：中華書局，2006 年版，第

　　白居易之「心安」，在於位居中游，無有權柄，亦無禍端，中道之奧妙盡得，偏執之煩惱全無。白居易文辭高妙，翰采炳煥，誠心報國運用詩文以諷諫，閒適優游憑藉辭章以抒懷。創造事業，須以存在為第一要義，故白居易可行則行，當止即止。白居易政治主張與時勢相左則存形隱心，轉而以精妙哲思與生花妙筆讚美自然之美好、生命之頑強，以其自身生活的豐富多彩，顯示出生命的意義、精神之永存。長慶二年（822），自長安至杭州途中，作《枯桑》曰：

　　　　道傍老枯樹，枯來非一朝。皮黃外尚活，心黑中先焦。有似多
　　憂者，非因外火燒。〔註144〕

　　白居易明瞭煩惱之根源在於內心的焦灼，如要解除煩惱焦慮須從自己內心世界的平復做起。若要內心世界的平靜安詳，則不應以外物之變遷，事業之通達與否左右自己的神思。齊一萬物而隨其變化而變化，將外部世界目睹為快意遂性之所在，尋覓其價值與可樂之處。白居易思想與作為，確是儒家「極高明，道中庸」的具體寫照。所謂「極高明」，是為明達睿智通曉天地人事，知盈縮進退常軌。「道中庸」則是不偏不倚，以中和平靜之心對待偶遇之外境，保持內心中正醇和，以不變應萬變，以心之諧調，得天地之至理。大和八年（834）至大和九年（835）間，白居易作《感興二首（其一）》曰：

　　　　吉凶禍福有來由，但要深知不要憂。只見火光燒潤屋，不聞風
　　浪覆虛舟。名為公器無多取，利是身災合少求。雖異匏瓜難不食，
　　大都食足早宜休。〔註145〕

　　白居易執秉持「大和」之道的「中隱」選擇，既具有明確的經典理論支撐，又具有生活實踐的印證。人生也有涯，士林茂盛，趨進者熙熙攘攘，白居易早已名震遐邇，文壇高標不勝其寒，中流砥柱重壓非常。泯滅名利之心，刪減幾分光彩，不再木秀於林，未見有損於白居易之德望。白居易此間流連山水，充分釋放傾心自然的本性，得天地造化之神秀，陶然晏然。

　　白居易詩名遠播域外，與其恪守「大和」之道的生存理念與生活方式相關。日本大江維時（888～963）編纂的《千載佳句》是迄今所見最早的唐詩佳

　　　　681，682頁。

〔註144〕謝思煒撰，《白居易詩集校注》，第1版，北京：中華書局，2006年版，第
　　　　672頁。

〔註145〕謝思煒撰，《白居易詩集校注》，第1版，北京：中華書局，2006年版，第
　　　　2427頁。

句選編，約編成於唐末五代時，該書收錄 1110 聯漢詩，作者 149 人，其中白居易詩有 48%，典型地反映了白居易在日本平安朝（794～1185）的地位和影響。〔註146〕雋雪豔《文化的重寫：日本古典中的白居易形象》曰：

> 《千載佳句》所收的白詩 85% 為白居易 44 歲以後的作品，也就是說，比起胸懷「兼濟之志」的白居易，編者大江維時的目光更多地投向了「獨善其身」、「知足保和」的白居易。〔註147〕

白居易的生存理念和生活方式的影響可見一斑。白居易後期的「獨善其身」「知足保和」思想，主要表現在將「中隱」作為處世原則，以及在此原則規範下的一系列行為和內心感受。白居易「中隱」的生存方式可供借鑒之處在於，置身於紛繁複雜的現實環境中，不以一己之主觀願望為準的，去其執著頑固之心，多退讓隱忍之想。人居於域中，何其渺小，時來則有所作為，時去則隨遇而安。世間可寓形安心之所多矣，並非唯有一途可以實現生命的價值，留得永恆之精神。世事多變幻，人生無坦途。凡人多求全身以存世、得道以安心，因此，白居易所詮釋的得理安心之道，引起了海內外人士的共鳴就不足稱奇。

會昌元年（842），在洛陽，白居易以刑部尚書致仕次年，作《李留守相公見過池上汎舟舉酒話及翰林舊事因成四韻以獻之》曰：

> 引棹尋池岸，移尊就菊叢。何言濟川後，相訪釣船中。白首故情在，青雲往事空。同時六學士，五相一漁翁。〔註148〕

白居易所謂「五相」是實，「漁翁」用謙。「五相」指李程，王涯，裴垍，李絳，崔群，〔註149〕均榮貴顯赫、位極人臣，有壽終正寢者，亦有死於非命者。白居易此詩看似有失落之感，事實上頗具自得意味。禍福相倚，得失相隨。其自得在於朝野對其文章讚譽不絕，將流轉久遠，於其時倪端初現；其自失為品秩較之宰輔，略淺一層，報國施政之位並非稱心如意。然而禍福休咎之間，塞翁失馬，焉知非福，就「甘露之變」觀之，白居易的確為之慶幸，

〔註146〕雋雪豔撰，《文化的重寫：日本古典中的白居易形象》，第 1 版，北京：清華大學出版社，2010 年版，第 1，3 頁。

〔註147〕雋雪豔撰，《文化的重寫：日本古典中的白居易形象》，第 1 版，北京：清華大學出版社，2010 年版，第 5 頁。

〔註148〕謝思煒撰，《白居易詩集校注》，第 1 版，北京：中華書局，2006 年版，第 2752 頁。

〔註149〕謝思煒撰，《白居易詩集校注》，第 1 版，北京：中華書局，2006 年版，第 2753 頁。

更加堅定了其對時勢、位勢，天時、地利、人和之間錯綜複雜的關係的認識。

「中隱」此一既人性化又尊重客觀現實的生存觀，秉承《周易》「生生」之大德，高度尊重自身生命，推己及人，延續至於尊重他人生命與生存權利、生存尊嚴，為當時與後世高度認可和接受，成為白居易精神世界的重要內容。《新唐書・白居易傳》曰：

> 東都所居履道里，疏沼種樹，構石樓香山，鑿八節灘，自號醉吟先生，為之傳。暮節惑浮道尤甚，至經月不食葷，稱香山居士。嘗與胡杲、吉旼、鄭據、劉真、盧真、張渾、狄兼謨、盧貞燕集，皆高年不事者，人慕之，繪普《九老圖》。〔註150〕

《莊子・大宗師》曰：「夫大塊載我以形，勞我以生，佚我以老，息我以死。」〔註151〕白居易暮年衰弱，心無所繫，慣看世事，風雲變幻習以為常，邀集眾耆老優游悟道。會昌四年（844），白居易七十三歲，作《開龍門八節石灘詩二首（其二）》曰：

> 七十三翁旦暮身，誓開險路作通津。夜舟過此無傾覆，朝脛從今免苦辛。十里叱灘變河漢，八寒陰獄化陽春。我身雖沒心長在，闔施慈悲與後人。〔註152〕

白居易明達於物質生命與精神生命之分別，即身形之消逝，是為天地造化不可逆轉的常理，故通達於生死的自然規律。然老去的客觀事實，並不對造福百姓有稍許障礙。曾子曰：「鳥之將死，其鳴也哀；人之將死，其言也善。」〔註153〕白居易年邁衰竭之時，亦不忘關注於民眾的艱難疾苦，盡心竭力於造福人群，其心的確可嘉可感。白居易心善行善，有慈悲情懷，此與儒家活國濟民，佛家普渡眾生一脈相承，是士君子終生追求精神永恆與生命終極目標的體現。白居易無論居於何種境遇，均以此作為行動指南，故不失讀書人本分，不枉君父恩遇提攜，亦不失其深究《易》理，明瞭「生生」大德之仁愛與崇高。會昌六年（846），白居易七十五歲，《齋居偶作》曰：

〔註150〕〔北宋〕歐陽修，宋祁等撰，《新唐書》，第 1 版，北京：中華書局，1975 年版，第 4304 頁。

〔註151〕〔晉〕郭象注，〔唐〕成玄英疏，《莊子注疏》，第 1 版，北京：中華書局，2011 年版，第 134 頁。

〔註152〕謝思煒撰，《白居易詩集校注》，第 1 版，北京：中華書局，2006 年版，第 2794 頁。

〔註153〕楊伯峻譯注，《論語譯注》，第 3 版，北京：中華書局，2009 年版，第 78 頁。

> 童子裝爐火，行添一炷香。老翁持麈尾，坐拂半張牀。卷縵看
> 天色，移齋近日陽。甘鮮新餅果，穩暖舊衣裳。止足安生理，悠閑
> 樂性場。是非一以遣，動靜百無妨。豈有物相累，兼無情可忘。不
> 須憂老病，心是自醫王。〔註154〕

　　在白居易生命的最後一年，對「本心」的闡述達到了最為圓滿的境界，即認識到一切外在事物，均為自身一「心」所覆蓋與包容，即我「心」之所思所想，即是擺脫物累、走向自由的根本途徑。

　　白居易遵循《周易》「大和」之道，以「中隱」的形式將投閒置散的無奈轉變為親近自然之美，並以此天然妙境為樂，其所得即是「心安」，成功消解了在憂樂此一命題上的朝野、窮達、進退之分，達到一種無所不樂、無處不生道心的境界，由此實現了個性解放和精神自由。蒙培元《孔子是怎樣解釋〈周易〉的》曰：

> 　　這就進入到一個永久性的人生話題，即德、福能不能一致，如
> 何一致的問題。孔子對此有自己的解決方式。孔子所指示的人生道
> 路是，完成自己的德性，實現人生的價值，盡到人生的職責，享受
> 人生的樂趣，就是最大的幸福。〔註155〕

　　《周易》「順性命之理」即是致天地萬物於「大和」嘉美之大道。緣於天道性命之理，不同境遇雖為天造，在白居易看來均可化作實現自我價值的依託。白居易可謂含道而生，尊道而行，自然可以任心隨緣，無滯障無阻礙。如此任心委運、隨緣順命、無所羈絆，則身心安適，精神愉悅，遠不至於為一時一地紛繁囂雜的塵囂遮掩本來自然心性；可順應時勢、適應萬變之境而內心澄澈無瑕。此種精神境界，是為世俗籌策之眾妙亦不能給予，物質世界等同河漢宇宙之廣大所不能具備。

　　白居易善於根據「時」「位」決定自己的應對方式，適時奮發向上，適時隱忍退守。秉持「中正」「大和」之道，諸方調適，以「中隱」的形式獲得了內心與現實的協調。白居易幼聰慧，青壯奮發有為，老而莫不了然於天地大道、性命之理。於生命之末端，白居易對外在世界變化從心所欲，故可從容

〔註154〕謝思煒撰，《白居易詩集校注》，第 1 版，北京：中華書局，2006 年版，第
　　　　2820，2821 頁。
〔註155〕蒙培元撰，《孔子是怎樣解釋〈周易〉的》，《周易研究》，2012 年第 1 期，第
　　　　8 頁。

淡定，安心等待終結之日。白居易有艱難砥礪、奮發向上之少年，義無反顧、勇往直前之青年，如切如磋、如琢如磨之中年，恍然大悟、豁然開朗之晚年。白居易生人世上，可謂嘗盡酸甜苦辣咸，得人生百味，而領會人世間之真韻味，故得以信步於等閒視之的境界。白居易目中曾亂雲飛渡，腳下亦坎坷崎嶇，心下卻一覽平川，舉重若輕，遊刃有餘，歲月了無蹉跎迷惘。其履行生命意義之天然賦予，其超拔的才情、高度的智慧、精妙的哲思為人推崇。白居易悉心研探和借鑒古往今來人物對世事命運變化的因應之法，意欲致其廣大而盡其精微，儼然獨創出一種新型的高明且中正的生存理念與生活模式。事實上一切事物的精美絕倫與為人傾慕，其別開生面、回味無窮而不可罷處，即蘊含於簡易通俗、平常平淡之間。

　　《周易》的「大和」思想為白居易深入思考與切實運用。在修身與治國等各個方面，白居易高度強調「大和」，致力於「大和」思想的培養與「大和」理論的實際運用。「大和」作為《周易》思想的重要組成部分，於人類社會乃至於天地宇宙具有重要的意義。《周易》的「大和」思想的睿智達到了「極高明」的境界，其智慧與核心內涵在於，作為天地萬物之一的人類，本出自不分彼此水乳交融的自然世界之中，由於其靈性之特異，超絕的智慧以及不斷提升的能力，即使本於良好的願望和希求，在人類歷史不斷的發展過程之中，有可能走向主觀願望的反面，即因為高度的智慧而有損於外物、同類乃至於自身。有鑑於此，《周易》高度強調「大和」的觀點，是為立於天德的高度以觀照世界，以中正無邪包容化育萬物的天德作為準則，來審視人類自身的行為，以仁愛道德之心體會天地間長久存在的萬事萬物，並希求一如既往地持續世界萬類的存續。其本源無論出自人類自身的利益，抑或在此基礎上提升至於天德的極致，在道德的境界和人類生存意義的層面，已然將天地自然作為整體的存在而思考，遠高於將人類一隅作為存在的根本意義所進行的探索。此一境界，代表中國經典思想所能達到的最高境界，更是對於宇宙世界深層次的思考和人類本質意義的崇高發現。白居易的「大和」觀源自《周易》，並通過自身的體悟和詮釋，在社會政治與立身處世方面進行了充分的實踐，表現出為世人稱道的現實作為。白居易堪稱唐代士人接受《周易》思想理論的重要代表人物，可見出《周易》對唐代士人產生的重要影響。《周易》通過白居易等士人廣泛的政治實踐和生活實踐，輻射到社會的各個層面，對唐代社會產生了重要影響。